一张小纸片 著

鲜柠

江苏凤凰文艺出版社
JIANGSU PHOENIX LITERATURE AND
ART PUBLISHING

图书在版编目（CIP）数据

鲜柠 / 一张小纸片著 . -- 南京 : 江苏凤凰文艺出
版社 , 2024.3
ISBN 978-7-5594-8168-9

Ⅰ . ①鲜… Ⅱ . ①一… Ⅲ . ①长篇小说 – 中国 – 当代
Ⅳ . ① I247.5

中国国家版本馆 CIP 数据核字 (2024) 第 001734 号

鲜柠

一张小纸片 著

责任编辑　　周颖若

特约编辑　　红　红

封面设计　　商块三

出版发行　　江苏凤凰文艺出版社

　　　　　　南京市中央路 165 号，邮编：210009

网　　址　　http://www.jswenyi.com

印　　刷　　河北鹏润印刷有限公司

开　　本　　880mm×1230mm　1/32

印　　张　　9.375

字　　数　　261 千字

版　　次　　2024 年 3 月第 1 版

印　　次　　2024 年 3 月第 1 次印刷

书　　号　　ISBN 978-7-5594-8168-9

定　　价　　49.80 元

江苏凤凰文艺版图书凡印刷、装订错误、可向出版社调换，联系电话 025-83280257

沈西淮是一颗新鲜的柠檬。
而她对柠檬有多喜欢，现在对他就有多上瘾。

目 录

如果身边的人是蜻蜓，是孔雀，是雨，
那么沈西淮是什么？

粉色蔷薇开得过分茂盛，香味一路漫到围墙另一头，闻起来像青苹果。

"你的表落这儿了。"

"不要了。"

卷一
电车难题

an' qing & quido

第1章

哈佛哲学课里面有一个著名的电车难题：电车前进方向有一个分岔口，沿既定方向会撞死 5 个人，如果人为改变方向只会撞死 1 个人。你会改变吗？为什么？

倘若只能用霍布斯和康德的观点来回答，陶静安会选择后者。

康德说过，要按照你同时认为也能成为普遍规律的准则去行动。陶静安由此认为，做正确的事，比做好的事情更重要。于是在影视与广告中间，这一次她仍然选择了后者。

在面试官问及为什么要从影视转广告的时候，她同样拿出了这套观点。上午面试，下午收到邮件，微本广告公司的人事写道：欢迎回到祖国的怀抱。

隔周去上班，按照部门文化，正式开始周会之前，各自先分享周末做了哪些趣事。有人去看了沉浸式话剧，过程中主动被一个帅哥观众拐跑；有人重温了《银翼杀手》，依然没能找到穿帮镜头。

轮到静安，她重读了契诃夫的著作，跟奶奶学做了新的糕点，做得有点多，待会儿还得麻烦大家帮忙分担一下。

最后是制作部总监 Demy，他试图约一位女性朋友去吃寿司，但被无情拒绝了。

"知道拒绝后她说了什么吗？"

众人你看我我看你，给出不同猜测。

Demy 摇头："Joanne，你猜猜。"Joanne 是静安的英文名。

静安摇头。

Demy 难得没批大家没创意，笑得耐人寻味："她说，周一见。"周一能见，说明是公司甚至是部门内的人。Demy 并不给大家八卦的机会，正式进入会议内容。

会毕，静安被留下。

Demy 坐着没动，细长的手指敲在桌面："Joanne，再给你一次机会。"

静安盯住他，缓缓地吐出两个字："张力。"

Demy 手指一顿："下次再让我听见这个名字，我直接套个麻袋把你绑去吃寿司。"

静安笑了。

她跟张力是伯克利新闻学院的师兄妹，师从同一位导师。她读研二的时候，张力正供职于好莱坞一家著名的影业公司，他应导师邀请返校给后辈分享经验，在一班人里看见了一张亲切的亚洲面孔。两人留了联系方式，但从没交流过。

伯克利出了名地压绩点，不久后静安勉强以一个还算过得去的成绩毕了业，在教授的推荐下去了一家影视公司。"重塑硅谷新闻业"的远大理想并不属于她，比起当一名记者，她更愿意去做制片。

工作一年后，部门换了新领导。

张力是被高薪挖来的，也是在共事后，静安对他"好莱坞小奥逊·威尔斯"的称号有了深刻理解。奥逊·威尔斯被称作美国小钢炮，张力的行事风格得他真传，一言不合就开炮。假如你跑去告诉他，你想自杀，他高兴时会说："打算几点死？我要是帮你通知家人，遗产会不会分我一半？"如果不幸遇到他暴躁，他会笑着说："好巧，我正在写遗嘱，你觉得我的遗愿要是写'希望此刻我面前的人可以先把手头改了五遍还像垃圾的剧本搞完再去死'，会不会太过分了？"

张力的毒舌并没有让他丢掉工作，一年后，他再次被挖走。静安只知道他回了国，工作地点在淮清，并不知道他转行进了广告公司。所以来微本面试时，见面试官席位上坐了这么一尊熟悉的大炮，她很是惊讶。

Demy 同样始料未及，人事部早把申请人的资料送来，他向来觉得资料可以作假，人不能，所以压根儿没翻开过，只等亲自见人。现在见了，他满脑子只有一件事，陶静安好像又变漂亮了。

这种想法让他意外。

Demy 虽到处开炮，但以前一起工作时，这炮鲜少落到陶静安头上，一是陶静安的工作交上来他挑不出什么错，二是他对陶静安有意思。这点意思并不多，只支撑他回国前问她要不要一起回来。当时意料之中被拒绝，现在她却真的回来了，还好巧不巧进了同一家公司，甚至以后可能要在他手下工作，他止不住有些高兴。

在录用通知发出之后，他直接给她去了电话，然而再次被拒绝。他自认气量小，还有点恶趣味，当着众人悄悄地调侃她，她却面不改色，只当不知情，果然还和当初一样拒人于千里之外，甚至不惜搬出他不愿多听一次的本名来。

"Demy，给我安排工作吧。"静安笑过就恢复正经。

Demy 想，或许就是这样不拖泥带水的工作态度，让他对陶静安有好感。

"这周先适应，有几个受邀去参加的竞标会，到时你跟我一起去。"他问，"能上船吗？"

"能。"

"好，下周 Paige 带队去给京船拍宣传片，你给她当助手。"

"没问题。"

"该问的面试的时候都问了，既然决定转广告，角色务必调整过来，这次是电视商业广告方向，之后会让你跟故事片。Paige 是纽约视觉艺术学院的，从纽约杀回来，有多吓人你应该知道。"

有玩笑话说，男不去旧金山湾区，女不去纽约，其实调侃的是找不着对象，但能拿着成绩从这两个竞争激烈的地方回来，都不简单。

"还有，做好加班的准备。以前还能湾区三大俗，现在为了保命，把时间多花在健身房吧。噢忘了，你是不俗的人，约你滑雪两次，摘樱桃三次，都被拒绝，只有一次爬山，还是因为公司组织。"

静安再次笑了，Demy嘴上有多记仇，她早有体会。

但她并不是只拒绝Demy一个人的邀约，刚工作的那两年她几乎把所有重心都放在工作上，其他一切靠后，等后来松懈一些，有了固定的朋友圈，出去得就多了，但那时候Demy已经回国。硅谷是文化荒漠，好在自然风光多。所谓湾区三大"俗"，滑雪、爬山、摘樱桃，静安一一体验，虽左不过这些活动，知心朋友也不过那几个，回国时还是很不舍。

两人从会议室出来时，静安递给Demy两个小盒子。一样耳钉，一样酥黄独，都是Demy的爱好，显然也是其他同事没有收到的。

"公然贿赂上司，摄像头都拍到了，下次我完全可以带着这段录像逼你答应跟我约会。"Demy嘴上不饶人，受挫的心情却被陶静安的细心给缓解了。

又听她说："糟糕，忘记开录音，不然我也有证据。"

Demy笑了下，随即脸一板："你不适合说笑话，不符合你的气质。"

Demy是故意的。陶静安看上去人如其名，气质沉静，还有几分清冷，接触下来会发现很好相处，话不多，却冷不丁会冒出来一句冷笑话调节气氛——这是她放松的时候。一旦进入工作状态，除非必要，她只说该说的，以保工作高效进行。

静安在船上待了一周，跟周边的同事渐渐熟稔起来。Paige爱美男，Leah爱电影，三人配合起来还算默契。紧接着回公司开会，Demy派给静安第二个项目，与上一个类似，给西北一个旅游城市拍形象片，不同的是这次由静安独自牵头，Leah执行。

制片人的工作听起来悬浮，其实每一个阶段都十分落地。最先要解决"拍什么"的问题，静安让Leah组织线上会议，通知客服和创意的同事参会，原本还需要策划，静安决定自己来做。

Demy也受邀出席了会议，他属于"旁听"角色，多半在注意陶静安。他发现她在工作上的变化并不多，与几年前一样，全程腰板挺直，即便由她做代表对接，也惜字如金，但简单几个字就直指核心，听取甲方诉求时眼睛时不时快速眨两下，看得出是在思考。连做记录的习惯也一如从前，别人用电子设备，她仍然钟情于手写。Demy曾经看过她的笔记本，图文并茂，只记重点，有她自己才能看懂的符号，另外，她中英文都写得很漂亮。

内部创意讨论会有趣得多，形象片要求"伟光正"，要想突破已有限制，需要更加别致的创意。静安自学过画画，能熟练地使用故事板，与创意部同事沟通起来没有太大障碍。

随后带上导演与甲方开创意会。静安见甲方的经验并不多，原先她做影视制片，融资成功后与投资方更多的是合作关系，不像现在这么被动，这次又是跟政府部门打交道，多少有些不适应，好在克服起来不难。

紧接着是做预算、过合同，建组进行实地拍摄之前，制作准备会就开了四次，反复确认灯光影调、音乐样本、布景方案……静安并不因为走马上任而事事亲力亲为，工作讲究配合与信任，她与Leah已经有过一次共事经历，Leah思维活跃甚至有些跳脱，但做事很稳，她可以放心交与事务。

进入实拍在大半个月后，为期一周，每日拍摄内容很满。静安在第三天晚上因为吃了一个没熟的鸡肉汉堡食物中毒，当晚呕吐不止，Leah跟她同住一间，很快给公司汇报，Demy当即打来视频确认，见她缓过来才说："Joanne，物极必反，你之前就是吃得太健康了。这样，以后你带的便当我帮你吃，你千万别跟我客气，我会请你吃食堂的。"静安哭笑不得。

隔天仍旧去盯进度，大小突发事件不断，还得接待来监片的客户。中午刚吃完饭，雨又下了起来，只能临时改拍内景，一行人转移场地，进度再度被耽搁。

紧赶慢赶拍完，返程飞机上暂缓一口气。邻座Leah作为《银翼杀手》的忠实影迷，又一次开始了穿帮镜头寻找之旅。静安跟她一起看，导演用了大量的雨戏、夜景和霓虹灯布光，就是为了省布景和不穿帮。

影片播到 19 分处，静安按了暂停："注意看这里，Rick 要从盒子里拿出测试机给 Rachael 做复制人测试，你看，测试机其实已经在桌上了，所以 Rick 手里什么都没有。"

Leah 来回确认了几次："真的欸！你怎么看出来的啊，Joanne？"

静安疲惫得睁不开眼，不记得自己是怎么回应的。

落地后稍做修整，马不停蹄地进行后期。第一版广告出来之前，静安搬了一次家。她原先在家里跟爷爷奶奶一起住，但随着她加班次数的增加，二老心疼她每天来回跑，擅作主张给她在公司附近租了个房子，她领下心意，时不时还能吃到司机送来的饭菜。等到第二版出来交了片，她拷了一份成片带回家，爷爷奶奶做了一桌饭菜等她，一起等她的还有位陌生的精英男士。

吃完一顿饭，等把人送走，静安给奶奶撒娇："这饭大家都吃得不舒服，以后别这么费心了。"

奶奶拍她手："你告诉奶奶，是不是还放不下高中那个男同学？"

"都说您误会了！"

"那以前的老同学都不联系了？"

"还没来得及呢……"

静安在不久之后跟了一个省台的微电影，然而限制太多，发挥空间少之又少。再之后陆续拍了几个商业电视广告，出了几趟差，又一次落地时已经是夏天末尾。

入职已四个多月，她每做完一个项目都会花时间进行总结，这样频繁的项目经验是之前没有的，她翻着总结笔记，不确定这是好是坏。

Demy 神出鬼没，偶尔出现在她身后，指着她本子上画的两个简笔小人："发挥你的想象力，这像不像一对男女在餐厅里共进晚餐，时间恰好是这周六晚上七点半？"

旁边 Leah 先笑了："Joanne，你就跟 Demy 吃一次寿司吧！"

同事已经知道那位"周一见"女士就是静安，时不时调侃几句，静安没有放在心上。

周六晚上，静安再次收到 Demy 消息，不过是发在部门群，临时通知她跟 Paige 去见客户。

先前在硅谷，静安每天要经过的 101 路口号称全美最堵、全美规划倒数第一，路上也坑坑洼洼，有一回直接把她车胎给震爆了胎。而且没有智能交通灯，大晚上等个绿灯也要两分钟。车子停在路边去买咖啡，回来时流浪汉已经热心"帮忙"破好了窗。

静安在国内还没遇上这样的情况，一路畅通无阻，到地进包厢，Paige 朝她招手。

坐下就被拉了下，Paige 冲她使眼色，她第一时间意识到有帅哥在场，抬头望过去，脑袋猛然一轰。

对面坐着的那人，是沈西淮。

第 2 章

陶静安小时候很喜欢看电视，每天准点起床看七点档新闻，相比时政节目，她更喜欢看民生热点，早间《社会透明度》，晚间《1818 黄金眼》，山东《拉呱》，山西《小郭跑腿》，奇闻逸事层出不穷。她看过有人因为听了一个笑话而笑死，后来读到契诃夫的著作，笔下一个文官死于一个喷嚏，本质上并不一样，她却觉得某种程度有共通之处。

初中学业更重，没法每日准时收看，于是集中到周末。那时她习惯打开两家门户网站，一家聚点，一家触动。前者综合性强，内容充实，新闻弹窗简洁凝练；后者视效独特，注重用户体验，静安喜欢用触动的音乐版块，边听边在搜索引擎里输入千奇百怪的问题。

高二她弃文学理，听见后桌小声谈论班上一个男生，过后同桌忽然问她："你手机里下载了 Touching 吗？"

静安点头。移动终端不断普及，聚点做了即时通信软件，而触动开发了社交媒体平台 Touching。

"就是他家的。"

在还没进入 1 班之前，静安就听说了这个事实。在一年近二十万元学费的私立中学里，除去她和同桌这样所谓的"普通人家的孩子"，多半学生家境较好。

静安对沈西淮的印象除了互联网巨头之子，还有乐队。乐队名字叫黄杨树，他们唱的多半是英伦歌曲，视觉上像凯鲁亚克笔下的"垮掉的一代"，松散潦草，又很欢腾。

第一次听他们演唱是在高一的元旦晚会，静安起初留在教室写作业，后来听见广场上传来耳熟的音乐，停笔下了楼。

那时音乐 APP 涌现不止，静安还是喜欢点开触动网页面听歌，手机操作不方便，所以她很希望触动可以出一款 APP，还去 Touching 的博文下留了言，但没有被回复。她喜欢听朋克，情绪硬核音乐属于硬核朋克的分支，而这种风格的乐队代表——"我的化学浪漫"是静安经常听的一支乐队。

她鲜少听到其他人翻唱他们的作品，女主唱更是几乎没有。广场上人山人海，她想凑近看一看黄杨树的主唱，无奈只能从侧面往前站，面前一只大音箱震得她耳朵疼，抬头能看见的只是一件被冷风吹得上下翻飞的风衣。

贝斯属于低频，很难直接听到它的声音，始终处于乐器界鄙视链里的底端，但没有贝斯的音乐会干且飘。贝斯手在乐队里的存在感也向来很低，但沈西淮似乎不是这样，不过静安仍然没有记住他的脸，只记得风很大，把他的手指吹得通红，他脚上穿的是很久之前匡威跟谁人乐队的限量合作款。

在静安的记忆里，即使是文理分科后成为同班同学，她也没有跟沈西淮说过话，直到几年后赴美留学。

研究生阶段的沈西淮静安更加熟悉。那时他在斯坦福的商学院读MBA，MBA 对工作经历的要求苛刻，所以周边的学生都比他大上四五岁，而他凭借着大学期间在自家公司实习的经历，成了班上唯一的应届生。

对此他表示跟同学存在很大代沟，还总说斯坦福偏僻，过于无聊，所以在人人拥有一辆自行车的偌大校园里，他经常开着跑车往更加繁华的伯克利跑。

伯克利有他的两个高中同学，他经常请她们去吃饭。静安作为第三个他不太熟的老同学，偶尔才会一起出去。

有一回不巧，其他人均放了鸽子，只有她跟沈西淮，两人在新香港相对无言地吃了一餐饭之后，沈西淮开车送她回学院大楼，可绕了一圈又一圈，始终找不到车位。也不是完全没有，坏就坏在那些空着的车位专属于伯克利的诺贝尔奖得主，其他人没有停车资格。

沈西淮把车暂时泊在路边，说："你们伯克利最不缺的不是诺奖得主，而是学术压力。"

静安当时不太舒服，新香港一美元一杯的西瓜汁，她为了掩饰尴尬足足喝了两大杯，肚子撑得不行。但仍然积极地配合他，说伯克利确实有诺奖内卷化的趋势，教授为了永久停车位不得不努力工作拿诺奖，走在坡上，擦肩而过的就算不是未来的诺奖得主，也极有可能是各科绩点4.0的大神，甚至有人开玩笑，说天上掉下来一个花盆，砸死的也是一个智商高你两倍的学霸。说完又请他把车开回刚才的餐厅，她需要去下洗手间。

等再次从新香港出来，静安看了看手上的表，说谢谢他的下午茶，下次由她请他去吃牛排。以这顿尴尬的午餐为参照，她认为两人没有必要再一起吃饭。沈西淮应该与她不谋而合，为了避免再有后续接触，他当即说："不用客气，你要是有时间，领我去你们的钟楼上看看就成。"

钟楼是伯克利的标志性建筑，对本校生免费开放。静安替沈西淮交了两美元，带着他上去。塔上能够俯瞰整个校园，远处教学楼沉默地散落在起伏的山丘上，暮色中的金门大桥有着无比清晰的轮廓。

旁边有情侣在约会，两人在另一边并肩站着，沈西淮说斯坦福的塔好像高一点，静安隐约看见有人在草坪上打魁地奇，说对啊，但是……接下来的话被他抢走：但是伯克利海拔更高。

两人一起干干地笑，他又说有机会可以一起去灰熊峰，那里可以眺望整个湾区。

静安当然没有将这个客套的提议放在心上。很久之后，一群人再度坐在一起吃饭，才听另外两位同学提起那次登山行，她们激动地说沈西淮在下山时差点撞到道上的鹿。沈西淮只不甚在意地笑笑，他刚上完一堂谈判课，口干舌燥，低着头猛喝果汁。

那天的沈西淮异常沉默，气压低得让人不敢靠近，临走时才跟静安寒暄了两句。他随口问起即将到来的期末考试，静安笑了笑，说会努力拿B+，他微挑了下眉，说既然努力了，就争取拿全A，能行的。他似乎对她十分有信心，但静安知道，这是他本人的底气。先前就听同学说过，沈西淮上的是学院里的高级班，水平更高，考试肯定也更难。但他看上去半点压力也没有，显然胜券在握。

他骨子里透露着些许傲气，但这不影响他人缘好。他礼貌大方，没什么架子，有熟人在场时越加放得开，口头上也不避讳使用一些没有攻击意义的英文脏词，笑起时会不经意流露出桀骜不羁的那面——而这一面，在近几年越来越明显。

静安在网上看过他的采访，作为触动接班人的沈西淮似乎狂放了不少，面对刁钻又八卦的媒体时极其游刃有余。他看似十分配合，也很敢说，甚至时不时爆出金句，实则善于伪装，把情绪藏在背后，没有人能从他嘴里捏住话柄。他就那么闲适站着，眼睛清澈透亮，旁观记者将一个皮球踢来踢去，偶尔高兴了就信手接住，但最终都会被他轻巧地丢出去。

他应该不太喜欢被拍，新闻里大多是从采访视频中截出来的旧图，偶有一次配上新照，静安一眼就发现他手指仍然很红，她觉得奇怪，高温天气，总不可能是被冻的。

第3章

进包厢之前，静安特意看了一眼手机，Demy 果然发了新消息，只六个字：只吃饭，不谈事。

吃饭却不谈事，只有一种可能，对方不喜欢，甚至可能不太好应付。

静安做好了足够的心理准备推门进去，事实上却远远不够。

经 Demy 介绍，沈西淮只是凑巧在餐厅遇见朋友，顺道被拉了过来。他的这位朋友姓宋，正是今天 Demy 在接待的客户，也是淮清市四大地产之一的接班人。微本正在为他们公司拍地产宣传片，是大项目，但也只是对微本而言，所以他本人会现身饭局属于意料之外。现在又突然添上一个沈西淮，连平常毫不拘束的 Demy 也郑重了不少。

Demy 介绍的语速很快，快到静安还没来得及反应过来，他已经迅速落座。

沈西淮就坐她对面，她很难避开不看，一味低头吃东西又不礼貌，唯一可以利用的是身高差距。她平视过去，最大限度地将视线往下落，先是他的嘴唇和下巴，平直的肩，再顺着衬衫纽扣一路向下，最后又不知不觉看起他的手。包厢里开了冷气，他的手指依然透着红。

刚才 Demy 介绍时，沈西淮只出于礼貌看了她一眼，就极其自然地挪开了视线，显然是不打算说破两人的同学关系。他话不算多，但只要一开口，就能立刻把所有人的注意力吸引过去。

"对，她也是伯克利毕业的，Joanne，你去过纳帕谷吧？"

静安迅速回神，看向说话的 Demy："嗯，去过。"

纳帕谷是美国著名的葡萄酒产地，从伯克利开车过去只需要一个多小时。静安是跟同学一起去的，最受欢迎的入门级酒庄需要 35 美元的门票，品酒区有五种酒品可以尝，同行的人尝过都买了，静安也带了一瓶甜酒，至于沈西淮有没有买，她不太记得了。

会说到纳帕谷，静安并不意外。早在竞标成功之前，她就听同事科普过这位宋先生，他本科农大出身，读的是葡萄工程，后来去了法国读研，没有拿到毕业证，回来就接手了家业。那时公司出现重大问题，是等渐渐稳定后才开始发展酒业的。

"那边原来有很多马场，后来几乎都被发展成了葡萄园区，因为竞争太大，很多小酒庄最后不得不做成车库酒或者膜拜酒。"

静安说完，感受到 Demy 意味深长的视线。而那位宋先生忽然笑了，看向静安："做过研究？"

静安点了下头："之前课程需要，写过一篇调查报告。"

她没有撒谎，跟沈西淮同行那回之后，她因为作业又去了好几次，在不同庄园跟着工作人员一起采收了葡萄，几个月之后还冒昧地请求庄主带她一起去参加开瓶活动。

对面的宋先生仍然笑着："车库酒和膜拜酒差不多是同一时期产生的，不过车库酒是波尔多产区来的，膜拜酒才是纳帕谷的。"

静安意识到自己犯了错误，笑了笑说："怪不得那次作业拿了低分，原来是我搞错了。"

好在那位宋先生似乎并不介意，反而笑得比刚才肆意："这只是起源，现在这两个词都泛指了，所以这么说没错，老师给你低分不太应该。"

Demy 适时帮静安接话："伯克利的要求一直很高，能拿到 B+ 已经算很好了。上学的时候就听说计算机的学生都不洗澡，因为根本没有时间。"

静安跟着补充："对，有一句话是，以前觉得拿 B+ 很难，现在也觉得拿 B+ 很难。"

意思是，以前以为随随便便就能冲全 A，不可能沦落到 B+，事实上拼尽了全力也不一定能拿到。

那位宋先生再次笑了："所有学院都这样？"

"算是吧，一般来说专业越好，要求就越高。"

这个话题似乎正中他下怀，他又问："好像听说伯克利的建筑相比其他学校不那么好。"

这话说得过于委婉了，伯克利很多学院大楼都丑得出了名。

静安这回没有接话，换 Demy 聊，这是部门间培养出来的默契，也因为她隐隐察觉到，对面有视线落过来。

她刚才是对着左斜方向说话，现在视线暂时挪开，要是立刻低头，躲避的嫌疑会很大，况且她也没有理由一直躲着。

她尽量坦然地看过去，四目相接，沈西淮的脸上并没有明显的表情，相比他的朋友，他的脸部线条更加柔和，五官也精细，但他只是随意坐在那儿，气场仍然比旁边的人更具侵略性。

静安一颗心莫名地提了起来。

旁边 Demy 还在说话："伯克利最丑建筑有好几个候补，比如土木工程、数学系、统计学系、环境设计这几个学院的。我印象里还是数计最拿不出手，看着像老年公寓。"

"Joanne 觉得呢？"

静安比沈西淮晚一步别开视线，顿了下说："环境设计吧，他们自己学建筑的，但是从学院大楼好像不太看得出来。"

"很有说服力。"那位宋先生始终在笑，这时又看向他旁边的人，打趣道，"你呢，老斯坦福人？"

沈西淮的动作看上去很是闲适，语气淡淡："不怎么记得了，那边车不好停，很少进去。"

说到停车，Demy 又发自真心地吐槽了伯克利紧张的车位。

静安没再说话，只默默听着，过会儿那位宋先生又看过来："Demy 跟 Paige 都不是本地人，Joanne 是淮清的吗？"

静安回："对。"

"哪边？"

"东环，粮仓口。"

"那边我们正好也有项目，差不多一个月后会开始预售，现在拍宣传片刚好赶得上。"

静安有印象，先前上下班看见过远舟地产的招牌，小区不大，但显然是高档住宅。以他们的名气，房子或许早已售空，宣传片无可无不可，但拍还是必要，区别就在怎么拍了。专门找广告公司，预算势必会更高。大家都不傻，也不知道是伯克利还是葡萄酒让这位宋先生产生了兴趣，但总归算是锦上添花。

饭局没有持续太久，三十分钟后散场，眼见几人往停车场去，静安对着当中一道高瘦的背影发怔。

旁边 Paige 终于活了过来："哇！这俩都长得太逆天了，还都这么有钱！"

Paige 能言善辩，今晚却没怎么吱声，这是她的习惯使然。对方越帅，她就越不说话，因为光顾着看人了。

"Demy 说得那么吓人，还以为是什么牛鬼蛇神，人家再有身份背景也是活生生的人！而且我已经观察过了，右边那位更帅。"

静安脑袋里一团乱麻，捏着手机没动。

前头 Demy 听见，回头时见怪不怪："那请问右边这位，开车还是打车来的？"不等静安回答，自己先泄气了："算了，看来又是'周一见'了。"

静安笑不出来，解释道："我开车来的。"

最后 Paige 蹭了 Demy 的车，趁机游说他一起去酒吧。

静安站了会儿才去往停车场，耽误了这会儿工夫，那一行人早该走了。

眼看快到入口，手机忽然振了下。

她脚步一滞，深吸一口气点开来看，是 Demy："路上注意安全，远舟的项目不一定你跟，他们宣发部的不太好对付。"

静安缓缓舒出一口气。合同一日没签，一切就都有变数。她并不认为这事儿已经板上钉钉，但也无所谓，比起受邀，她反而更喜欢参与竞标，主动得来的要比别人送上门的更让她有成就感。

她收起心绪，加快脚步到了车旁，刚要钻进车，后头传来一声："陶静安。"

静安动作倏然一顿，回过头时心脏蓦地狂跳。

几米开外，沈西淮站在夜色里，他将半敞的车门关上，影子恰好落在他身前，显得他越发地挺拔清隽。

第4章

静安曾经有一段时间沉迷于拉片，研究电影中的视听语言，其中一种拍摄手法叫低角度仰拍，基本作用有三：一是让主角显得更有力量感，二是让主角显得很脆弱，三是既让主角显得有力量，同时又让主角显得很脆弱。而沈西淮是第三种。静安觉得此刻的他像《指环王》里的弗拉多，既高大伟岸，又渺小脆弱。

这种感受很微妙，大概是因为她在 Touching 上看过太多有关沈西淮的负面评论。

譬如触动斥巨资购买海量书籍的独家版权，开发线上阅读 APP，打出的招牌是"为知识付费"，而不愿为此付费的网友称："为知识付费实际上只是为沈西淮付费。"

触动成立唱片公司，启动扶持计划，致力签约冷门小众的实力乐队，又有网友嘲讽："说滚石低配版都抬举了，何况滚石干的傻事还少吗？拜托沈大公子提高品位，别因为高中模仿过绿洲乐队就以为自己真是吃这碗饭的，滚回去做你的新闻吧。"

"人傻钱多，干点实事能不能行？"

"别出来砸你爹的招牌了。"

静安偶尔会想，沈西淮看到这些评论会是什么反应，联系他新闻里云淡风轻的样子，或许是不太在意的。反倒是静安自己看了会不太舒服，这种时候她会将手边的杂志翻到做了折叠标记的那页，在大篇幅的行业内容采访之后，记者向沈西淮提了几个与工作无关的问题。

"假如有机会选择另一种职业，你想要做什么？"

静安对答案早已烂熟于心，沈西淮回的是："建筑工，帮人修屋顶除杂草。"

静安读到杂志时的第一反应是小糖人罗德里格兹，一个在美国无人问津的歌手，本职是替人卖苦力的建筑工，在南非却远比猫王更受欢迎。她直觉沈西淮也看过小糖人的纪录片，但眼下并不是求证的好时机。

刚才在饭桌上沈西淮始终没有和她正面对话，她不确定是因为身处工作场合，还是出于他本人的真实意愿。而此刻他又忽然单独叫住她，她莫名忐忑起来。

她将车门关上，移步过去，视线先落在他熨帖的衬衫衣领上，抬头时闻到淡淡的酒味。她不得不承认，她对沈西淮的印象其实还有一点，长得好，这多少有点致命。

"好久不见。"她实在想不出其他问候语。

"是挺久了。没听说你回国。"他说话时气息里透出一点薄醉，令静安头皮隐隐发麻。

"回来没多久。"

她不喜欢没话找话，此刻却搜肠刮肚地想要找出些话题，只是还没找出来，沈西淮先开了口。

"既然碰见了，东西还我吧。"

静安一愣，随即意会过来。以两人当初的关系，他确实不太可能单纯地找她寒暄。而他所说的"东西"，是他当时自己不要了的。

"我没带在身上，放家里了。"

静安莫名有些困窘，她察觉到沈西淮的视线，试图去分辨其中的意味，却只见他表情平淡，眼神里也没有明显的情绪，这让她的注视显得尴尬，索性直接说："方便的话，你现在跟我去拿，我顺道送你。"

他喝了酒，显然没法开车。

沈西淮并没有正面回答，而是拿了手机拨出电话，动作间带出的酒味比刚才更加浓烈，静安在隐约眩晕中意识到电话那头大概是他的司机。他声音很低，留给她一张白皙的侧脸，简短两句话后又看向她："你住哪儿？"

她立即反应过来，报出住址，听他转达给司机。

见他挂了电话，静安转身走在前："上车吧。"

她开的白色的车是家里经济状况好转后给她买的代步车。那时她在R大读本科，用车的机会不多，多半在家和学校之间往返，偶尔开去Q大找同学。车放家里吃了几年灰，回国后接着用，油门仍旧激进，很适合在车流里见缝插针，缺点是比较小。静安净身高168厘米，坐进来绰绰有余，沈西淮也尚能坐下，就是那双大长腿无法安放。

静安开了音乐，一时没有吱声。沈西淮面对记者巧舌如簧，跟朋友也谈笑风生，现在却似乎没有要说话的意思。她思绪如麻，过了会儿说："前段时间在77大厦碰到程烟，她也回国了。"

那日静安在公司楼下被人撞了下，抬头发现竟是老熟人。高中时程烟是信息竞赛生，本科在斯坦福，读研究生去了伯克利。她是那种每晚出去夜生活，成绩仍然完爆其他人的派对狂，沈西淮喊吃饭，她基本都在。

她热衷组局，回来没几天就在群里吆喝，下班时还一并把静安拉走。得知新公司给了她大七位数薪资和七位数的股票，同学纷纷地调侃她："有胆就把沈西淮叫上。"只因程烟的公司是触动的竞争对手——聚点。

程烟性格大刺刺："有什么不敢的？"说着拿起手机就圈出沈西淮，还附带一张自拍。

沈西淮始终没有出现在消息群，大概这群早被他屏蔽。这会儿却听他说："嗯，跟她联系过。"

静安没有太意外，他们高中就相熟，经常联系理所当然。她渐渐觉得有些热，也意识到这样坐在密闭的空间里让气氛越发地沉闷，她将窗户开了条缝，风涌进来，沈西淮身上的酒味很快散了，她却仍觉得喘不过气。

于是逼迫自己将心思完全放到车上，她车技不差，在下一个路口稳定提了速，正准备横切出去，旁边人忽然开了口："打算留在国内吗？"

一句再平凡不过的客套话又将静安刚平复好的心情搅乱，她沉住气说："嗯，暂时没有再出国的打算，很多朋友也都回来了。"

沈西淮应了句："确实不少。"

这回再无话。

车子很快地停在小区楼下，静安上楼取东西，下来时沈西淮已经从车里出来，不远处多了台超跑，司机坐在里头等候。

沈西淮曾经因为一台超跑上过新闻，娱记们从不拒绝豪车配美女的故事，即便那位美女只是站在车旁，没有进到车内，他们也会在版面上大肆渲染，编造子虚乌有的后续。

静安看了只觉得无聊，那位美女是颇有名气的演员，处女作一问世，就陆续提名欧洲三大电影节，最终荣膺其中一项最佳女主演。静安是在伯克利看的，大银幕上女演员灵气撼人，演技浑然天成，尤其吞云吐雾时，眼底那颗泪痣像会说话，而低眸浅笑的画面让静安想起戈达尔镜头下的安娜·卡里娜。卡里娜是新浪潮本身，静安觉得女演员也会在未来中国电影市场上添上浓墨重彩的一笔。

假如让静安来写，她更愿意写成：年轻影后出门抽烟，对街边穷追不舍的小白脸不屑一顾。当然，她在新闻上没有志向，对娱乐新闻更是兴致索然，而沈西淮也不是小白脸。

现在他跟她要回腕表，或许是临时起意，或许是要斩断某些不必要的联系。

静安朝他走近，把手里的盒子递给他。

沈西淮接到手里，并不打开确认。他衬衫扣子解开一粒，松垮的领带随着夜风飘扬，打在他手腕上。

见他视线落在自己另一只手上，静安顺势把密封的玻璃杯递到他身前："柠檬水，可以解酒。"

刚才在车上，她余光见他按了几回太阳穴，显然是不太舒服。他大概喝酒不上脸，看起来倒没什么异样，但静安临出门时还是折回屋里，迅速给他调了一杯。

"你要是不喜欢喝甜的，回去可以煮点醒酒汤喝。"

静安猜他解酒的办法必然比她要多，所以并不强求。她语气自然，收回手时杯子里的柠檬片在水里翻涌。她每天都在喝柠檬水，他要是不收，她可以自己喝。

然而半道上对面的人忽然伸手拦截，手指落在杯子上端，与静安的手挨着，只差一点空隙。

"谢了，醒酒汤太麻烦，这个就很好。"

他声音平稳，静安短暂愣怔，及时收回手："不客气。"

她站着没动，腹稿已经早早打好，却很难开口。她暗吸一口气，重新对上他那双眼睛，只说出三个字："对不起。"

沈西淮脸色未变，她却觉得他皱起了眉毛："对不起什么？"他声音本就没有温度，现在听起来又添了几分冷意。

静安不知道是不是自己过于敏感，还没来得及想明白，面前的人已经动了。

"走了。"

她视线追随过去，沈西淮步子很快，风将他的衬衫吹得鼓起，他利落上了车，车门发出"嘭"的一声响，黑色车子随即扬长而去。

第 5 章

周一去上班，周会之前例行分享周末。

Paige 说那天没去成酒吧，拽着 Demy 误闯一个狼人杀聚会，两人屠杀全场。老板得知他们是广告公司的，当即拍板说她们也需要搞宣传，就认准这俩了。

Leah 最近开始单独接手项目，她这周末暂时放弃了电影，在厨房试着给自己做的慕斯拍定格广告，最后得出结论：算了吧，这能拍到死。

Demy 耸了下肩膀："做事情要先想清楚，不能因为 Joanne 建议，你就去这么干，好歹把她一起拉上，下次真碰到金主，你就不是唯一有经验的。"

Leah 有天给静安带了份慕斯，静安手机里正在重温《小羊肖恩》，

一个定格动画，一份甜品，两者一结合，她顺嘴就提了一句，没想到
Leah 真去实践了。

　　静安无视 Demy 那张说不出好话的嘴，说她看完了《故事经济学》，
等整理好笔记会群发一份，有兴趣者可以查阅。

　　"这书侧重讲品牌传播，归根结底要大家学会讲故事，在品牌和受
众之间建立情感联结。"Demy 显然看得比静安要快，"咱们现在讲故事
的机会不多，但看看也没什么坏处。Paige 可以仔细读一遍，应该会有
所启发。"

　　最后他看向静安："还是想拍故事片？"

　　静安听出弦外之音，重重点头："最近在跟进那款新出来的音响，
到时候你负责，前提是先拿下。"

　　静安先前虽供职于影视公司，但偶然得到过一次拍广告的机会。产
品出自顶级音响品牌，品牌方亲自建组，邀请好莱坞名导操刀，专业摄
影师掌镜，而制作团队找到了静安的公司。Demy 被老板钦点，静安负
责执行。拍摄场景全部实搭，道具组加班加点，后来广告一经上线，点
击量迅速破千万，不久后还斩获国际广告节奖项。

　　珠玉在前，木椟在后，静安越加不敢掉以轻心。准备创意方案的间
隙，她偶尔会想起沈西淮。那晚的沈西淮沉默寡言，与她印象中以及新
闻里了解到的都不太一样，不过鉴于两人的关系，她觉得情有可原。一
句"对不起什么"，分明也意味着他压根儿没把先前的事情放在心上。

　　既然他不在意，那她也当作什么都没有发生。可每每看到柠檬水，
看到领带，甚至看到一张没有表情的脸，她都忍不住要想起他。

　　她算着时差给周陶宜发消息："那只表还回去了。"

　　作为硅谷最为普遍的程序师，周陶宜正在兢兢业业写代码，看到消
息立即睁大眼："你们见面了？！"

　　静安跟周陶宜相识于毕业后不久，两人连续两次在不同场合巧遇，
又意外聊得投缘，各自留下联系方式后便来往了起来。静安跟她透露过
沈西淮的存在，但也仅限于那只表。

"对，碰巧在饭局上碰见。"

"我们伟大的祖国那么小了吗？就能这么巧？！"

静安见到沈西淮时确实也很惊讶，但淮清说大不大，又有朋友那层关系，碰见也不是没有可能。

"我向他道了歉。"

"道歉？你犯不着道歉呀！然后呢？他说了什么？"

静安再度回忆起那句话的语气，想了想说："没说什么。"

"什么也没说？不至于吧，你们不是同学吗？谁先打的招呼？"

"他。"

"然后什么也没说？"

"就跟我要了表。"

"他要的？那也太奇怪了吧！当初不是他说不要了的吗？"

周陶宜又说："不过这表确实贵，要回去也理解，好歹能换一辆车。反正东西已经还回去了，这事儿也就结了。"

静安认为周陶宜说得对，表已经还回去，算是了了她一桩心事，再多想只是徒增烦恼。

她手头有两个项目在收尾，需要时不时去剪辑室盯片，等她再回来，手机里有周陶宜的新消息："好想你，啥时候回大湾区？你不在，连水果点心都没的吃。你都不知道，之前那家中餐厅越来越猖狂了，我连续点了几次冷饮都给的热的，就在评论区里提醒，他竟然说饮料本来就是热的，因为开冰箱太费电。有人说配送慢，他就说实在抱歉，因为我们没给工作人员配飞机。气死我了……"

静安笑了起来回："最近都没办法请假出国，再等等，过几天给你们寄果酱。"

"我恨！想吃你做的佛卡夏、凉拌鸡丝、雪蟹拌面！我说着都要流口水了，说来说去还是郑暮潇最有福，至少想吃的时候还能去找你。"

"他很忙，都没能见上几面。"

"服了，不知道的还以为是牛郎织女，一年只见一次，明明就在对面楼，见个面都这么困难。"

周陶宜喜欢乱用比喻，静安不甚在意："也没那么难，昨天正好约了吃饭，到时候你应该睡了，不然可以一起视频。"

"算了，我不想看他。"

静安失笑，不禁摇了下头。

静安和郑暮潇是高中同桌，读研都在美国，只不过一个在东一个在西。郑暮潇从计算机四大强校之一毕业后就飞来了硅谷，研一时实习的那家公司给了他高薪，世界知名大厂也纷纷抛来橄榄枝，最后他还是选择加入一家研发中心，专攻人工智能和互联网安全领域。

硅谷物价房价高，通勤和房子是永恒的话题。静安那时住在很旧的老房子里，堪称小黑屋，连客厅也住人，生活极不方便，即便这样月租也过万，还不算水电。而同样的房租，郑暮潇先前在东海岸可以住公寓，现在完全不敢想，他一个人倒能凑合，但见不得陶静安委屈自己，便提议一起在公司附近跟别人合租公寓，由他来出大头。他清楚陶静安从不占人便宜，所以被拒绝也在意料之中。

后来认识了周陶宜，两人的住房状况都得到了改善。周陶宜家境优渥，她爸妈在西雅图，硅谷的房子就她一人住，起初她看中了陶静安的厨艺，后来看中了她这个人，就撺掇她搬来，说反正房间空着也是空着。静安也喜欢周陶宜，搬过去之前先谈了条件：一是房租照交，她也不扭捏，欣然接受了周陶宜给出的优惠价；二是只要她有时间，会给大家做饭。

夸张点说，在硅谷吃水果也能把人吃穷，而陶静安总是会把冰箱塞满，健康食品一应俱全，朋友里有喜欢喝茶和咖啡的，她都能帮忙冲泡，自己却不爱喝。周末她会开着锄草车在院子里锄草，然后种花，她还想自己种菜，但不想搞坏周陶宜的院子。

没过多久，周陶宜就确定占便宜的是她自己，占的还是个大便宜。她觉得陶静安很神奇，可以记住身边每个人的生日，还很会挑礼物，实用又美观。她也最喜欢跟陶静安聊天，每每风风火火从公司回来，跟陶静安说上几句就能平静下来。她给陶静安的圣诞贺卡上写过一句：你是我的安定剂。也试着拒绝收她房租，但陶静安坚持支付。

"你现在开销比之前还大，我感觉我帮了个倒忙。"

"怎么会！我现在的生活质量提高了一大截，质量一提高，就更有力气赚钱了。"

周陶宜想一巴掌拍在她脑门上，最后只是摸了摸她的脸。

静安当初其实还有第三个条件，让郑暮潇一起搬过来。她的初衷是离得近可以互相照顾，也让周陶宜按正常的招租要求考核郑暮潇，周陶宜却想也不想就应下，说这哪是条件，对爱美男的她来说简直是福利。于是加上另外三位好友，六人开始了合租生活。

起初郑暮潇只是偶尔外宿，随着跟女友的感情渐深，后来还是搬了出去，但房子照租，房租照付。再后来他调回国内公司总部，新闻版面上渐渐开始出现他的身影，标题多半以"聚点乘龙快婿""聚点未来接班人"开头。

第 6 章

作为触动竞争对手的未来接班人，郑暮潇经常会与自己的高中同学沈西淮同上一个版面。记者喜欢将两人拿出来暗暗对比，娱记更是不辞辛劳地对两人的私生活捕风捉影：沈西淮是天之骄子，真富家子弟；郑暮潇则出身低微，是飞上枝头变凤凰。沈西淮夜会女明星；郑暮潇则卖力替女友打工，结束了还得回家热炕头。当然也有反过来褒贬的，但不多。

郑暮潇起初看了会上火，后来索性眼不见为净。

公司附近经常有记者出没，他被拍得烦了，想着拍就拍吧，就算镜头怼到脸上他也不在乎了，但跟朋友见面不行，即便会打码，他也不能让别人一起被拍下。

餐厅订在老地方，私密性极高。郑暮潇准点进门，见陶静安坐在那儿喝水，不禁笑了。

"你怎么从来不变的？跟高中时候一模一样。"

他觉得周陶宜说得对，陶静安很长情，柠檬水从高中喝到现在，同一款杯子也可以用很久。

"你也没变多少。"

郑暮潇坐下："是吗？我还挺希望你说我变了，高中时候可太穷了。"

静安见他笑容里透露出疲惫，把菜布到他面前："忆苦思甜，不过邓爷爷说了，光忆苦思甜是不够的，要研究如何在新的历史条件下提高政治觉悟。"

"比如？"

"高中已经过去了，你现在需要先弄清楚当下想要什么。"

郑暮潇再次笑了："看新闻了？"

静安点头，她清楚郑暮潇目前的处境，以他本人的性格爱好，他只想做纯粹的互联网技术，但在其位谋其政，他的身份要求他不能只做技术，还得做管理。他并不是没有这个能力，只是需要强迫自己，而强扭的瓜不甜，干起来并不快乐。

"这事儿无解，为了这个已经吵很多次了，效果越来越差。当初我就不太愿意回来，不回来也就能再拖延一会儿。"

郑暮潇比静安早半个月回国，起初一帆风顺，后来掺杂进利益，加上家世背景时不时被拿出来炒作，事情发展得越来越复杂，他跟女友各自的压力也逐渐变大。

他看着对面被称作"安定剂"的陶静安，问："如果是你，你会怎么做？"

静安觉得这个问题很难："你也说了只是拖延，早晚都会发生，所以逃避没用。如果我是你，可能会做出一些妥协。但没有如果，我也不是你，在这个问题上我给不了建议，只能你自己权衡。我能做的就是在精神和物质上支持你，等你实在揭不开锅了，可以借你钱，不收利息，也可以借房子给你住，免费。"

郑暮潇被她逗笑了："我真是谢谢你。"

静安也笑:"多给自己一点时间,办法总会有的。"

"对,更窘迫的情况都经历过了,现在还不到那个程度。不说这些了,你奶奶身体怎么样了?"

"定期做检查,情况还算稳定。你妈妈呢?"

"除了膝盖,其他问题不大。上回你去参加同学聚会了?"

"嗯,程烟说也喊了你。"

"对,不过没空出来。我看她发了照片,第一眼都没看见你。"他忽然笑了,"怎么了?有话想问?"

静安点头:"程烟是你挖回来的?"

"是我,我也侧面问过触动有没有联系她,她说有。以沈西淮的作风,条件肯定比我开得高,而且她跟沈西淮那么熟,我本来觉得没什么希望,但程烟的意思是触动想要她换个领域,她考虑了之后还是决定暂时待在舒适区。"

程烟的犹豫很正常,虽说大把公司抢着要她,她最终还是要回归自己的职业规划。

郑暮潇继续说:"她那天还开玩笑,说要是触动多找她一次,可能她就愿意去了。我现在也算是明白了,沈西淮说一不二,要他放下姿态根本不可能,不管对面是谁,一锤子下去不行,那这事儿也就算了。"

静安低头吃菜,没有接话。沈西淮果决的行事风格,她确实见识过。

她今天没开车,郑暮潇送她回去,途经晏清中学稍停了停,说有机会要进去看一看,顺便问问学费有没有涨。静安笑了下,郑暮潇虽然总说高中过得太苦,但现今事业有成,仍以个人名义给母校捐了栋楼,而挨着那栋楼的科技体验馆则是触动出钱建的。

静安扫了眼冒出头来的尖屋顶,收回视线。

她住的小区就在公司附近,等郑暮潇的车子走远,她转身要进大楼,刚走两步又停下来。在她左斜方的位置,停了台黑色的车。

她侧头望过去,车门这时恰好被推开,她心怦怦乱跳,很快就见副驾驶上的人下来。与上次不同,沈西淮穿一身便装,浅色 T 恤似乎是 R

牌，牛仔裤出自静安很熟的 C 家。静安经常看 C 家的秀，尤其喜欢男裤，但对身材要求极高，也贵，她舍不得买，只继续关注服装配色，然后运用在食物的摆盘上。

沈西淮手里拿着一个眼熟的玻璃杯，静安不作他想，上回是跟她要回手表，这回他是来还杯子。

她略站了站，向他走了过去。她再次闻到了酒味，熏染的醉意一定程度稀释了沈西淮身上的压迫感。

"刚下班？"他直接略过了称呼。

静安刻意忽视他身上浅淡的酒味："没，刚跟朋友吃完饭回来。"

她想起那些新闻，沈西淮跟郑暮潇不至于互不待见，但整日被拿来反复比较，郑暮潇每每提起沈西淮情绪都很复杂，沈西淮大概也不太愿意听见他的名字。

他微点了下头："杯子还你，柠檬水很管用。"

静安伸手接下，那上面似乎还残留他手指的温度，她脑袋有些空白，不知该怎么将对话进行下去。

"那……我先上去了。"

头顶月亮露出一点清光，静安攥紧杯子转身往前。一个玻璃杯可还可不还，他却特意跑一趟，静安不太明白。

她步子不快，随即忽地一顿，回头看见沈西淮仍站在那儿。他目光恰好也落在她身上，两道视线一交织，静安提高音量："你赶时间吗？我给你煮醒酒汤吧。"

他似乎愣了一下，静安也跟着呼吸一滞，随即就见他朝她走了过来。刚才她走得仓促，说了不过三两句话，实在很不礼貌，即便不请他喝醒酒汤，她也该再说点什么。

沈西淮很高，肩膀宽阔，随着他走近，静安也渐渐抬高视线，微仰起头："你好像喝了很多。"

沈西淮低头看她："嗯，不带路吗？"

他声音很低，静安听出他话里的霸道，顿了顿说："你要不要跟司机说一声？"

他一秒也不停："不用，走吧。"

静安住的复式公寓，不大，木质地板上铺了舒适的地毯，她喜欢坐在上面一遍又一遍看早期的无声喜剧电影，地毯上散落几本书，她迅速收好撂在旁边。

"你先坐会儿，"她回身看他，狭窄的玄关在他的衬托下显得越发局促，"进来吧，架子上有饼干，你要是饿了可以吃。"

说完，静安一顿："晚上吃过东西吗？"

沈西淮走进来："吃了，又饿了。"

静安一时语塞，刚才一路上她多次想开口，都被沈西淮的沉默硬生生止住。他不说话时周身散发着很强的气场，即便新闻里他健谈又随和，但她总觉得他身上有一种疏离感，又仿佛在压抑着什么，始终没有释放出来。现在终于开口说话了，气场反而更强了。

"那你等一会儿，我尽快。"

见他坐下，静安钻进厨房。鉴于时间跟材料有限，她只能煮沉濠浆。这名字听起来稀奇，原材料不过是甘蔗跟夏季萝卜，切块煮烂就好。

甘蔗解酒，萝卜消食。为了充分发挥萝卜的作用，她又着手准备雪蟹拌面。有话说，你吃什么，你就是什么。冰箱里有爷爷奶奶送来的海胆黄，静安不知道沈西淮吃不吃海胆。

她甫一回头，就见沈西淮忽然出现在厨房口，头顶几乎擦过门框，视线淡淡落过来。静安以为他有急事要走，却听他问："要不要帮忙？"

"不用。你吃海胆吗？"

"可以。"

厨房偏窄，沈西淮一进来，她本能地往旁边让了让。面条已经在煮，热气往外弥漫，静安再次觉得热，她挪开视线，正要伸手，沈西淮似乎看出她的想法，先一步打开头顶的柜子："要拿什么？"

两人挨得极近，动作间胳膊蹭着胳膊，他声音经过氤氲的水汽传到耳朵里，像茫茫海面上逐渐清晰的船，静安脑袋一空，抬头时只觉得沈西淮那张脸不太真切。

其实在她的审美里，她更喜欢郑暮潇那样清新阳光的长相，虽然他本人跟气质不太相符。而沈西淮算不上特别好看，网友称他长了一张冷清脸，看起来十分薄情，静安想到的词却是"干净"，或许因为他举手投足间潇洒不羁，从不拖泥带水，加上他很会穿衣服，无论是日系还是英伦复古，身上也透露着爽利感。

静安隐约感受到他的呼吸，努力找回些神思，略一沉吟，那张脸却忽地逼近，还没来得及避开，只听头顶柜门"嘭"的一声弹回去，沈西淮的吻便铺天盖地地落了过来。

他舌尖的红酒味有些烈，带着清淡的香气，身上干净的味道也一并笼罩下来。静安在混沌中意识到，沈西淮大概醉得不轻，他掌心按在她的颈后，另一只手掐住她的腰，动作算不上粗暴，却带有不容拒绝的力量感，而静安也本能地攀住沈西淮的肩，彻底忘记了抵抗。

第7章

触动唱片公司旗下有一刊音乐杂志叫 Listening，每半月出一本，内容囊括国内外不同音乐体裁，娱乐性与专业性兼具，静安自回国后一出必买，本本不落。

她喜欢看摇滚乐版块，乐评人敢说敢写，用幽默的笔调肆意游走在审核边缘。最新一期的专访有她喜欢的乐队——Lemon Fish（柠檬鱼），这支融合后朋克的电子乐队出道不过两年，就已经一票难求。

静安坐在工位前翻看访谈，刚扫过两行，思绪就飞了出去。

她想起昨晚那个被中断的吻。

料理台上咕噜咕噜翻腾的沸水顶开锅盖，发出沉闷的响声，静安凭着残存的理智别开头，她看清沈西淮英俊的脸，不确定他脸上的情绪，但还没来得及推开他，他又低头吻过来，侵略性更强。

她隐隐察觉到了沈西淮的目的。这个吻很突然，却又有迹可循，如果不是因为沈西淮的手机孜孜不倦在响，她不确定什么时候能结束。

电话里助理告知有事，沈西淮走得很急，醒酒汤和面都没来得及煮好，静安也因为没有整理好心情，直到在玄关处把人送走，也没再跟他对视一眼，视线始终落在他手指上，他手指还是一如既往地红。

静安此刻想起沈西淮身上的味道，想起他后颈肌肤的温度，还有他周身充斥的压迫感。她提笔在纸上无意识画着线，直到有人往她桌上扔过来一颗软糖。

她急忙回神，回头就见 Paige 站在她工位旁："嗨，亲爱的，抱歉，我从一分半钟之前站在这儿，由于你完全忽略了我的存在，这让我有一点点挫败，所以为了引起你的注意，我决定请你吃一颗你之前给我的糖。"

静安立即挺直背："抱歉 Paige，刚在想事情。是要说场地的事情吗？拍摄进度怎么样？"

Paige 正给一家通信公司拍广告，原本要拍外景，但临时改了方案，场地也限制到了棚内。静安帮忙介绍了一家熟识的摄影棚，拿的友情价，替项目省下一笔费用。

"昨晚拍完了，很顺利，晚上吃日料，一起去！"

静安上周末没回家，跟爷爷奶奶说好今晚回去吃饭，聚餐是去不了了。

Paige 一脸失望："我以为你终于要去约会了，没想到只是去赴家里的约。"说着又问，"你跟 Demy 认识多久了？"

静安不解，仍旧回："真正相处只有一年，加上现在。"

"他交过女朋友吗？"

"……没有见过。"

Paige 点了下头："但他至少还表示出了对你的兴趣，你呢？"

静安有些茫然。

"Joanne，我观察过你，就算对方长得特别帅，你都无动于衷，你知道你那副公事公办的语气有多伤人心吗？我都替帅哥扼腕！"

静安无奈地笑："我没觉得谁不帅，有些人确实赏心悦目。"

"举个例子？"

她第一时间就有了答案，可没法说。

"别跟我说什么大卫·鲍伊，我要真实的男人！"

静安失笑："一时不太想得起来。"

Paige 差点翻白眼，随即又颇有兴致地问："你觉得对面的郑暮潇怎么样？我觉得他长得贼有味道，就是他上下班时间不固定，不然我每天都能准点守在窗子边看他。"她叹了口气，"我家要是有聚点那么有钱，说不定郑暮潇就是我的了。"

静安没有说话。在外人看来，郑暮潇会和聚点的千金梁相宜恋爱，不过是将对方作为自己事业的踏板。舆论一旦有了开头，假的也能传成真的，何况是最容易被人津津乐道的豪门新闻。

Paige 只是随口一提，静安也没放在心上。

她端起杯子要喝水，Paige 又一把抢走："我算是明白了，男人都是浮云，你的心思现在还停留在你的柠檬水、你的电影和书，还有你的食物上，你连表情包都只发小黄鸡！"

静安被逗笑："小黄鸡真的很可爱。"虽然她最喜欢的是狗。

Paige 恨铁不成钢："重要的是小黄鸡吗？ Demy 和你差不多，你俩凑一块儿可以叫湾区生理需求抵制联盟了。说真的，你不喜欢 Demy，但可以试试啊，虽然我恨不得把他打包送去我家给我妈擦地，我也还是很愿意尝试的。"

Paige 对待男女关系素来开放，但这么说多半是在开玩笑。她并未停下，很正经地问："我送你的礼物用过了吗？"

静安张了张嘴，没有作声。

Paige 终于放弃，直接就着静安的杯子喝下一口柠檬水，咂摸了两下后说："确实挺好喝的，有时间跟我讲讲你跟柠檬的故事。"

静安见 Paige 潇洒地离开，回头继续对上那本 Listening，发了会儿怔，她合上杂志。音响广告竞标会在三天后，她得尽快敲定创意方案。

下班后去取车，电台里仍旧在聊最近热门的元宇宙，最后又不可避免地将话题落到聚点和触动上。

随着国内外科技巨头纷纷开展元宇宙业务，聚点的研发中心也计划投入大量资金进行基础研究，突破技术上的局限性，以期在虚拟空间行业中占据一席之位。相反地，触动始终没有行动，甚至没有透露任何风声。

"我觉得触动现在有一个问题就是，沈西淮他本科在伦敦政治经济学院学的经济学，然后去斯坦福修工商管理，他是搞管理出身的，而郑暮潇本科硕士学的都是计算机，技术——尤其是元宇宙这么大的东西，门槛很高，郑暮潇有理论和技术支撑，沈西淮他就不太摸得着，眼光受了局限，策划上就会偏保守。不过奇怪的是，网上说他是扎克伯格 2.0，人家扎克伯格都把 Facebook（脸书）改名 Meta 了，沈西淮没有理由不行动啊。"

静安直接把电台切了。她连按几声喇叭，迅速从车流中横切出去，风驰电掣地奔往粮仓口。

吃完一顿饭，静安和奶奶一起煮果酱，从蓝莓到柠檬，再去拿橙子，静安忽然一顿："奶奶，以前您给我爸做的那个果冻，里头是不是有橙子？"

"你说那个醒酒果冻呀？那会儿你还当零嘴吃呢！怎么了？想吃了？"

"嗯，馋死了，您快教教我。"

静安从家里出来时已经过了十点，爷爷奶奶留她，她说明天一早得去公司，拎了几罐果酱和点心带走。又去了趟超市，快到家门口时照常给爷爷奶奶报平安，刚一转弯，她气息猛地一提，脚步也跟着停下。

小区为了保护业主的隐私，各家各户外的过道都独立了出来，静安的门开在窗子边，窗台上养了几盆绿植。

此刻的沈西淮就侧身站在那几盆绿植前，身姿笔挺，风将他头发吹得微微晃动。他穿衬衫西裤，领带被他扯开，脸很白，看过来的目光深邃悠远。

静安像被一张网密密匝匝困住，连呼吸也慢下来。他好像每天都需要喝酒，不浓不淡的酒气飘过来，静安觉得自己也要迷醉了。

"你……"

她想问他等了多久。两人在研究生时期交换过联系方式，他要是想，随时可以给她发消息，但她又知道他不太可能联系她。

"吃饭了吗？"

她屏住呼吸走到门前，即便回头按密码，也感知到沈西淮的视线追随过来，这让她越加透不过气。

门应声而开，她用膝盖顶了下，身后的人不答反问："你什么时候回国的？"

她略有迟疑，对上他有些迷离的眼："年初。"

他站着没动："几月？"

"2 月份。"

那时候她心力交瘁，过后才得知，比她早半个月回来的郑暮潇在聚点总部的第一个项目，就是与千吉联手打造网游，而在此之前，千吉给出的讯号始终是有意与触动合作。

网友称，聚点这第一滴血是从触动碗里抢来的，又说郑暮潇是在给他的老同学沈西淮下马威。两人的比较就是从这时候开始的。

静安不知道沈西淮为什么问起这个，可一对上他那张脸，想问的话又咽了回去。

楼道里很安静，沈西淮始终一瞬不瞬看着她，静安仿佛能听见自己的心跳声，她掩去慌乱，推门进屋，又回头去看他，想请他进来，可话还没出口她就已经觉得奇怪。

好在她刚把果酱放下，沈西淮主动跟了进来。狭窄的玄关勉强将两人容纳，静安再次被他身上的气息笼罩，刚要弯腰脱鞋，身后的人出声喊了她："陶静安。"

静安心尖一颤，回头看他。

"你上次说对不起，然后呢？"说话间，沈西淮长腿一迈到了她身前，他低下头，灼烫的气息落在她额前。

她背脊僵直，满脑袋想的却是沈西淮为什么这么好闻，她微一抬头，还没来得及开口，身前的人忽地躬下身来。袋子摔在地上，里头新鲜的橙子滚落出来……

她从他嘴里尝到一点果干的味道，是黑加仑，而昨天的是柑橘，似乎还有玫瑰的香味，又像是海中的贝壳。

下一刻，静安被横抱起来……

从那晚他在停车场叫住她，再到昨晚那个吻，然后是此时此刻，他的态度都表示出他的不甘。

他在报复她，在用同样的方式来表达他的不满。或许对他这样的人来说，一旦没有占据主导位置，势必要找机会抢夺回去。静安却用仅存的意志在想，好奇怪，分明隔了这么久，她却仍然觉得沈西淮身上的味道十分熟悉，和记忆中相似。

良久后结束，静安隐约中听到身旁的人起身下了楼，过了会儿又上来。

沈西淮似乎拍了下她的脸，她醒不来，却因为口干舌燥本能地去喝他送过来的水，入口清冽，是冰镇的柠檬汁。

她只喝了半杯，剩下半杯落进沈西淮的胃里。干燥得到缓解，静安侧身睡过去前想，沈西淮不会再来找她了。

第 8 章

印象里，静安在大学期间只见过一次沈西淮。

R 大的经济学院在国内首屈一指，静安入学后通过二次选拔，进入了经院和数学学院共同组成的实验班，既学经济，又读数学。

大二那年，她在家人的支持下申请转去了艺术学院，改学戏剧影视文学。为了跟上进度，她大二一整年都过得异常繁忙。下学期时参加创作大赛，她的剧本处女作意外被评为金奖，拿到赞助费后很快进入排戏阶段。

　　一群学生拼凑起来的草台班子，分工并不明确，静安虽是编剧，也干着导演的工作。招募演员，确定服装，设计舞台，在排演的过程中不断地修改剧本……然而这些都不是最重要的。

　　"如果完成一部戏需要一百分钟，剧组只会拿三十分钟来排戏，剩下的全用在处理人际上。"

　　静安对自己得出的这个结论感到失望，但只要有人的地方，就离不开交际。无论是话剧还是电影，归根结底是团队工作，缺一不可。她认为自己能做的就是减少无效的交流时间，学习高效表达，尽力读懂他人的潜台词。

　　郑暮潇在电话里安慰她："你性格看着偏软，其实说一不二，很有魄力。高中你把补课费夹我笔记本里，你的眼神让我觉得，我要是不收下，你的拳头下一刻就能往我脸上招呼。理论上你是借钱给我，行动上更像是在跟我要债。"

　　彼时的郑暮潇就读于 Q 大计算机系，他刚作为 Q 大超算团队的成员前往美国奥斯汀参加了国际大学生超算竞赛，并一举拿下总冠军。

　　静安一直想请他吃饭，但两人都忙得脱不开身，直到学期结束，静安的话剧在剧场试演，郑暮潇才带着一束花出现在观众席。

　　结束后，剧组浩浩荡荡去路边吃烧烤，两人走在最后，静安接过花后"哎"了一声：

　　"这不少钱吧？"

　　郑暮潇笑得有些无奈："用奖金买的。家里债务还得差不多了，以后该换我请你吃饭。"

　　郑暮潇原本可以去麻省理工学院，但国外学费太贵，家里负担不起，他也想趁着本科期间挣钱还债，等攒好钱了再出国读研。

　　"也不要太拼命了。"静安劝他。

　　"我看你也差不多。我是因为钱跟一点点热爱，而你是完全出于喜欢。"

　　静安笑："欸，最近我在构思一个新剧本，不知道能不能写出来。"

她"科普"专业术语时眼睛里神采奕奕，郑暮潇分明离她很近，这一刻却觉得她太遥远。

她也十分谦虚，她口中的"被压迫者戏剧"剧本最终被她写了出来，首演是在大三的那个寒假，断断续续演了几个月，最后一场则被安排在大三结束前的考试周，去看的人仍然很多。

结束后两人一起吃饭，他给她点了柠檬水。

"本来打算考完请你去玩，但确定了要去千吉实习。"

千吉作为国内新兴的一家游戏公司，近两年凭借一款网游后来居上，而千吉老总的独生女，恰好是静安和郑暮潇的高中同学。郑暮潇会去参加同学聚会，也是碍于这位同学的面子。高中时他只负责埋头苦读，跟班上人不熟，于是把电话打了去静安那儿。

静安跟他差不离，恰好有空，也就陪他一起去了。

到地后上楼，碰上有人下来，静安被不小心撞了下，身后郑暮潇护住她时，她抬头对上几双视线，其中一双就来自沈西淮。

撞到她的是黄杨树乐队的吉他手，撞完就被旁边的主唱女友痛骂。两人并不是实验班的学生，但因为另外两位乐队成员的关系，他们常常会来班上串门，属于实验班的编外人员。

静安冲两人点了下头，然后仰头望去他们身后，沈西淮插兜站着，大概是前面的人一直不走，他脸上不甚耐烦，只低头看着某处。站他旁边那位戴白色口罩，一张脸几乎看不见，但毫无疑问是乐队的鼓手，也是沈西淮传闻中的女友。

静安前不久在新闻里见过宣传照片，那颗泪痣是她的标志，她的名字也很特别，由三个省份的简称组成。苏津皖被名导选为新片女主演的消息早在网络上不胫而走，先前大家只在班群里求证，这一次见到真人，围绕电影的话题更是层出不穷。

静安学电影，对话题颇为上心。她跟随其他人的视线定在一处，苏津皖身上有股忧郁的气息，但这不影响她整张脸的灵动，也不影响她打鼓时倾情投入。

有男同学对着苏津皖开玩笑:"电影取景在英国?哦哟!是英——国——啊——"

众人跟着起哄,静安没听明白,身边郑暮潇看出她的迷茫,低声在她耳边解释:"沈西淮大二转去了英国,在伦敦政治经济学院。"

静安有些意外,班上不少同学出国读本科,但她始终记得很清楚,光荣榜前两名都留在了国内,一个是郑暮潇,另一个就是沈西淮。

三年前的疑惑此刻被同学的调侃解开:"你俩可真成,今天是专门来屠我们这群狗的吧?你为了苏津皖留在国内,现在好了,你出国了,苏津皖又要跑去你那儿拍戏,还让不让我们这群单身狗活了?"

"就是巧合,你们也能编出这么一大段来?"沈西淮声音不大,说话时脸上也带着点笑,震慑力可见一斑。

然而起哄的气势只增不减:"那到底是真巧合还是假巧合呀?"一旦有人开了头,就有其他人跟着附和。

静安向来对八卦没有兴趣,刚喝下一口饮料,郑暮潇又靠近说:"其实我本来想去触动实习,但被他家拒了,聚点我也填了申请,现在还没消息。"

静安闻言看了眼对面的沈西淮,刚才还笑着的人这时只低头吃菜,一副漠不关心的样子。

还没来得及收回视线,对面刚成功岔开话题的苏津皖看向她:"陶静安,你呢?打算出国吗?"

静安怔了两秒,旁边郑暮潇反应迅速,替她回答:"她可能去伯克利。"

话一出,左手边的女孩抓住静安:"你要去伯克利吗?好巧,我也打算去!"

这女孩就是程烟,未来被郑暮潇高薪挖回来的计算机大神。

程烟又看向郑暮潇:"郑暮潇,你呢?也要出国吧?我还想跟你一起做技术研究呢!来吧,一起申请伯克利!陶静安都要去了,你还不去?"

静安坐在两人中间,顺势替郑暮潇回答:"他还没确定下来。"

"那也是计算机四大强校吧？你去东岸不如来西岸，出门就是硅谷，还省得你毕业飞过来。"

郑暮潇问程烟："去年的夺旗赛你看了吗？"

Defcon 是全球安全领域的顶级黑客大会，被誉为安全界的奥斯卡和世界杯，而夺旗赛是黑客大会的核心竞赛，小组为获取网络根服务昼夜对战，以击败对手。

"看了呀，冠军还是美国队，他们竟然提前 1 小时就做完题，简直变态……你想去卡内基梅隆大学啊？"

冠军战队来自卡内基梅隆大学，而郑暮潇最终确实去了这所大学。

静安后来仔细回想过那天的沈西淮，时间过去太久，而她也几乎没有关注他，实在记不起其他细节，唯一印象是这人比较冷，跟他的绯闻对象也不像传闻中那样亲昵。

在去加州之前，静安曾经读过琼·狄迪恩的作品，她说："那些说加利福尼亚是享乐主义的人，显然从未在萨克拉门托过过圣诞。"

静安深以为然。她的研究生阶段相比本科更加忙碌：别人精心打扮在去派对的路上，她在图书馆通宵写论文；别人在萨瑟大门游行，她在回住处的巴士上补觉；别人在山顶荡秋千，她在容纳了一千多学生的教室里听伯克利最火爆的计算机入门课。JavaScript①还算简单，后端对她来说就有些吃力。

她向程烟求助，程烟让她去纪念草坪找她。她先去买了几杯奶茶，过去才发现人不少，奶茶分下来还缺一杯。

程烟吸着抹茶拿铁："哎呀，他不喝奶茶的啦。"

静安有些尴尬地看着坐在草坪上的沈西淮，他长腿屈着，在阳光下眯起眼，过会儿走过来说："有点渴，带我去买水吧。"

他说得理直气壮，静安稍稍一愣，最终默默给他带路。来往的学生不少，在经过地上一个铜色印章时纷纷绕开，她回头去看沈西淮，侧头

---

① 一种具有函数优先的轻量级，解释型或即时编译型的编程语言。

就见他正要踩上去，伸手想拽住他，但终归不太合适，又讪讪收了手。

有路过的学生冲沈西淮打趣："You're not going to get a 4.0!"

见沈西淮看过来，静安解释："他们说踩上这个印章，平均绩点就达不到 4.0。"

沈西淮笑得不以为意，却还是问："那现在怎么办？"

静安还是第一次这么近距离地看这位老同学，他眉目清朗，笑起来却带一些痞气。他的 T 恤特别白，下摆束在腰里。

静安赶时间，还是在钟楼附近绕了下路，把沈西淮带到一个石球前："你摸一下，摸了就有可能拿 4.0 了。"

沈西淮的成绩向来很好，她并不觉得他会信这些，下一刻却真的见他将手触到那颗 4.0 球身上。

她有些意外，头顶阳光很刺眼，她用手挡在额前，看清沈西淮细长干净的手指。

两人顺着坡路往下，静安问："你 I-20 找到了吗？"I-20 某种程度相当于留学生的通行证，丢掉会很棘手，甚至有可能被驱逐出境。

沈西淮经常在群里约饭，群里的人跟他亲疏不一，他却习惯一一询问。静安很少看群，点进去多半是因为被他点名，然后回一句要赶作业。上回她多看了两眼，见他说 I-20 不知道丢去了哪儿。

沈西淮却反问："上次一起吃饭你好像没来？"

大概是他那次在饭桌上解释过，但静安没去，也就无法得知他 I-20 的去向。那天她忙完去校外剪刘海儿，又被 60 美元的价格给吓了回来，改成自己动手，剪得残缺不一，现在还没长好。

"嗯，作业太多了。"这话算不上撒谎，作业确实多，只是那天她早早写完，没去吃饭是因为跟郑暮潇约好线上视频，她不好经常找程烟问编程题，偶尔会求助她这位高中同桌。

沈西淮似是没听见她的话，只说："I-20 找回来了。"

静安点了下头，没再说话。

到山脚下，她给沈西淮买了杯鳄梨汁，自己要了希腊酸奶，又顺便买了一袋面包碎当晚餐。

等要去付钱，沈西淮先一步刷了卡。他没给她说话的机会，转身在前面两步等她，迅速地转移了话题："下周橄榄球赛，程烟让我来接你们，到时候别迟到了。"

伯克利和斯坦福的爱恨情仇可以追溯到 20 世纪，每年秋季两校会联合举办一场橄榄球大赛，以一决雌雄，这一年的主场在斯坦福。

静安对此没有太大兴趣："程烟她们会去，我就不去了。"

她仍旧把看橄榄球赛的时间用来学习，不久后程烟叫上她一起去纳帕谷参观葡萄酒庄，去时她坐程烟的车，回来坐的是沈西淮的车。

她走得累了，在车上昏昏欲睡，隐约听见前排的女同学在和沈西淮聊天。

斯坦福相比伯克利更加偏僻，对学生来说学习就是全部，周末倒是有不少活动，偶尔会发免费的电影票和球赛门票，如果资格符合的话，能加入兄弟会或者姐妹会。除此之外似乎没有什么特别的。

静安从沈西淮口中得知了这些信息，蒙眬中又忍不住想，沈西淮的声音好像很适合在睡觉的时候听一听。

第 9 章

车子一路从纳帕谷开回伯克利，静安被旁边同学喊醒，又听前头的人问："静安，你去吗？"

"什么？"

"Touchy Feely。"

静安立即清醒，还没弄明白就回："去。"

沈西淮就读的斯坦福商学院属于商学院里的第二，哈佛商学院意在培养大企业的中高层管理，而斯坦福是企业家的输送源。斯坦福商学院有两门课程最受欢迎，其中一门主张马基雅维利主义，指为达目的不择手段，还有一门是价值观几乎与之对立的 Touchy Feely。

Touchy Feely 学名叫"人际互动学"，它试图去研究人的"感觉"，解释人与人之间互动的规律，也被戏称为"公开表露情感课"。去上课的学生就是这门课的实验小白鼠。

那天沈西淮开车来伯克利接她们，因为有段时间没见，静安又恰巧被剩到副驾驶座，多少有些尴尬。好在她每天睡不够，上车就歪头昏睡过去。后来手机响，是郑暮潇催她交编程作业，她原本打算检查一遍，现在直接发了过去。

车子停在十字路口，旁边沈西淮忽然说："从伯克利到斯坦福要经过 48 个红绿灯。"

静安有些诧异："你数过？"

"嗯，走我们现在这条路会更近，不过红绿灯的数量翻了一倍多，一百多个，花的时间也就更久。"

之前静安爬山的时候会边听音乐边数遇到的小松鼠，而沈西淮竟然用数红绿灯来打发时间。

她笑了下："那你现在是想要多数红绿灯？"

"对，这条路走得少，验证一下。"

红灯还有半分钟，沈西淮自己选的这条路，此时看着却不太耐烦，他看向静安："你手机好像没怎么见过。"

静安的日常生活大部分被音乐充满，她是马勺音箱的发烧友，前不久马勺出了旗下第一款手机，她敌不过"配备两个耳机插孔"的诱惑，花 499 美元买了一部。与其说这是一款手机，不如说是一台播放设备。静安在国内网站上看见网友直呼其"洋垃圾"，十分想要点赞。

沈西淮舅舅家就是做手机的，静安不想班门弄斧，直接把手机递给他，只说："马勺出的。"

沈西淮来回研究了机身设计，看回屏幕时没乱点。

"好用吗？"

"只能听歌，其他不太行。"

她接回手机，屏幕里郑暮潇刚发来第二条消息："很棒，进步了，等我回来给你出更难的。"

郑暮潇即将代表学校参加国际编程大赛，得去几日，趁走前有空给她批作业。他学习上对人对己都严苛，几乎不夸人。静安看着那句夸奖，忍不住笑了出来。然而对面很快又发来需要改进的部分，她仔细查看，等再抬头，车子已经进入斯坦福。

慕名来上人际互动学的学生将教室挤满，静安被分到陌生的小组，十人里有两名负责推进，她就是其中一个。

来之前就听说很多学生在这门课上哭了，静安起初没有百分百投入，腾出一点精力去观察周围的人。程烟始终在笑，一副如鱼得水的样子，而往常潇洒偶傥的沈西淮却顶着一张面无表情的脸，有些阴郁，静安总觉得他下一刻就要摔门而走。

她掏出手机给他发消息："发生什么事了吗？"

这是她第一次主动和他私聊，以往都是沈西淮来找她确认有没有时间一起吃饭，抑或是通知吃饭的时间地点。两人不熟，但沈西淮对谁都很周到，他回："肚子不太舒服。"

她立即看过去，沈西淮恰好也看向她，脸色稍有缓和，但情绪显然还受影响。

"撑得住吗？"

"可以。"

静安又多看几眼，直到沈西淮冲她淡笑了下，才稍稍放下心思，沉浸到小组训练当中。

小组训练是一个感知自己情绪和感知他人反馈的过程。每个人不断地输入与输出，循环往复后可以学习与总结人与人交际的规律，更加深入地了解他人的想法，并突破自我认知的局限性。不少学生从这门课程中受益匪浅，甚至因此改变了三观。

几年后静安在新闻上读沈西淮的消息，猜他这门课大概拿了 A+，不然不可能把人际关系处理得如此得心应手，即便他本人不怎么表露自己的情绪。

那天结束课程后，静安第一时间找沈西淮确认："是不是因为喝了那杯果汁？"

沈西淮作风绅士，出门在外很乐于掏出自己的钱包，静安出来得少，被请客的次数不多，但仍然觉得过意不去，来上课之前给每人买了饮料。

"不是，昨天吃得太辣了。"

沈西淮脸色已经恢复如常，和人交流时也神色自如，静安观察了一会儿，暂时放下心来。

但她很快地意识到了另一个问题。

大概是看得太频繁，也看得过于仔细，她注意到沈西淮皮肤很好，牙齿也白，不自觉地就开始想象他刷牙洗脸的样子——应该和他看人说话时一样，认真而专注。他的笑偶尔直达眼底，有时又只是微扯嘴角，这让他看起来亦正亦邪，分明待人真诚，却让人难以猜透。

静安有几次看得入神，以至于沈西淮再次看过来时，她心跳猛地漏了一拍。她急忙错开眼，低头塞进一块寿司，刚嚼两下，眉头微微皱起来。寿司里有她吃不来的鹅肝，连喝几口冰饮才稍稍缓解。

旁边程烟问起沈西淮下次课程的时间，打算再来，其他人也纷纷响应。又有人求学好问，向沈西淮要他们专业的书单，他回说晚点整理好发群里。

回去仍是沈西淮送，静安主动地换去了程烟车上。然而过会儿沈西淮也坐过来，解释说有人眼馋他那辆车很久，一回不够，还想开第二回。

他表示那人开车技术不好，过来是为了保命，静安却觉得很要命。来时是敞篷车，她尚且感觉不到，可现在四周一封闭，很容易就能闻到沈西淮身上的香水味。她原本就故意避开他，现在相挨而坐，更加不自在。

前排有女生来时也坐沈西淮的车，这时回头问他："刚才你车上放的哪张专辑来着？"

沈西淮显然因为开车没有认真听，静安见他在努力回忆，替他回答:"披头士的《孤独之心俱乐部》。"

女生忙不迭点头:"就是这个!我老是想不起名字。"

静安回之一笑,她察觉到左侧沈西淮的目光,侧头将视线移去窗外,但那股清新的香气紧追不放,她像是猛灌下一杯柠檬水,连神经末梢也跟着酸涩起来,又夹杂一点爽利的甜,这种感官上的冲击让她始终提着一颗心。

她努力让自己平静下来,仔细去听歌词。高中时她经常听披头士的歌曲。相比那张《孤独之心俱乐部》,她更喜欢《橡胶灵魂》。

沈西淮应该很喜欢谁人,这支乐队的配置属于顶尖,拥有第一贝斯和第二鼓手,沈西淮有件T恤衫上就有他们的涂鸦,像是自己画上去的。

静安回头去看他的手,右手食指指尖有一层薄茧,应该是练琴所致。她想象摸上去时粗糙的触感,摩挲起来大概会有点硬。他的指节匀称,指甲是长条状的,饱满圆润,修得齐整,显得手越发纤长,不知道牵起来会是什么感受。

她神游天外,下意识看回他的脸,紧接着撞上他的视线。

沈西淮也在看着她。

被抓个正着,静安觉得自己的心快要跳出来。她习惯看着人说话,也喜欢别人与她说话的同时看着她,这会让她认为自己受到了尊重,但此时此刻,她希望沈西淮不要这么专注地望向她。

"怎么了?"

他声音也该死地好听。静安内心叫嚣着,面上却毫无波澜,镇定地问:"肚子还疼吗?"

他浑不在意:"小毛病。今天课听得怎么样?"

静安实话实说:"很有意思,名不虚传。"但她不会再来听了。

"有时间可以再来听,斯坦福商学院在软能力方面的课程都挺有意思,基本都在讲人际交往,针对不同社会角色会有不同的专项课程。"

静安有些迟疑:"比如呢?"

"比如商业领袖、员工、职场生活或者私人生活，每个老师会先带领我们进入那个语境，然后再去探讨其中的关系。老师讲得很细，比如假设你是公司的人事，现在必须裁掉一名员工，你打算怎么做？打算周几找员工商谈？上午还是下午？这些细节都会讨论到。"

静安脑袋里出现了两个小人，仿佛她一旦有所表示，就不仅代表她对课程有兴趣，还有别的人或事物也在吸引她投降。

"听起来很有趣，也很实用。"

沈西淮说："你感兴趣的话，我把课表发给你。"

"可以啊。"静安无意识地就应了。

等晚上收到课表和链接，她意识到沈西淮既实在又细心，而不是表面客套转头就忘。

链接里是斯坦福商学院众多知名教授开的书单，静安对其中几本很有兴趣，一一记录到随身笔记本上。

她回复沈西淮："谢谢，有机会一定去听。"

她觉得自己是一个矛盾体，想要像人际互动学课程里传授的那样尊重自我意愿，可现实总是让她倾向于另一门课主张的结果导向。

高中时家里出事，她想从晏清中学转学，因为学费高昂，家里快要负担不起。她对文科感兴趣，后来改变心意去了理科班，一门心思认为这样更有"钱途"。再后来从影视转去广告，无非也是因为金钱利益。

琼·狄迪恩在《奇想之年》里说过："生活改变得很快，生活瞬间改变。你坐下来吃晚饭，而你熟知的生活结束了。"

静安那学期没有再去斯坦福，而下一次再见沈西淮，已经是很久以后。

第 10 章

静安在研一下半年去过一次匹兹堡，机票是郑暮潇得知她回加州的日期后买的。从淮清起飞，中途转机两次，落地时是下午三点半。

郑暮潇租了车接，接过行李箱时抚慰性地抱了下她。

因为奶奶病情反复，静安近半年频繁地往返国内，直到这次情况趋稳。郑暮潇先前就邀请过她，这次恰好借机要她散心，申请给她当美东的向导。

卡内基梅隆大学不大，步行穿越一趟只要十分钟。赶上学校毕业季，来往的人很多。到晚上安静不少，静安跟着郑暮潇去参加他们的午夜编程聚会，回来时经过计算机系大楼，门口比尔·盖茨夫妇的头像雕塑很显眼。

"要是我当初学计算机就好了。"

静安站在门口没动，卡内基梅隆大学和伯克利相似的一点是"全民CS（计算机科学）"，不管是不是计算机专业的学生，都会选修计算机课。静安通过入门课能够写出俄罗斯方块和贪吃蛇的程序，如果专攻，水平应该不限于此。但没有如果，她现在在硅谷连一份满意的实习工作也找不到。

郑暮潇站在几步之外，想起高中时期每天会出现在课桌上的面包和果酱，有时候会是热腾腾的小笼包和滚烫的豆浆，陶静安知道他为了省钱不吃早餐，会给他带上一份。有几次还打包了校门口的炒肝，那家卖得尤其贵，也更好吃，陶静安只有在考得特别好的时候会奖励自己吃上一碗，比给他带的次数还要少。

他知道她正被什么困扰，一如他当初面对的境况，生病的家人和高昂的医疗费用，倾尽所有也要去上的私立高中以及周边优秀同学带来的高压。

陶静安可能后悔转去文科专业，也后悔出国读研，但也就那么一点。

她身影在夜里略显伶仃，郑暮潇朝她走近："陶静安，我知道其实你没那么喜欢CS，但如果你要学，可以随时找我。"

他看清她回头时脸上的笑，明眸皓齿，眼睛里似有秋水在晃动，浅淡的妆容让她整张脸越发亮了起来。

她语调有些刻意的清扬："我不是已经来了吗？"

卡内基梅隆大学的夜很静，远处有戏剧学院的学生在排演露天剧目，郑暮潇忽然觉得遗憾："你当初要是来这儿读戏剧就好了。"

匹兹堡离伯克利太远，来往一趟很不方便。而静安当初选择跨读新闻，一部分是想拓宽知识面，期望能从全新的角度去解读学业与生活。

她只在匹兹堡待了两天，返程飞机上也在赶论文。一直忙到期末，终于收到两份实习录取通知，可仍旧开心不起来。毕业后是否回国是留学生普遍的问题，以她的职业规划为基准，留美积累经验是更好的选择，但她想回国陪奶奶。

犹疑不定之际，点开手机注意到程烟在群里圈了她几次，先前她没有心力顾及，暂时屏蔽了群消息，现在翻完聊天记录后一并回复："抱歉，3月份我在国内，回来后也忙着考试，没注意看消息。"

程烟当即就回："少来了，你不是还去匹兹堡了吗？那天我找郑暮潇讨论题目，他说他送你回来的，不过没在伯克利过夜，当天就飞回去了。"

静安解释："他暑假会来硅谷实习，提前来看下实习公司。"

"嗯，听他说了。我们也都留硅谷，郑暮潇说你还没确定？"

"对，还在考虑。"

"郑暮潇都要来，你肯定不能走。"程烟又说，"好搞笑，之前问沈西淮，他说可能不回去。他们家那么大一公司，他留硅谷实习几个意思？是要去其他公司窃取行业机密吗？"

静安乍看到"沈西淮"三个字有一瞬间的陌生，上一次见面还是去斯坦福听课，那时她起了点奇怪的小心思，现在想来只觉得恍如隔世。

她回："我可能会去好莱坞，那边实习机会更多一些。"

但去好莱坞成本更高，她最后还是留在了硅谷，实习一个月后，8月仍旧买了机票回国。

在家里待到开学，走前一天奶奶拉住她手，旁敲侧击要她以自己的想法为主，避免得不偿失。

静安有些难受，笑着说："我从来不勉强我自己。"

奶奶也笑："这样最好。"

静安见奶奶打量自己，绕去后头抱住她："怎么了？舍不得我呀？"

"怎么会舍不得？每天在我面前晃，再不走我都要看腻了。"奶奶拍她手背，"我是想啊，我们家孙女儿长得还算周正，学习也优秀，怎么眼光那么高呢？就没哪个青年才俊能被她看上？"

静安仍是笑："我都说了嘛，我从来不勉强我自己。"

"你那些个同学都那么优秀，那这眼光得是多高啊？还是说已经心有所属啦？"

静安试图糊弄过去："对对对，我就是心有所属了。人家太上进，我拼命追着还不一定赶得上。"

"那我知道是谁了。"

"谁？"

"你不告诉我，那我也不告诉你。"

静安无奈地笑，没再问下去。

隔天飞旧金山，再坐地铁返校。刚忙完开学，程烟在晚上发来消息，喊她去渔人码头。她觉得太远，想了想说不去了，程烟大概在忙着聚会，没再回复。

等她跟爸妈视频结束，才发现程烟给她打了好几个语音电话，她立即回拨。程烟那边音乐震天响，她扯着嗓子喊："你干吗呢？一直占线！我喊沈西淮去接你了！应该早就到了，你出去找他吧！"

静安一惊，忙问："他去 2 单元了？"

"对啊！你不是住那栋吗？"

静安暗暗抚额："我刚搬出来了。"

第一学年她住的学校宿舍，是家里坚持要给她租的。住宿舍终归要近一些，但租金比市价还要高，一个月一万多元已经算很划算。静安先前也确实贪图了便利，相对地在其他方面将花销控制到了最低，这回毅然决然搬出来，刚刚视频时才跟家里坦白。

她忙起身换鞋，边给沈西淮打语音电话。

等一接通，她立即道歉："不好意思，程烟不知道我搬家了，我现在不住学校，要麻烦你等我一下，我过去找你。"

说完不见那边回应，她愣怔片刻，声音轻下去："你在听吗，沈西淮？对不起，让你白跑一趟。"

那边终于开口："没事，你把地址发给我，我过去接你。"他声音平稳，不似往常那样不甚耐烦，静安蓦地安下心来。

"好，我这就发给你，不要开得太急，注意安全。"

"知道。"

静安挂了电话，一时怔在原地。过会儿回神，迅速找出一个印着向日葵的布袋，往里装几样从国内带来的点心，又塞进两包果干。

收拾好下楼，到街道对面买咖啡。上回她高度注意沈西淮，意识到比起果汁，他好像更喜欢咖啡。

附近不少餐厅，车子时不时飞驰而过，她等在路边，不久便看到眼熟的银蓝色车子从远处驶过来，而后平稳地停在她面前。

透过洞开的车窗，静安看清沈西淮澄澈的眼睛，他脸上表情平淡，下车绕过来时，暗纹衬衫衣角微微扬起，里头白T恤衬出他流畅的身体线条。

他脚步不疾不徐，站到她面前时带来一阵风，俊逸疏朗的模样让她霎时怔了下神。

"几个月不见，不认识了？"他竟开起玩笑。

静安嘴微张，忙移开视线。等忍不住再次看向他时，意识到，她埋藏的那点小心思又喷薄而出，如火山爆发一般，挡也挡不住。

第 11 章

渔人码头在金门大桥的方向，从静安住处开过去得一个多小时。如果往西去往学校，需要坐三十分钟的巴士，静安这几天都坐巴士上下学。

沈西淮替她开了车门，车子很快平稳地行驶在路上。车里音乐声音很轻，这回不是披头士，而是舒缓的钢琴曲。

静安的心情稍稍被抚平，余光见旁边的人沉默地打着方向盘，换挡，而后在十字路口平静地目视远处的红绿灯。

她心神再次迷失，但很快又被沈西淮的声音拽了回来："怎么搬出来了？这边去学校挺远的。"

她实话实说："外边租金低一点。"

850美元，比原来少了一半，这对她来说不止"一点"。那部499美元的手机也被她用二手价卖了出去。

沈西淮的反应和她爸妈一样："住外面还是没有宿舍安全。"

事实上，她昨天去取快递时还被抢了，快递里装的是郑暮潇寄来的胡椒喷雾，给她用来防身，只是还没派上用场就落进了流浪汉的手里。静安叫了正在巡街的警察，才把喷雾要了回来。

她也像跟爸妈解释那样，告诉沈西淮："这边还好，晚上如果回来得晚，可以让学校的人送回家，叫优步也很方便。"

沈西淮问："他们工作时间是什么时候？"

静安不太清楚："好像整晚都在。"

"电话呢？存了吗？"

"……"静安的语塞表明了答案。

"现在就问吧，或者给学校发封邮件。"

他语气里没有明显的情绪，静安却莫名像被训了一通。她拿出手机给同学发消息，又听沈西淮解释："前段时间程烟的车被砸了，就在这附近。"

她动作一顿："怎么没听她说？"

沈西淮仍专心看着路况："她给我打了电话，当时我不在，让朋友陪她去报的警。那附近有监控，但对方没钱，找到人也没用。"

静安不是没有听过类似的事件，但发生在熟人身上，听了未免更加心悸，又意识到沈西淮要她当即问清楚联系方式，是因为有前车之鉴。

等存好电话号码，她反应过来："你暑假没留下来实习吗？"

"没。好莱坞那边怎么样？"

她怔了下："我没去，留在这边了。"

沈西淮语气淡淡，仍是那句："怎么样？"

影视公司的项目周期长，她甚至没有做完一个完整的项目就结束了实习，但在实践中学到的东西显然比理论知识更落地。

"挺好的，但我 8 月份回国了，项目没做完。"

沈西淮没立即接话，她顺势说道："我从家里带了不少吃的来，这份给你，你可以尝尝。"

沈西淮默了默，迅速看了下她："谢谢。"

"没事，麻烦你跑这么远。"

他并没有回应她的客套。

一路再无话。

快到酒吧门口，静安远远看见程烟站在路边，她显然喝得有点上头，过来便揽住静安，笑着问："知道我为什么非要喊你出来吗？"

静安不解，另一位还算清醒的同学代替解释："郑暮潇委托我们的啦，他担心你每天除了学习就没有其他活动了。"

静安有些意外，但又立即意会过来，耳边程烟笑出声："郑暮潇这人也挺搞笑的，自己就是书呆子一个，还担心起别人来了。"

她说着又凑近一些，用只有静安才能听到的声音问："家里还好吗？"

静安确定是郑暮潇透露的，感激地冲她点头："嗯，暂时没什么问题。"

程烟咯咯大笑，又忽然贴近静安脖子嗅了嗅："什么这么香啊？"

静安拍她脸："我看你喝了不少。"

程烟执着地埋她脖子里："真的好香！"又低头看静安身前，忽而有些恼怒，"某些人可真有福。"

静安不跟醉鬼解释，扶着她往旁边站了站。程烟醉得不轻，但又没完全失去意识，她嚷着要去看海豹，支使沈西淮载她们去。到地后走走停停，最后坐到游艇俱乐部的一块石头上。旁边是有名的浪琴石园，一座利用潮涨潮落发出"交响音乐"的建筑，远处是恶魔岛和发着亮光的金门大桥。

海浪的声音很大，程烟的高跟凉鞋被丢出去一只，静安去捡。咸湿的海风将她头发吹乱，她正弯腰，有人忽地拦了下她，先她一步跳下石头，等他直起腰来，静安的动作快于思维，朝他伸了手。

头顶寥寥几只海鸟盘旋，不远处有鸽子在觅食，沈西淮站在石头底下，头发在风中微微颤动，身后是跳跃起伏的海浪，将他整个人衬得潇洒飘逸，像一幅不知该怎么描述的水彩画。

刚才他一路一言不发，默默护在身后，只负责给大家买单，静安忍不住想，这样的天之骄子到底有什么无法言说的心事？

她伸手是想拉他上来，这样的想法在脑海中一成形，她意识到自己有些冲动。但她没有收回手。

她看见沈西淮抬眸望向她，眼睛里一点亮光，紧跟着程烟的喊声夹杂着海风从身后传来："欸——沈西淮！你跟苏津皖到底怎么回事啊？你就满足一下我的八卦之心吧！"

程烟显然清醒了不少，但仍借着酒意和冲动问出口，大概也因为隔得远，倘若沈西淮不回答，还省去了面对面的尴尬。

静安见沈西淮蹙起眉，薄唇微抿，隐约透露出情绪。她立即蹲下身，与沈西淮的视线平行，手仍冲他伸着："她喝醉了，鞋子给我吧，你快上来。"

沈西淮没有立即动作，隔了会儿才将鞋递过来。

回去路上安静得吓人，程烟闭眼睡了过去，另一人低头玩手机，沈西淮仍旧沉默地开车。

静安也没说话，包里手机一振，点开竟是程烟发在群里的消息："完蛋，沈西淮生气了，我还从没见他真生气，我就是忍不住八卦了一下……"这群里没有沈西淮。

静安看一眼左侧的人，又看回手机。

程烟："不过触动接班人给我提鞋，也算是百年一遇了。"

另一人说："对不起，烟烟，可是沈西淮生气的样子也好帅哟。"

静安又忍不住看向话题中心的人，他头发有些长了，但不显邋遢，反而平添几分艺术气息。

程烟回："不帅的话苏津皖能看上吗？她前不久还发了他们乐队周年照，虽然打了码，但她跟谁挨着太明显了。"

静安关上手机，侧头望向窗外飞速掠过的街景。

隔天程烟发来消息，问静安要不要过去跟她合租，静安用玩笑话拒绝："去当电灯泡不太好吧？"

程烟在和男友同居。

又过了几天，静安晚上回到住处，发现有沈西淮的未读消息，他问她去不去洛杉矶。

下周五银湖音乐学院举办年度慈善晚会，表演乐队有红辣椒，静安曾经听过一段时间，他们有一个开专场时喜欢全裸的贝斯手。

在问静安之前，沈西淮先在群里提起，但其他人都说没空，只剩下静安没回复。

从伯克利开车去洛杉矶需要六七个小时，当天往返比较困难。静安其实很想去，毕竟红辣椒的现场不是想看就能看的，但她隔天要跟同学去纳帕谷做调查，而且跟沈西淮单独出行势必会很尴尬，她没有理由应下。

她回复沈西淮："要不你问问洛杉矶那边的同学？"

沈西淮只回过来一个字："行。"

她觉得奇怪，往常沈西淮一呼百应，这次却竟然这么不凑巧，没人腾得出时间。

直到一周后，静安得知了答案。

那天她在图书馆学到很晚，刚打优步到住处，郑暮潇照常发来消息跟她确认是否安全到家，两人按照惯例聊几句学习，分享新见闻。过会儿她准备去洗澡，手机又连续振动几下。

程烟："我就说了吧！苏津皖来这边肯定是要见沈西淮！"

另一人回："这照片好隐晦，但作为知情人士一眼就看出来了。还好我们提前知道苏津皖要来，不然一群锃光瓦亮的电灯泡跟着去瞎凑热闹。"

又有人直接截了苏津皖在 Touching 上发的动态，照片里是红辣椒的贝斯手，外加一行配文：今天的 Flea 没有脱裤子。

如果不是沈西淮的手指太红，静安不太会注意到右下角那只不知是有意还是无意被拍进来的手。

群里的对话还在继续。

新闻里说，是沈西淮家里接受不了她拍大尺度的戏份？

不至于吧……虽然沈西淮一直在否认，但就算是真的，他也不是这种小气的人，搞乐队不也是搞艺术吗？应该能理解，人家都拿影后了欸。

不是他啦，新闻上是说他家里，毕竟是触动！

苏津皖家虽然比不上触动，但也不差钱，她自己也那么厉害。

说实话，虽然咱们以前是同班同学，现在也能玩在一块儿，但等再过几年，沈西淮接手他家公司了，就不是咱们能随便见到的人了。

沈西淮不会的。

身不由己嘛，他想见还没时间呢。

那苏津皖也一样，她家到底做什么来着？物流？医疗？

好像都有，总之不差。我之前见过她弟弟，好帅！

咱们也都不缺钱，但到底不是同一个世界的人啦。

人家的事情咱也不懂，但这俩看着真的好配，虽然同班那么久，每次看苏津皖还是觉得气质好绝。

静安关掉手机，拿了衣服去洗澡。

第 12 章

大概是身在加州，或许是因为作为知名校友，同时作为新新闻主义的代表，静安经常会想起琼·狄迪恩的话："我从来都不太喜欢那些不离开家乡的人，我不懂为什么。离开家乡似乎是人生的应尽之责。"

研二一整年，静安经常思考自己的去留。奶奶的病情不稳，他们不愿请家政，身边只有爷爷在照顾；爸妈在非洲，一家五口分散在三个国家，她爸身体也不好，总是频繁地在空中来回，这样长久下去不是办法。她并不是离不开家乡，而是在当下阶段，有比她的规划更重要的选项，那个选项便是回去。这个决定下得并不坚决，而家里连续几个月都异常太平，这让她隐隐察觉到不太对劲儿。

回国时已经是 5 月初，临近毕业，静安没有提前告知家里，到家发现大门紧闭，通了电话才得知奶奶再次住院，而她爸爸也因为肩膀受伤从摩洛哥回来，正在医院接受治疗。

家人的有意隐瞒让静安心里很不是滋味，她连续一周从家里煲了汤带去医院，奶奶身体还算稳定，她爸的肩膀也逐渐好转，但这已经是治疗一段时间之后的效果。

静安洗好便当盒后没立即回去，医院楼梯拐角处的窗户有些脏了，外头一撇月亮有些黯淡，她忽然有点想喝可乐，琼·狄迪恩说："可乐一定要冰得很厉害才好喝。"

她站在路边喝掉一整瓶，又从包里拿出两天前奶奶交给她的红色盒子，里头那对椭圆式袖扣很是别致。静安的爷爷以前在意大利学做西服，袖扣是他亲手做的，工序繁复，为此还添置了不少机器，他手腕有伤，做做停停，要求也高，耗时近半年才制出满意的一对。

上头刻了字母，一枚"an'ging"，一枚"quieto"，都代表静安。

静安其实拿到了硅谷的录取通知，入职后可以直接转正，邮件需要在半个月内回复，逾期不回则默认放弃这个工作机会。她原本只是抱着尝试的心理，但这份心理出卖了她，她心底里是希望得到这份工作的。

那天奶奶仍旧要静安给她读《可爱的契诃夫》，契诃夫总在祝人发财，也祝人生活愉快。

托尔斯泰的长女阿维洛娃曾经苦恋契诃夫，契诃夫在给她的最后一封信里写道："愿您一切都好，主要的是，要高高兴兴过日子，不要太费脑子去探究生活，大概这生活实际上要简单得多。"

奶奶在这时像往常一样拍静安的手："想太多没有意思，我跟你爷爷还没过够二人世界呢，你就先留在那边，积累几年工作经验，以后回国的机会还很多，现在最重要的是不要留遗憾。我知道自己的身体，哪天真不舒服了，你就算不想回来，我都得天天打电话催你，我可舍不得我的宝贝孙女儿。"

静安将脸埋在奶奶手边，好一会儿说："我再想想。"

两周后飞回伯克利，毕业典礼即将举行，待办事项一一划掉，静安从新闻学院的大楼里出来，去往附近的酒吧。

霞多丽酒里有柠檬的香气，和她常喝的柠檬水不太一样，更加清淡爽口。她喝得很慢，坐在吧台前只低头看手机，与其他人格格不入。

群里的讨论热火朝天，无不围绕最近的一桩"新闻"，静安很是无辜，频频被圈。程烟知道她刚从国内回来，这一次没有争当八卦第一名，只问她家里是否还好。她随手拍下一张照片发过去，程烟回了个"好的"，说晚点来找她。

沈西淮出现的时候，她正百无聊赖看着群里的消息，脑袋里想的却仍是去留的问题。家里并不希望她放弃这么好的工作机会，甚至提议一家人搬来美国陪她。她哭笑不得，但奶奶俨然一副言必信行必果的姿态，即便只是玩笑式的威胁，也给她打了一针强心剂。

去他的犹豫不决！先留下工作，大不了中途辞职回国，没有必要再纠结下去。

静安把手机丢到桌上，端起葡萄酒一饮而尽，杯子掷回去，她抬眸那刻，看见了几步之外的沈西淮。

嘴角还残留一点酒液，静安用指腹抹去。她定定地看着对面的人，视线顺着他平直的肩线挪去手臂，再往下是被衬衫遮住的手腕，她觉得沈西淮可能缺一对袖扣。

她的脸被酒精熏得微微发烫，大概也已经红了。在医院的时候，家人一边问她有没有喜欢的人，鼓励她恋爱，一边又说不急，只要她开心就好，把袖扣交给她的时候却又说："以后送给男朋友。"

她清楚地记得袖扣的细节，想象它被戴到沈西淮袖子上的样子，他是衣架子，似乎穿什么戴什么都好看，这对袖扣肯定很适合他。

她脑袋里一时塞入很多想法，等沈西淮站到身旁，才重新去看他的脸，问他："程烟她们呢？来了吗？"

沈西淮眉头微蹙，脸色尤其难看，她甚至觉得他脸上蒙了一层薄薄的寒霜。

"她们去同学家打德州扑克了。"他垂眸看她，视线滑过被她喝干净的酒杯，声音冷淡，"一个人不要在外面喝酒。"

她心虚，小声解释："我就喝了这一杯。"还是第一次喝，也是她第一次单独来酒吧。

沈西淮似是没听见："送你回去。"

静安一时没动，少有地想在外头多待上一会儿，过去的两年除了读书就是读书，很少有毫无顾忌放纵的时候，但还是老实地起身去拿书包，沈西淮却先一步取走，他动作强硬，步子也快，她要小跑着才能跟上。

车里有香水味，和他身上的一样，像繁茂的青橘子树叶，裹着凉冽的海风。

静安偷偷地望过去，只一张侧脸也能看出沈西淮的唇形很好，他嘴唇偏薄，却很饱满，亲起来滋味一定不赖。

她迅速转回头，指尖划过车门内壁，脑海里又立即出现沈西淮将她抱进怀里低头索吻的画面。她发现自己完蛋了，可思绪不受控制。

有风从窗缝吹进来，葡萄酒的后劲儿不大，她却觉得越来越热。她将衬衫扣子解开两粒，冲着窗外街景默默地平复心跳。

似乎转眼就到了楼下，她回过神来，第一时间意识到她不太想下车，于是解安全带的动作变得缓慢。回头去拿书包时，她看向沈西淮："你饿吗？要不要吃点什么？"

沈西淮递过来的眼神难以捉摸，她也不想琢磨："我冰箱里还有点佛卡夏和排骨，再不吃要坏了。"

静安觉得自己编的谎话可真够差劲的，她心跳咚咚作响，也没有急着下车。

"你还清醒吗？"沈西淮问。

"嗯？"

"我问你现在还清醒吗？"

静安脸虽在发烫，但她知道自己没有一丁点儿的醉意。她低声解释："我没醉。"

"没醉就下车。"

静安在这一刻意识到自己彻底搞砸了，怔了怔，随后窘迫地推门下车，刚将车门合上，这辆车就立即冲着往前，不过三五秒，迅速消失在街头的拐角。

静安脑袋里一阵空白，她轻轻拍了拍自己发烫的脸，好一会儿才抬脚往住处走。刚到楼道口，她脚步忽地一顿，随即循着声音望过去，那辆银蓝色的车子竟重新出现在了视野里。

沈西淮的动作干净利落，停好车后大步朝她走了过来。

"你说吃什么？"他声音里带着点薄怒。

她仍没反应过来，他似乎也并不需要答案，紧接着说："带路。"

静安脑袋嗡嗡作响。她住在五楼，楼道里不够亮，第三层的灯更是彻底坏了，她在黑暗中慢下脚步，然后停下回头，沈西淮晚一步停住，隔着两级台阶的距离，快要与她平视。

借着窗外的亮光，静安从没像此刻这样觉得沈西淮的脸极具吸引力，她低下头，迅速抓住他手腕，拽着他继续往上。

不过几层楼，她进屋时气喘吁吁，屋里没开灯，只有路灯透过窗子照进来。地毯很厚，书包丢上去几乎没有声音。

静安不敢有停顿，回身看向沈西淮，然后走近两步，仰头亲他。她其实应该问下他到底有没有女朋友，但她分明早有答案，不然胆子也不会大到这样无边无际。

她去感受沈西淮的气息。他胸膛剧烈起伏，气息喷在她额头上，有点热，又有点痒，她心念一动，再次踮脚。这回她忽地被往后一推。她看着沈西淮齐整干净的衬衫衣领，一时很是茫然，她以为他去而复返，必然是明白了她的意思，可现在他又拒绝她。

"你到底……"

她话还没问完，身前的人又忽地将她紧紧箍了回去。沈西淮的动作显然比她激进，也比她利落，她被重重抵在了门板上。沈西淮的怒气很明显，动作也逐渐粗暴……

静安腰上被什么东西硌着，她将沈西淮的手捉起，示意他把手表摘掉，他却往她面前送，要她帮忙。她不剩多少耐心，好一会儿也没摘下，沈西淮并不帮她，起初只是看着，后来低头……

从窗台到地毯，屋里只开一盏夜灯，很暗，暗到她看不清沈西淮的脸，只能用手去感受。

静安靠在沈西淮的怀里，问他能不能帮她倒一杯水。话一出口，她后知后觉意识到，她竟然能跟家人之外的人撒娇，但她确实没了力气，又渴得厉害。

柠檬水在冰箱里，离她不过三四米，但她喝到时已经是在半个多小时后。

后来，静安直接昏睡过去。

醒来时不知几点，屋里晦暗不明，沈西淮站在床边穿衣服，发出窸窣动静，静安微眯着眼，看他精瘦白皙的后背被衬衫遮住。她想看看他的脸，好确认他的情绪，但沈西淮没给她机会，迅速穿好衣服后，头也不回地开门走了。

　　静安极度困倦，却再也睡不着，拿起手机想给沈西淮发点什么，删删减减又不知从何说起。她知道自己冲动了，也没有提前想好后果，但又完全不后悔。

　　外头天光渐渐大亮，窗台上有清脆的鸟叫声，静安的意志终于敌不过身体，闭眼昏睡过去。睡得并不踏实，几度醒来后也昏昏沉沉，翻个身继续，脑袋被什么东西硌了下，她将枕头拿开，下面躺着沈西淮的手表。

　　她眯着眼看了好一会儿，最终给沈西淮发了消息："你的表落这儿了。"

　　将近中午发出去，沈西淮直到晚上才回，只三个字："不要了。"

　　静安不傻，立即就读懂了。

"陶静安，
不是什么都你一个人说了算。"

卷二
疙瘩语法

an' qing & quido

第1章

沈西淮最近有点儿背，手头项目没一个进展顺利，出差地点东一撇，西一捺，有一半时间都住在飞机上。他几年没感冒，这回却赶上了，体质跟不上，到每个地儿都有点水土不服。

食欲也跟着下降。晚上那餐应有尽有，排骨不错，肉包骨，可下头没铺苦瓜片，没铺苦瓜片的排骨都不叫排骨，虾饺太腻，羊颈肉太老，最后只吃了几片刚做出来的鲜年糕，到这个点儿早消化了。

他饿了脾气就不太好，偏下飞机时被人无意撞了下，才想起最近肩膀又开始疼。

往年10月的淮清雨水少，他刚出机场，滂沱大雨就紧追而来，助理提早被他放回家，他自己开车，肩膀只要一动就疼。车子前几天被沈西桐拿去开，车头上蹭一条漆，她视若无睹，原封不动送回来。

现在被红灯拦在十字路口，雨刮器一下一下划着弧线，他低头找吃的，发现有必要找沈西桐聊聊，再给她多派点活儿，不然她不会无聊到有时间用口红在他车里留一行字儿——"回来吱一声，津皖姐度假该回来了。"

他费力擦干净，又从盒子里翻出一包饼干来，包装袋上画了只狗，显然是沈西桐养的那只傻狗的干粮。他丢回去，最后找出一罐糖，倒了两粒丢进嘴里，果味的，有点酸。

到家快速冲了澡，擦头发时看了两眼手机，不出所料一片恶评。

开唱片行是他高中就起的念头，原本安排在成立唱片公司之前，但这事儿远比他想象的要复杂，而凡事牵扯上爱好，就越加耗费时间。

淮清其实并不缺唱片行，有兼顾卖酒的，专出古典黑胶的，也有价格黑到赶客的。小时候他常去学校附近那家逛，周末去淘片的人尤其多，狭窄的空间里塞满了人和唱片，后来唱片行换了地方，面积大了许多，他反倒不愿意去了。再后来常驻另一家，老板经常组织音乐讨论会，他们乐队一起去，每回还能往他家买几件衣服。

毕业后去英国读书，每年的4月21日是英国唱片店日，为了过节，他读了三年书，也就逃了三次课。他喜欢大卫·鲍伊，有几次开上五六个小时的车去纽卡斯尔，那里有家唱片店卖成套的大卫·鲍伊签名专辑珍藏版。

等去加州读研，他常去旧金山的一家唱片店，有一回在群里喊人，其他人都不太感兴趣，唯一说想去的人却腾不出时间，最后也就不了了之。

他去过很多家唱片店，但只有1625唱片行是完全按照他的喜好而存在的。宋家的小路正在规划建立1212大厦，他则筹建1625唱片行，沈西桐为此给他们取名为"数字兄弟"。

1625唱片行在国庆节当天正式营业，半个月过去，网上的骂声仍旧不减。"圈钱"的帽子一旦被戴上，就很难再摘掉。

他鲜少将这些评论放在心上，一是多得看不过来，二是他实在没那个闲工夫为陌生人的情绪买单。他推了门站在外头，雨水时不时打在身上，衣服湿了一片，浑然不觉，只定眼往院子里看。西边几棵果树已经结了青果子，小到看不太清，夏天树上长过几回红蜘蛛，有段时间叶子上还布满柑橘凤蝶的卵，他一一手工除了，又施了不少肥，加上好天气，一整个夏天过去，似乎都拔高了一些。

屋里手机在响，他又站了会儿，才回去接了。

接通之前，他挑了张唱片，Paul的 *Mccartney Ⅲ*，全球仅发行333张，他费了些力气才抢到，灯光下可以看见彩胶上繁星点点。

唱片机是几年前随手淘的，手提皮箱式的棕色巫1900，设计灵感来自《海上钢琴师》，音质有些欠缺，但还不到彻底报废的时候。

皮箱盖内部有个照片格，他在里头放了张谁人乐队的合照。

刚组乐队那会儿，他们排演英伦居多，多半唱绿洲乐队的歌曲。绿洲乐队与模糊乐队那场著名的"英伦摇滚之战"闻名至今，乐队排练时，队员们会拿这场内战来类比他和班上另一位男同学，那人总比他考得好，让他将"万年老二"的头衔一而再，再而三地坐实。

那时沈西桐还在上初中，这位没有烦恼的女学生总喜欢对着他成绩单叹息不已，甚至故意学宋小路他们喊起他"二哥"来。篮球赛时她带着一众女同学跑场边盯着那人看，目光毫不遮掩，末了跟在他后头继续感叹："人家不仅成绩比你好，长得也比你帅，没天理啊没天理。"

他有点不爽，或者说很不爽，但一丁点儿也没有表现出来。

有回艺术节他不愿意再排绿洲歌曲，坚持要演披头士歌曲。队员颇不理解："你不是不怎么听他们的吗？"

他确实不怎么听，但必须演。那次艺术节的视频被他保存下来，到现在也还会翻出来看，经典名曲 *A Day in the Life* 被他弹得稀烂，他第一次庆幸贝斯手不那么容易被看见。后来经常听披头士的歌曲，但最喜欢的还是谁人。

他对着谁人的照片出神，直到电话那头的人抬高音量："沈西淮！你到底在不在听？"柴碧雯压着火气。

"听着呢。"

他语气漫不经心，柴碧雯对她这儿子气不打一处来："敢情我说了半天你一句没听进去，说了让你周六晚上回家来吃饭，桐桐的那位同学——"

"没空，去不了。"他直接打断，挂了电话。

雨渐渐大了，他闭眼躺在沙发上，怎么也睡不着，身体似乎极度缺水，他觉得渴得厉害，起身喝下一杯凉水，手机又响了。

沈西桐这一顿饭喊得及时，但去了才知道她特意跑这么老远只点了一盘三色沙拉。他车子直接停外头，冒雨进的餐厅，头发还往下滴着水，坐下点餐前，先跟斜对面的人打招呼。

苏津皖找服务生要了条干毛巾，适时递给他："给你点了份意面，你看要不要加份生蚝？"

"够了。"他胡乱擦着头发，"跟幽默那边谈得怎么样了？"

西桐冲她哥翻白眼："合同都签了，改天我们一起请雨濛姐吃个饭。"

幽默工作室是明月影业下属的经纪公司，法定代表人是明月影业的千金关雨濛，跟沈西淮同岁，两人不太熟，只小时候一起玩过几回，后来去了不同学校，渐渐见不着，只成了点头之交。宋家的小路跟她一块儿长大，他把这位大两岁的姐姐当崇拜对象，而小路的奶奶以前也一直把她当孙儿媳看待。

关雨濛是个狠角色，单从新闻里的报道就能看出来这人情商极高，雷厉风行，杀伐决断，也不爱讲情面。

苏津皖这回能跟幽默工作室签下经纪合约，虽完全是因为实力与明星性兼具，但一开始确实是靠沈西桐牵的线。沈西桐先找的宋小路，知道他喜欢酒，试图用一瓶昂贵香槟收买他，酒没送出去，关雨濛倒是见着了。

西桐愤愤："他竟然说不稀罕，这香槟很贵好不好！"

沈西淮先前在宋小路那儿喝过几回，小路家里有只废弃了的小橡木桶，是从库克酒庄带回来的，只是把橡木桶带回来的人已经跟小路分了手。

"他最近忙什么呢？"沈西淮连续出差大半个月，这段时间都没能见上小路。

"你们肯定猜不着，我前段时间想找他吃饭，他说他在粮仓口，他不说我都忘了，那小区他竟然还肯花精力，位置不是偏得很吗？我看他最近确实很闲，说是正给那小区拍宣传片，他什么时候这么上心过？还亲自跑现场……"

意面这时端上来，沈西淮很饿，埋头吃了起来。

苏津皖见他吃得急，顺手给他倒了杯果汁："就你那胃，这么吃能行吗？"

沈西淮是个急性子，无论做什么都讲究效率。以前乐队约好排练，但凡有人迟到一分钟，他都能不耐烦，偏偏主唱跟吉他手天性慢热，迟到十分钟是基本，沈西淮索性单独给这两人把约定时间提前了半小时，让他们体会体会等人的滋味，后来也就不迟到了。

苏津皖跟沈西淮同班，两人每回都一道去排练室，他走路也快，没有等人的习惯。有一回她半路被班主任喊住，等再跟上去，他早不见了身影，后来在三楼琴房门口看见他，他听音乐很容易沉浸进去，她站在楼道口喊了好几声，他才走回来。

排练室在四楼，那时候他们还在排绿洲乐队的歌曲，然而一首曲子排到一半，沈西淮忽然丢下贝斯往外跑，剩下三人面面相觑，等一齐追出去，到楼底下却没看见人，给他打电话也不接，后来他自己提着几瓶饮料回来，说刚才饿急了，出去吃了碗面。

吉他手仍然有点蒙："还以为你发什么疯呢？下次校运会百米跑没你我不看，就没见跑这么快的。"

沈西淮确实擅长运动，或许也是因为性子急，动作快，人特别容易饿。他吃饭也挑，苏津皖偶尔会顺道给乐队带饭，另外两个给什么吃什么，他就不太乐意，太咸太淡都不行，葱姜蒜不怎么碰，部分海鲜也吃不了，宁愿饿着肚子排练几小时，完了再去吃顿好的，后来苏津皖就单独给他买点别的。

吃得急，也吃得少，那盘意面分量并不多，他吃了一半就放下叉子。如果不是饿了，沈西淮可能吃一口就得放下，面偏咸，他喝了一整杯果汁才把味道压下去。他有点想吃排骨，但很少有人能把排骨做得好吃。

填饱了肚子，他就有些心不在焉，原本想跟西桐说公司的事儿，她直接上来捂他嘴："还有没有天理了？我喊你是来谈工作的吗？"

沈西淮嫌弃地将她手甩开，又听她问："你到底哪天有空？能跟雨濛姐吃饭吧？"

"再说吧。"他兴致缺缺，拿了车钥匙要走，到门口又把西桐喊上。

兄妹俩共撑一把大伞到了车边，西桐见她哥从车里拿出来一个大袋子，想这人竟然知道给她带礼物，但千万别跟以前一样。

她稍微撇开看一眼，得，她这个妹子在他心里是没有一点地位了，里头装的是蛋黄冻干和牛肝冻干。

"你是不是只记得 binbin 了？"

binbin 是西桐的狗，一只白色的金毛，前阵子刚满五岁。

沈西淮没应，忽然皱着眉看向西桐身后。

西桐立即跟着回头，远处一辆车的窗子里探出一颗脑袋，恰好被相机挡了个严实。

"真是闲的，"西桐冲那头喊，"拍什么呢？！有本事过来拍啊！"

那人无动于衷，仍对准兄妹俩拍了好一会儿，等钻回去又故意打了会儿双闪，这才掉头开远了。

西桐已经被她哥掰回去，她气不过，往她哥肩上拍了两下。

沈西淮伸手去理被她扯乱的衣领，还没理好，西桐又凑上来，眼疾手快地抓下他衣领。

她脸色一瞬间变了："沈西淮！这什么东西？！"

沈西淮神情一敛，把她手拂开，伞递回给她，转身便上了车。

西桐紧跟不放，扶住车门看他："你怎么想的呀？你，你跟津皖姐到底——"

沈西淮直接打断她，声音冷下来："要我跟你说多少遍？"

他去拉门，西桐不让："那你交别的女朋友了？"

她哥脖子上好几处印子，她没法往别处想："你不说，我不会让你走！"

他耐心告罄，不怒反笑："你给我变出来一个？"

西桐立即尿了，她哥鲜少用这种语气和人说话，一旦用了，就代表彻底没了耐心。

她只敢低声嘀咕："谁让你总跟个和尚一样，我还不是怕你那里出毛病了吗……"

沈西淮直接关上门，隔着车窗，西桐还冲他说了句什么，听不太清，等看着西桐进了餐厅大门，他仍没动。

大雨倾盆，噼里啪啦打在车身上，他深深陷进椅子里，脖子上似乎隐隐在发疼。

脑袋里晃过那晚的画面，那人肩背窄瘦，细腰盈盈一握，乌黑长发海藻般铺在身后，衬得她越发白净。樱桃唇红润，手指细长，大概是太疼，或许也因为别的，她指甲频频陷进他肩背，有几次她手无处借力，错乱中抱紧他脖子，印子就是那时候留下来的。

他很快从画面里抽离出来，坐直系好安全带，引擎发出声响，车子飞速闯入茫茫雨雾中。

第2章

音响广告的竞标会在周五，陶静安被派去参加，Leah 和新实习生随行。两天后出结果，微本不出意料中了标。

周一例会上 Demy 正式把项目派给静安，这次终于有足够的空间和资源拍故事片，原以为陶静安会很开心，Demy 却见她在座位上垂眸沉思，神游天外。

会后把人留下，看清她眼底一片乌青，想起先前为了出方案，她带组加班加点，大概是还没缓过来。

"等这个项目做完，你可以休几天假。"

静安确实有休长假的打算，从入职到现在还没好好地陪陪爷爷奶奶，她也确实需要一段时间来转换心情。只是刚坐回工位没多久，又跟 Paige 和 Leah 一道被 Demy 喊了回去。

Demy 简单说明，有美国的老客户刚发来合作邀请，因跟 Paige 熟，指定要和她一起工作。Paige 要去美国，她手里的项目就得派给其他人来跟。

"Joanne，你接手医疗器械展和远舟地产的宣传片有没有问题？"

静安愣了下，又立即点了下头："没问题。"

先前分派远舟地产的项目时，她就迟疑过是否要主动申请，但 Paige 比她积极，间接地帮她做了决定，可不过几天，这项目又落到了她身上。

她稍走了下神，就听对面的 Demy 咬牙切齿说道："Joanne，我看过你的工作日志，所以不要以为我不知道你在怎么编派我。"

Demy 大概是误会她对临时增加工作任务不太满意。

她有些疑惑："什么？"

Demy 冷哼一声："你说你不想听我说话的时候，会把我想象成一棵大白菜。"

静安微张了张嘴，以前她确实会把 Demy 想象成大白菜，国外的蔬菜有时候比肉还要贵，她偶尔才吃上一顿，口舌上没法得到满足，那就从精神上克服，她习惯把身边的人想象成自己想吃的东西。现在回了国，不用再纠结蔬菜的价格，Demy 也就从大白菜换成了蜻蜓。蜻蜓的复眼又大又鼓，占据头部绝大部分空间，这跟 Demy 生气的时候很像。

她还没来得及说话，Demy 就往后一靠，宣布临时小会结束，让各位该干吗干吗去。他脾气比往常大，坐那儿越发像一只蜻蜓。

等几人都出了门，Demy 在位子上暗暗吐出一个脏字。他觉得自己很无耻，刚刚对着陶静安发那一顿无名火，只因为无意瞥见了她脖子上的吻痕。

在硅谷的时候他就知道陶静安有很多追求者，他只是其中一个，那时候他没有心力，甚至没有正式对她展开追求，而陶静安也没有对他表示出任何好感，或者说，她没有对任何男人表示出好感。他对此怀了些侥幸的心理，但还没有所行动，就出于现实原因回了国。

他曾经有过很龌龊的想法，偶尔无意经过陶静安身边，闻到她身上那股香味的时候，会思考，到底谁能尝到陶静安身上的味道？现在他知道，有人尝到了，但不知道是谁。陶静安一直在拒绝他，现在她显然有了交往对象，这让他很不爽。

静安对此自然一无所知，着手工作之前，坐在工位上发了会儿呆。

她会把 Demy 想象成蜻蜓，把 Paige 想象成一只孔雀，Leah 则是一场霏霏的夜雨。

那沈西淮呢？沈西淮会是什么？

这个名字一出现在脑海里，她又立即警觉过来，逼迫自己不再继续往下想。

忙完一天工作，到家后在沙发上坐了会儿。冰箱里有提前买好的石花菜，再不用掉就要坏了。静安翻了会儿书，最终还是起身去了厨房。先洗石花菜，泡进淘米水，用料理机搅碎后再入锅熬煮一小时。现在还不到蜡梅的花期，她只好投进干花瓣，一齐放进冰箱冷藏。等石花汁凉成果冻，再放进捣好的橙子肉泥，橙子皮可以增加口感，也丢一些进去。

在放姜之前，她有片刻的迟疑。她不太记得沈西淮的口味，但要是没有姜，果冻的醒酒作用会大打折扣。她手上动作一顿，很快又放进姜泥拌匀。果冻盒也提前买好，分装密封后继续放冰箱冷藏。接着给自己做了一份三明治，吃完又试吃一颗果冻。

隔天上班前她打开冰箱，迅速把果冻数了一遍，如果一天带两颗在身上，她可以吃二十天。

二十天之后，她或许应该删掉沈西淮的联系方式。而这期间的二十天，她决定允许自己偶尔想起沈西淮。

Paige 已经出发去美国，小项目又接踵而至。工作群消息不断，需要她确认的事情一件接一件，身边两个实习生还没有完全上手，也需要她花额外的时间去检查他们经手的细节。

没时间自己做饭，偶尔去食堂吃碗面条，或者请两个实习生去楼下吃淮清土菜。她吃得快，又提前去隔壁排队给组员买咖啡。

原本低头在看方案，忽觉对面有人在招手，抬头便看见郑暮潇正冲她笑，然后扬了扬手里的手机。

她低头查看，郑暮潇发来消息："刚开完会，过段时间咱们可能要一起工作。"

静安微微诧异,她每回看触动的资讯时,也会关注聚点的风向,而聚点最近一次和触动同上新闻,是因为他家也在筹备一款即将与触动形成竞争的阅读产品。

她不确定,也不过问细节:"要考虑我们公司?"

郑暮潇没有隐瞒:"对,做了一款阅读 APP,相宜想跟你们合作。"

静安心下了然,回:"期待合作。"

她提了咖啡回公司,把手头文件看完,然后下楼取车,赶去粮仓口盯现场。

在接下远舟的项目之后,她想过会不会再次见到上回饭局上的宋小路,她自己给出的答案是否定的,可事实是宋小路已经在现场出现过两回,这让她很是意外。

其实在同事给她"科普"之前,她就从新闻里了解过宋小路。不只是宋小路,和触动——或者说和沈西淮有关系的人或公司,她都留意过。

宋家靠地产发家,有一些政府背景,市里的两大地标都是他家建的,一个是淮清电视塔,一个是由他生日命名的 77 大厦,而宋小路花了几年时间筹备的 1212 项目也即将破土动工。

两年前触动资金上出现问题,宋家也是伸出援助之手的集团之一。

静安原以为他会像初次见面那样,对伯克利和葡萄酒表示出关心,但事实并没有,宋小路也很忙,每次都匆匆来匆匆去,只来得及跟她说上几句话。

这一次也没能在现场看见宋小路,她先去跟制片主任确定了拍摄进度,又盯了会儿监视器,确保现场没有出乱子,再赶去下一个拍摄场地。

路上打开音乐,第一首就是谁人乐队的 *Won't Get Fooled Again*。

沈西淮常听谁人的歌曲,这是他在接受杂志采访时给出的回复。

被红灯拦在路口,静安任由自己肆意地想起他。她很想他,这种想并不能依靠 Touching 上他最近的新闻来缓解,那些模式化的句子冷冰冰,和他的人有些类似,可她也知道他有不那么冷的一面。

他最近似乎不在淮清,新闻里一会儿说他在纽约出差,一会儿又说他在广州，预备收购一家有名的游戏开发公司。更久之前，在触动的财报电话会上，当记者再一次问及元宇宙时，沈西淮仍旧没有透露太多，只说即便触动在这方面的布局暂时落后于其他公司，可一旦技术落实下来，触动也完全有能力后来居上。这一番话无疑又在网上给他招来不少骂名。

他好像无时无刻不在忙，这时候也有可能还在应酬，他应该避不开喝酒，但他似乎又极有分寸，不会让自己失去清醒的意识。这种时候醒酒果冻也最能发挥作用。

冰箱里的醒酒果冻剩得不多了。

在与沈西淮重逢之前，静安始终对那晚有些介怀，虽然事情发生时是两相情愿，彼此都很享受，但毕竟是她先主动，一定要说的话，是沈西淮被她欺负了。而那一晚的沈西淮始终一言不发，走时没有任何留恋，走后也再没主动联系她。她总觉得他有点生气，也有点不甘，后来这点不甘被证实，但好像又远不止如此。

她前几天再次找了周陶宜，周陶宜笑她："没还表之前你念念不忘，现在还了你又觉得郁闷。宝贝，之前我就说过你需要正视自己对这位'表先生'的感情，你否认，说是因为表太贵重，好，我选择信你，但现在我觉得你有必要再好好想想。换另一个人，可能真的不会把那件事放在心上，但亲爱的，你不是，之前你就为他的样子心动过，之后还高度关注着他。"

她没有告诉周陶宜，她和沈西淮第二次单独见面的事。周陶宜说她眼光高，她现在有些信了。

红灯很快跳了，静安及时回神，继续赶去片场工作。

夜里忽然下起雨，在公司加班到十点半，出门时恰好遇到 Demy，两人边聊边下到停车场。

从入职到现在，除去几个尤其难搞的客户，静安经手的项目都还算顺利。所谓顺利，是指没有让她丢掉工作。Demy 偶尔找她谈话，几次说她虽然入了行，也一定程度调整好了角色，但她骨子里仍和先前一样，某些时候过于理想化。

"你太矛盾了，一边想要赚钱，一边又放不下一些没必要的原则，早晚卷铺盖回硅谷。"

静安对此有些不服，却没法反驳。

她手上有个化妆品牌项目压了两个多月，对方似乎不太重视，三天两头找不到对接人，但一到提案就有扎堆的人出来挑刺，创意提了四五轮，中国风赛博朋克手绘油画都试了一遍，对方始终表示不行，却又说不出个所以然来。

如果不是他们预算高，公司因此十分重视这个项目，静安或许在第三轮的时候就已经委婉建议对方另请高明。

"下次再不行就请外援，压力不要太大，上一次合作也这样，他们愿意拖就拖，我们没什么好急的。"

Demy 的安慰静安心领，她钻进自己的车里，几次发动都没能让车子动一动。

人会累，车会老，静安坐在车里发呆，脑袋里还在想那家公司不够明晰的指示。

后头 Demy 开车过来，询问后上她车试着发动，仍旧没能成功。

"走吧，拒绝我那么多回，这次直接在我眼皮底下栽跟头，不送你都说不过去。"

静安道了谢，路上专心听完一首 *Angel Baby*，Demy 将音乐调低，问起那两个实习生。

"那个男实习生是不是有点难搞？明显对你有好感。"Demy 又说，"不过应付这样的情况你应该经验丰富，我也是被你应付的一个。"

静安无奈地笑了下："其实他挺优秀，但我不是很喜欢他在工作上的态度。"

"见识过了，不够务实，会有一些投机取巧的成分，Paige 也说不是很喜欢他。"

以前从来只有 Paige 调侃别人的份儿，但她向来将分寸把握得很好，不会令人反感。相应地，她的接受度也高，但这位实习生的说话方式令 Paige 频频皱眉，只是不等她翻脸，实习生又及时收手，甚至诚心道歉说只是开个玩笑，让人没法发作。

"到时如实反馈给人事就好，微本并不缺想要来的人。"

又听了一首歌，车子停在公寓楼下。正准备下车，静安又回头："Demy，你当初回来是怎么下定的决心？"

Demy 微挑了下眉："你不是都见过了我最狼狈的样子？不是足够迫切的话，我当然会做我喜欢的工作。"

他淡淡说："生活没的选。"

见静安没说话，他笑了声："最近在读你上周周会上提过的书，我之前为了赚钱已经有些不择手段，但看完里面一部分后我回溯了下，我只是利用了自己跟别人，还不到剥削那一层，非要说的话我只剥削了我自己，所以我并没有不道德，而你呢，可能利用都算不上。这就是我和你之间的区别。"

静安并不赞成："你把我想得太高尚了。"

Demy 又笑了下："那可能你也利用了，但我可以心安理得地继续做广告，而你不太能，这也是你理想化的地方。"

静安这回没有立即否认，只问："那你还想做回电影吗？"

Demy 反问："你呢？"

"暂时还不能。"

"我的答案跟你一样。"

车内一时安静，头顶的雨似断了线的珠子砸在车顶。

"陶静安，"Demy 忽然指名道姓地喊她，"你觉得我怎么样？"

静安一怔，又听他说："算了，这个我有答案，我还有另一个问题，你现在有交往的男友，对吗？"

这第二个问题 Demy 同样有答案，只是想跟陶静安确认一次，却听她回："没有。"

Demy 处变不惊，只微微扬了扬眉。见她耸了下肩，他平静说道：

"那是我误会了。"

静安还想说些什么，可什么也说不出。她已经拒绝过 Demy，他也不再有其他行动。至于"男友"，她确实在 Demy 提出问题后的第一时间想到了沈西淮，可沈西淮压根儿不是。

她忽地有些烦躁，等 Demy 打伞将她送到屋檐下，她再次道谢再道别，匆匆转身上了楼。

Demy 在雨里站了会儿才坐回车上，发动车子，掉转车头，轮胎将地上的雨水溅了出去。

雨没有要停的架势，反而越下越大。公寓底下，蛰伏在车位上的黑色轿车仍旧岿然不动，只有雨刮器兢兢业业工作。

车里的人收回视线，伸手将车窗开了。

许久后，车子在雨中扬长而去。

第 3 章

沈西淮到家时已是深夜。天渐渐凉了，屋里没开暖气，他冲了凉水澡出来，坐在沙发上打了个喷嚏。

以前念书时热衷于看些杂书，忙工作后没多少心力，一本书带在身边半个月，只有空翻开几回。头发懒得擦，他靠在床头把那本看了 1/4 的书拿到跟前，书名简单粗暴，《绝对笑喷之弃业医生日志》。

他连续翻了几页，注意力没法集中，把书丢一边，湿着头发躺下去，手臂横搭在额前，脑袋里时不时又晃过一些画面，他翻个身，开始盲过 1625 分类摆放的唱片。

隔天醒来，快要见好的感冒似乎加重。原本就没什么心情，点开手机一看，更是心气不顺，索性丢开。

才一大早，昨晚加班加点的娱记不负众望，仅用一条豪门秘辛就博取了众人眼球。新闻里男女主人公虽没有同框，但轻而易举就被一系列惯用词语紧密连接起来，"妹妹做掩护""先后入店""刻意错开时间离店""必然会一起过夜"……绘声绘色，像煞有介事。

手机消息一条接一条，柴碧雯的电话也不出意料地打来，沈西淮置之不理，连续开完三个烧脑会议，他闭眼靠在沙发上休息，手指按压着太阳穴。

刚才会议上，1625唱片行的销售报表他仔细看了，相比价格不算友好的线上电子书，1625唱片行的唱片价格被他一压再压，对比其他唱片行格外亲民，所以即便网上一片骂名，也改变不了销售量直线上升的事实。

一部分人以为当初他做线上阅读是要为全民阅读尽一份力，其实不然，他从一开始就是从商人角度做的项目开发，购买小众书籍版权也只算是策略之一。相反地，他并不指望唱片行能够获利，特意开辟的无限试听区就能看出他的目的，他想让更多人可以免费听高质量的优秀音乐。但即便完全是出自私心，他也不习惯做无用功，所以唱片行打出漂亮的头仗并不令人意外。

持续几天高强度工作过后，他索性去找助理交接工作，给自己放两天假。感冒还没全好，他最近都精神不济，到家躺在沙发上，起初睡不着，后来昏昏沉沉睡过去。

这一觉睡到隔天中午，西桐带着binbin过来时，他刚洗漱好，脑袋仍发沉，没什么精气神，那只傻狗进门就扑上来，伸出舌头往他脸上和衣服上狂舔。他伸手拨开，binbin又蹭过来，眼睛发亮，挤到他怀里摇着尾巴。他拍了拍它的脑袋，随手给它撕了袋饼干，往它嘴里丢一块。

西桐一边逛商场般在她哥屋里绕着圈，一边嘴上说着话："妈说你电话老占线，你给她回个电话吧，不然她铁定得找上门来，看你屋里没什么人气儿，说不准还要把我那同学带上。"

沈西淮语气平静："爱来不来。"又低头继续有一搭没一搭地跟binbin玩。

看完一圈，西桐没有任何收获，这才往沙发上坐，她的狗儿子显然有了舅舅忘了娘，靠着那位一身浅色睡衣的帅男人寸步不离。

西桐以前就说，她这个亲哥当众风流模样，背后却君子行为。

有几回他们一道去酒吧，几位公子哥长得都十分拿得出手，过来搭讪的人接二连三，还有趁机大胆揩油的。斯瑞哥向来冷，直接给人甩脸色；小路哥平常嘻嘻哈哈，这会儿也黑着脸；就她那位亲哥，手上特意戴一块假表，等人赖着不肯走的时候，把表往人面前显摆，笑着说这表不便宜。能去那儿的人都算识货，见他那么认真，退避三舍都来不及。

但也不是所有人都上当，不管知不知道面前这位是触动的接班人，单一块假表是骗不了人的，有人比起识货更识人，就算真是假表也认了，所以可劲儿往沈西淮怀里钻。沈西淮习惯给人留一线，但有人拱手不要，他只好重新摆出那张标志性冷脸。

西桐那会儿就在旁边，饶是习惯了，也被冻得一哆嗦。就连她这个亲妹妹也觉得这位阴晴不定的男人越来越奇怪，上一刻能跟你好言好语，下一刻就跟你欠他五个亿不还似的。

他很暴躁，又极力想要隐藏，可身体里的情绪是挡不住的。

高中有段时间他忽然弹起钢琴，翻来覆去只一首曲子，她听得耳朵都要出茧子，后来琴不弹了，这家伙又不听家人劝阻一个人搬来这边住，说是离学校近。那会儿她读初中，偷偷摸摸趁他不在的时候跑来，可试了好几遍密码也开不了门。

他们说好一起留在国内读大学，大一下学期他却忽然说要去英国。伦敦政治经济学院本科只需要读三年，他大二过去，从头开始念大一。

西桐大学是在南京读的，大二那年她跟男朋友吵架，一个人跑回淮清，电话里跟她哥哭，她哥才松口让她来这边住一晚。

密码大概率是个日期，经推算，那会儿她哥还在读高中。她以为房子里能有什么秘密，可上上下下跑了几回，连根头发丝都找不着。

后来她哥从斯坦福毕业回来，公司接连出现问题，他那点暴躁似乎也被磨没了。他多少有点公子哥的臭毛病，吃穿用度上会很挑拣，可多半时候没架子，对身边人也好，噢，对她的狗儿子最为上心。

西桐坐到她哥边上，挽住他胳膊："我要出去好几天，你不准把

binbin 交给别人，要是去出差，你也得把它给带上。"

沈西淮要把手抽出来，可妹妹紧紧抱着不让，他不太耐烦："这到底谁的狗？苏津粤呢？"

西桐笑靥如花："我还以为你不记得他名字了。他最近比你还忙。他的狗不就是我的？我的不就是你的？"

她脸也贴她哥肩上："哥，你就不能对苏津粤态度好点？每次见面都摆脸色，他以后可是你妹夫！"

沈西淮冷笑一声："你以为他喜欢见我？"

"那你先示好呀，总得有人低个头。"

"为什么不能他先示好？又到底是谁先摆的脸色？"

"他……"西桐嗔道，"他对你有敌意！你自己不清楚吗？"

"有敌意你俩就分。"

西桐跳起来："你说什么呢？！"

"你愿意嫁，他愿意娶吗？"

西桐被戳中痛处，往她哥身上扑："沈西淮！你说的是人话吗？"

沈西淮迅速躲了下，抄起旁边一件外套，往妹妹头上一蒙，兄妹俩像小时候一样打闹起来，旁边 binbin 开心叫着，凑中间看着热闹。

沈西淮确实不怎么喜欢自家妹妹的男朋友，偶尔不巧碰见，对彼此的敌意都心照不宣，打一声招呼就算完，各自都不愿意多说一句。

以前读书时就听说过他的名号，听妹妹说是学校里的高冷校草，他不太瞧得上，从名字开始就有意见。苏津粤……怎么不叫南京武汉？

等西桐风风火火走了，屋里就剩下他和 binbin。他第一时间把 binbin 头上的发夹取了，沈西桐就喜欢搞这些花里胡哨的，简直累赘，随后又耐下性子给 binbin 剪指甲。

"你妈可真成，怎么给你整这么寒碜？待会儿带你去剪毛。"

binbin 吐着舌头安分不下来，还没剪完就跑到门口把那个昂贵的珍珠鱼皮玄关柜给抓了几条痕出来。

沈西淮急了，钱就算了，他当初至少花了点力气给它挪了个位置，可 binbin 不懂，他只能想着以后从它爸那儿讨回来。

下午一人一狗一块儿出门，先去了趟宠物店，回来跑超市买了肉食，到家给 binbin 做了盆加餐。他自己没食欲，只吃了半碗清水面条。

虽然不会传染给 binbin，他还是吞下两粒感冒药。

晚上出门遛圈，binbin 撒欢子跑得快，他跟着跑出一身汗，回来院门一锁，由着 binbin 乱窜。binbin 去刨果树下的土，过会儿见车库门开了，又急忙忙跟进去。车库半边被辟出来当画室，沈西淮还没开始动手，彩色的颜料就被 binbin 给打翻。

他脾气并不好，对 binbin 却耐性十足。他喜欢狗，虽然这是他妹妹跟别的男人一块儿养的儿子。

binbin 很黏人，做什么都要跟着。狗狗都一样忠诚，爱它几分，它就会反馈几分，甚至还会多出一点来。不像人，喜欢总是不太对等。

给 binbin 洗了澡，他又翻开那本《绝对笑喷之弃业医生日志》，这回一口气看完半本，再看一眼时间，竟然才刚过八点。binbin 在床边已经睡着，他起身倒了一粒药片，和水一并吞下。

以前在伦敦政治经济学院读书，考试期间学校会发蓝色小药丸，他没什么学业压力，可睡眠有障碍，那药还是被他吃了。也不知道见不见效，偶尔他还会吞下一片。

为了酝酿睡意，他下楼找出《海上钢琴师》的碟片往机子里塞，binbin 也蹦下楼来，躺在他脚边陪他一块儿看。

他陷在沙发里，视线落在对面墙上，一动不动。

他又想起那晚的陶静安，她声音已经碎了个彻彻底底，却还坚持贴在他耳边解释："那次我没别的意思，你可能不信，我不是你想的——"他用动作打断了她的话。

他当然知道她没有别的意思，不然在那之后不会再也不联系他。他不傻。

她也完全不乏追求者。

桌上手机这时亮了起来，binbin 反应灵敏，猛然跳到他身上，鼻子里哼哼唧唧。

他捞起手机，是小路，喊他一块儿吃饭。

binbin用脑袋拱他腰腹，他关了电影，冲电话那头说："沈西桐说你挺忙。"

小路大笑："瞎忙也算忙的话——"

"片子拍完了？"

"你还记得？又是桐桐说的吧？拍好了，成片得再等几天。我这阵子不是跑了几趟粮仓口吗，发现这地儿比我想象的要好。"

小路怀着什么心思，沈西淮比其他人清楚。他对伯克利的兴趣不显山露水，却深到偏执。只要能跟伯克利扯上关系，他都会多注意两眼，偏偏有人还去纳帕谷做过调查，对酒庄略有了解，小路自然不会错过交流的机会。

他问小路："你要拆？"

"那没有，有几家馆子挺好吃，应该对你胃口。咱别电话里唠了，我就在粮仓口，有家咱们以前常吃的馆子，你赶紧过来，吃完了我顺路去给你的店捧场。"

他把调皮的binbin拨回地毯上："不去，改天说。"

那边小路还要张口，电话被先一步撂了。

他低头对上binbin亮着水光的乌黑眼睛，往后一靠："想出去玩？"

binbin又扑过来。他把它爪子一别："可我不想动。"

第4章

连续几天，静安都全身心专注于工作。音响广告已经拍完，她盯了两天剪辑室，根据客户要求指出几处要改的地方，让同事当天下班前出第二版。

下午临时通知开会，Demy开门见山，直接丢有效信息："刚接到通知，两周后去聚点参加竞标会。"

刚从美国回来的 Paige 立即炸了："聚点？！咱们对面的聚点？"

Demy 假笑："你的反应让我认为你很愤怒，愤怒到想直接退出这个项目。"

Paige 拍桌："我必须上啊！明明就在对面，还没进过他们公司，我还要不要面子了？"

Demy 不跟她废话，材料分发出去，立即开始头脑风暴。

会议一结束，静安先确认了广告片，给音响广告的负责人刚发完消息，郑暮潇的电话就来了。

"我们这边也刚开完会，原本相宜想自己跟这个项目，现在换我。这个周末有空吗？相宜想请你吃个饭。"

静安开玩笑："是要给我开后门吗？"

郑暮潇笑："你回来这么久，她还没见过你。还是上回那地方吧，到时候一起过去。"

挂断电话，静安去食堂拿了一份水果回来，边吃边写工作总结。音响广告进行得不如预期，合作方倒是很开心，对粗剪颇为满意，但这是妥协过后的结果。对方中途临时变卦，连续否了几个方案后，认为故事片到底不够商业，静安只好带着组员通宵出新方案，尽力拍出对方极力要求的"商业大片"。而那个棘手的项目仍旧没什么进展，底下的男实习生这几天倒收敛了一些，挑不出什么大错来。

写完总结，又继续看最新的竞标材料。

这一天仍然忙到很晚，回去时特意绕了下路。淮清的秋天红黄交错，银杏大道上一片金黄，静安把车子停在路边，拿了袋子去捡地上的银杏落叶。

初中毕业的那个暑假她开始做书签，叶子或者花，草或者羽毛，做好后在上面写字，再按顺序写上编号。每看完一本书，她都会留一枚书签在里头，现在已经到了一千三百多号。

头顶不断有叶子往下飘，空气里都是银杏的味道，静安蹲在路边，泛黄的叶子放到鼻前，似乎能闻到凛冽的冷意。

先前她始终觉得沈西淮身上有一种无法名状的情绪，这种情绪让她记了很久，甚至耿耿于怀。她曾经隐晦地告诉周陶宜，周陶宜问她到底是怎样一种感受。

"就有一种……很生气，又好像有点嫌弃我的感觉？"

"让你不舒服了？"

"也没有，我就是觉得他有点……"

静安说不上来，周陶宜直接抢白："别你觉得了，你就是忘不了他。宝贝，不要给自己的留恋找借口，这人长得很好看吧？身材很好吧？"

虽然这不是重点，但静安无法否认。她其实是觉得沈西淮有点孤独。无论是当时还是往后的新闻里，甚至往前追溯到高中时期的舞台上，他不管是笑或是面无表情，总给她一种冷清的感受，就像此刻手里的银杏叶。

既然已经打算删除他的联系方式，她也该放下对他的那些心思。她深吸一口气，弯腰快速挑拣着叶子，最后把满满一袋子放到副驾驶座位上。

隔天一大早去公司，看了会儿行业资讯，Paige 竟破天荒提前到公司，又递来一瓶香蕉牛奶。

"Joanne，我好激动，这次不仅要去聚点参加竞标，还能跟你一块儿工作，你知道这代表什么吗？代表我可以偷会儿懒，把时间花去'摸鱼'跟看帅哥！"

说完没走，Paige 眼巴巴看着她："亲爱的，再给我来一个你的果冻，那个花香好好闻，提神醒脑。"

静安无奈摊手："吃完了，下次做了再带来给你。"

Paige 捏她的脸："我可真喜欢你！"

静安继续看新闻，隔会儿，Paige 工位上忽然传来一声尖叫。

她望过去，Paige 一脸兴奋："几天没看娱乐新闻，苏津皖竟然签去幽默了？天哪，是不是以后就有合作的机会了？"

Paige 先前给幽默旗下的签约艺人拍过一部宣传大片，据说那边重视到大老板亲自上阵，直接跟 Paige 对接。

"她们老板特别酷，一句废话没有，过程她不关心，只看结果，也非常舍得花钱。"

静安也看过明月影业的新闻，对关雨濛的行事风格略有印象。

"她能签下苏津皖，果然慧眼识珠，这么有眼光，下回肯定还会找我们合作。"

静安很喜欢 Paige 的自信，刚要回应她，她话锋一转："不过在找我们之前，她可能需要先找一支专业的公关团队。"

她又走过来，把手机上的照片递到静安面前："人红是非多，苏津皖的桃色新闻满天飞，别人找公关团队是要把新闻热度降下去，幽默就应该把这个新闻炒起来，沈西淮欸，郎才女貌，门当户对，这一对简直绝了。"

说着 Paige 又摇起头："怎么这些人年纪轻轻不是英年早婚，就是谈了恋爱？在一起后分手了，那现在肯定是要复合，不然谁分手了还半夜一起出门吃饭？算我上回看错了，还以为沈西淮单身，他身上那股禁欲气息欺骗了我，现在再看照片，生活很滋润呀！"

静安没说话。照片她几天前已经看过，沈西淮撑着的那把大伞一大半都遮在旁边他妹妹的头顶上，他自己肩膀湿了一大片，却仍笑着，显然心情很不错。

作为新闻学院毕业的学生，静安向来对娱乐新闻的内容持疑，但同样的信息重复出现，就算她不信，也快要习以为常。她没有多想，收回思绪开始专心工作。

下午先去 4S 店取车，对方表示这车确实有些老，用不了多久该退休了。静安原本不常开车上下班，偶尔地铁，偶尔步行，并不依赖于车子，但考虑到回家要用，她确实得找时间换辆车。

取好车，她赶去粮仓口盯现场，因为是最后一天，要补一些夜景，剧组一直到八点多才收工。

等忙完，她拿了水杯到旁边喝水。刚喝两口，身后有人喊她：

"Joanne。"

她回过头去，宋小路正逆着灯光从远处走来。

和注重穿着的沈西淮不同，宋小路穿衣似乎很随意，一件看不出牌子的 T 恤，已经是第二回见。她猜测他有好几件一模一样的衣服。他人也更加随和，穿军色工装裤和马丁靴，好像随时准备进园子打理葡萄藤。

静安喊他："宋先生。"

宋小路颇为不满，像先前那样坚持："还是喊我小路吧。"

他又笑着说："其实你这英文名我喊得也不太习惯。"

静安也笑："那你直接喊我名字吧，小路。"

宋小路的笑声很有感染力，会让人跟着心情好起来。

"现在已经拍完了，应该有时间一起吃饭吧，陶静安？"

静安有些为难，她还得回去加会儿班，但听见他极其自然地直呼她姓名，又忍不住笑了出来。

"就一两个钟头，碍事？"

她不再迟疑，抬脚往外走："你习惯吃什么口味？"

"都成。"他随口报出几家已经去过的饭店，又问，"有推荐的吗？"

静安打算带他去小时候常去的老餐馆，距离不远不近，她还是把车开了出来，宋小路上车前瞅了好几眼，等坐上车说："你这车我看着眼熟，很早的款了吧？"

"嗯，好多年了，今天刚修好，"她开玩笑，"希望不要出问题。"

然而一语成谶，车子开到半路忽然熄了火，怎么也点不着。她有些尴尬，宋小路却开玩笑："完了，我这瘟神才坐上来，刚修好的车又坏了。"

静安被他逗笑，及时打了电话，等车子被拖走，她继续给宋小路带路。

不过百来米，到门口一看招牌，宋小路脸上一惊："这店竟然还开着？我还以为整个淮清已经绝迹了。"这家餐馆在淮清属于老字号，近些年逐渐没落，在别处已经看不见。

"嗯，上回问过里面的师傅，就这一家了。"

宋小路想了想问："介意我喊个朋友一起吗？他以前特喜欢吃这家的桃仁丝瓜。"

静安很愿意成人之美，见宋小路拿出手机打电话，她微微侧身，给他留出通电话的空间。

她望向街对面的水果店，打算吃完饭顺道进去买点橙子，这时又听旁边的人冲电话那头开口，喊的是"二哥"。

静安一怔，稍稍回了下头。

是沈西淮。

上回一起吃饭，出门时她听见宋小路嘻嘻哈哈喊旁边的人，用的就是这个称呼。

她没有往下听，心跳却不受控地渐渐加速。不多会儿，身后的人挂了电话，冲她说："得，给我挂了，说是不来。"

她略微一顿："那进去吧。"

进门后靠窗坐下，宋小路让她点菜，她迅速要了一份汽锅鸡和香菇肉饼，再要一份桃仁丝瓜和翡翠羹。

单子刚递出去，电话又响了。

她见宋小路接起，那边问了句什么，他笑着报出一个地址："怎么又想来了？我刚听见桐桐儿子的声音，走得开吗……行行行，不废话，你赶紧地来，我再让人添俩菜。"

电话一挂，宋小路又冲静安解释："这人可真成，没见他这么快变过主意，我再添副碗筷？"

她点了点头。

宋小路又要她推荐菜系，然后起身去柜台添了道红糟肉丁和炸瓜枣。

静安觉得渴，柠檬水已经喝完，她给自己倒了一大杯茉莉花茶，仰头喝下去。

第 5 章

菜一道道上来，沈西淮还没到，大概是被堵在了路上。

宋小路提了一嘴，解释说待会儿要来的朋友是上回一起吃过饭的沈西淮，又率先拿起筷子，说不必等他。他早饿了，就着一桌子菜吃完一碗米饭，抬眼见对面的人正斯文地喝汤，想起以前有个埋头大快朵颐的人，也是这么坐在他对面，脸就差埋进碗里，别人说什么也听不见。

静安喝得有些心不在焉，等放下勺子，察觉到对面的人也走了神，开口打破沉默："菜不合胃口？"

宋小路恍过神来："没，想起一个朋友。"他笑了下说，"是不是觉得很奇怪，为什么我总找上你？"

静安没说话。

宋小路直言："以前有个朋友，她现在在伯克利读书。"

她立时明白过来，他两句话里的"朋友"是指同一个人。

"加州是不是挺好？你们一个个都往那边跑，不是读书就是工作。"

她想了想说："有好有坏。"

"也是，到哪儿都有烦恼，那边压力应该很大？"

"因人而异吧，不过住房是普遍问题。先前就有朋友开玩笑，说加州很需要远舟去那边替大家盖房子，不过前提是楼层不限高。"

宋小路又笑起来："听说了，那边严守限高。还说有个候鸟保护区，压根儿不怎么发展，规划上就出了大问题。可谁让人家是科技中心呢！该去的去，该留的也照样留。"

"很多人觉得那边适合工作，不适合生活，所以回来的也不少。"

宋小路仍笑着："她不会的。"

静安莫名从他脸上看出点落寞来，却不知该说什么，很快又听他问："伯克利去斯坦福是不是挺方便？"

她愣了下，说："嗯，不是很远。"

"经常去吗？"

她笑了笑："没去过几回。"

她想起第一次去斯坦福。那时刚去加州，程烟接二连三地组织聚会，除去首次的同学会，静安第二回参加已经是期中后。斯坦福之行她不想错过，但因为当天有课，赶到校门口时才发现自己是最后一个到的。程烟她们在低声说笑，没有注意到她走近，是中间最高也是和她最不熟的沈西淮第一时间发现了她。

到达斯坦福后，一行人一起去吃食堂。周末限定的自制煎蛋卷很受欢迎，她排在队伍最后，等选好馅料后要去做，发现沈西淮并没有走，大概是想加快速度，他直接要走她手里的盘子，她便一边看着他熟练地制作煎蛋卷，一边听他淡淡解释，因为很多人喜欢吃，所以煎蛋卷的机器看着有点脏。等做好煎蛋卷，回座位时他又顺手给她打了一个香草冰激凌。

虽然是去参观，但大家都带上了学习电脑。沈西淮带她们去学校的图书馆，有女同学在经管学院就读，向他抱怨 R 语言难用，他直接在纸上拉了一张表，列出所有用来分析数据的编程语言和软件，再针对她的使用习惯进行分析。静安在旁边偷听，又偷偷在纸上记下沈西淮提过的那几个学习网站。

在其他人埋头写作业时，她意识到只有自己是纯粹来参观的，正准备去找本书来看，沈西淮忽然在斜对面朝她招手，她跟过去，于是两人就坐在那张红皮沙发上无声地拼了一个小时的玩具模型，拼完之后再一起将桌面整理干净。

静安不太记得那时的心情，只记得她看了一个小时的模型，也不可避免地将沈西淮的手看了一个小时。后来静安去附近喝奶茶，那双手又替她开了奶茶店的门。他替每个人都点了饮料，自己却不喝，静安习惯走在最后，那次却始终在等沈西淮跟上来，他的嘴唇看上去并不干燥，她还是去隔壁超市给他买了一瓶水。

静安逼自己回神，刚要端碗继续喝汤，对面宋小路忽然说了句"来了",她心猛地一提,跟着看向门口。

不久前新闻里爆出来的雨夜图里,沈西淮还是顺毛,在此之前也始终保持着清爽的发型。然而眼前的人把那头短发剃了,看上去越发具有冷感,搭配一身浅色的修身常服,进门便引得四周的人频频回头。

宋小路忽地想起什么,冲静安解释:"放心,不会有人拍我们。"说完笑着看向来人:"可算来了……怎么忽然剪寸头了?"

一张小方桌子,正好坐得下三人。

沈西淮拉开过道边的凳子落座:"下午带 binbin 去剪毛,顺道去了趟理发店。"

说着他略侧了下头,看向静安的方向。

宋小路及时做介绍:"这位沈西淮,上回咱们见过。"

静安对上沈西淮的视线。

"这位陶静安,这次宣传片的制片人,特别专业。你俩一个伯克利,一个斯坦福,说不定以前在加州大街上还碰见过。"

沈西淮随口应着:"是有可能。"

他语气里听不出情绪,也没立即收回视线,仍看着斜对面的人。陶静安总是习惯把头发扎起来,这回却柔顺地披在肩头上,将她窄瘦的肩全部遮住。淮清已经转凉,她穿一件白色的薄外套,金色的圆形纽扣在灯光下反射着光。她坐得笔直,脸很小,也很白,笑起时在灯光下焕发着细微的光彩。以前常常听程烟她们说陶静安身上有一股沉静的气质,虽然话不多,但跟她相处起来很舒服。程烟还叹息,说可惜人家心有所属,不然她还想介绍她哥给她认识。

她很受欢迎,也确实人如其名,总是安静地做着自己的事情,在人群里她习惯降低自己的存在感,一旦有人去找她,又露出得体的笑容,等人走了,就低下头去。但那双眼睛始终澄澈,泄露出无法掩饰的生动。

程烟还说过:"但她又给人一种距离感,很高冷,虽然对每个人都好,可是大美女的心思确实有点难猜,要跟她交心感觉挺难的。"

沈西淮试图从她的眼睛里读出讯息,但就像程烟说的那样,他猜不出此刻她看到他后的想法。

沈西淮的目光很淡，却直直望进静安的眼里，让人完全无法忽视。静安下意识想避开，先前他每每捏住她下巴亲她前，他都会像现在这样看着她，然后撬开她唇。

她稍稍偏了下头，才见沈西淮挪开了视线。

桌上的菜令人食指大动，沈西淮却没什么心思，象征性吃了几筷子，又听旁边小路唠了几句，等说到陶静安的车刚修好又在半路上抛锚时，他往椅背上一靠，将目光落向右斜方。

他猜到她车可能坏了，这几晚他在她楼下贡献了几包烟，就看见她那位上司送了她几回，还顺便验证了一个事实：互联网大厂多半996，他们公司似乎专门培养007，紧追着员工搞压榨——即便陶静安化了妆，眼底也一层乌青。

沈西淮的视线有些飘忽，静安不确定他是不是在看自己，她又喝了口汤，对面宋小路冲她笑："都忘了问了，陶静安，咱俩应该差不多大，你是在淮清念的高中？"

话刚落，就被旁边人眼风扫了下，又听他不太耐烦地问："下一句还想问什么？"

沈西淮话里带着威胁，宋小路觉得很是冤枉："我这不是聊天吗？下一句我还想问陶静安有没有看过你们乐队演出。"他看回对面："陶静安，你听过黄杨树乐队吗？就是这位帅哥组织的，那会儿还挺有名。"

他故意不去看旁边他那位二哥，这位哥向来喜欢隐藏自己的情绪，但这么多年两人不是白认识的，他二哥什么心情他一眼就能看出来，这会儿他二哥看上去烦躁得想要把桌上那碗翡翠羹扣他脸上。宋小路自认有些恶趣味，虽然不知道这位哥在烦躁什么，可就是想逗逗他。

"如果你听过，就有可能听说过他们乐队罢演的事情——"

静安察觉到宋小路有故意的成分，也意识到沈西淮并不希望他说下去，于是迅速插话："我……好像没听说过这支乐队。"

宋小路闻言故作失望："你错过了一次听故事的机会。"

静安笑了笑，配合他的玩笑："那真是太可惜了。"

说着错眼去看沈西淮，他也正看着她，脸上晦暗不明，看上去仍旧不太高兴。

照理说陶静安的答案正是沈西淮希望听到的，只有这么回答，宋小路才会消停，可等她真这么说了，他又不很痛快。她语气虽有些犹疑，听起来却像是真的，他也确定她听过他们乐队，但显然她已经不记得了。

他视线落在她嫣红的唇上，忽然问："哪个高中的？"

静安一怔，莫名从他语气里听出咄咄逼人的意思。对面宋小路先笑出来："欸，刚才还不让我打探人隐私，现在自己倒问起来了。"

静安看一眼宋小路，又看回表情波澜不变的沈西淮："你们呢？说不定我们还是校友。"

一个云淡风轻，一个温文尔雅，宋小路却忽然品出些不对劲来，他迅速想了下，大概是他这位二哥傲慢的德行给人刺激到了。

于是宋小路忙打圆场："我是师大附中的，他是我们隔壁的，应该……不是校友吧？"

"不是。"静安几乎没有犹豫，随即低头继续喝汤。

旁边沈西淮有些坐不住了，他刚才过于冲动，陶静安前脚刚配合了他，他后脚就反水……原来她生气的样子是这样的，眼睛更亮，脸上一层薄红，显得她越发有生气。

因为喝了汤，她嘴唇看上去很湿润，泛着点水光，他及时收回视线，说了句"吃好了"，就起身径直去柜台买单。

宋小路笑着解释："他有钱，让他请咱们吃。"

静安没说话，她应该继续生会儿气，可看着柜台前的人，竟然只觉得这人身材过于优秀。明明清瘦了不少，看上去却仍旧很有格调。

醒酒果冻也已经吃完，她本该断了念头，可那点心思此时此刻却越烧越旺。

她拿了包起身，宋小路替她开了店门，到门口站定，沈西淮恰好将那辆有些眼熟的黑色车子开过来。

"本来这顿饭该我请，现在只能给你送另一份礼了，平常听唱片吗？"

静安不认为宋小路需要给自己送礼，但现在她很愿意接受。

她回："偶尔会听。"

宋小路笑了起来："那正好，请你去个地方，淮清最大的唱片行，就在前面不远。"

她还没来得及说话，车上的人这时看过来："上车，不然贴罚单了。"

静安应该回去工作，可不算太急，她可以明天一早去公司完成，而现在她有别的事情不得不去做。

等坐上车时，她在心里骂了自己一句，Demy 说她原则太多，可现在她是一点儿也不剩了。

十来分钟后，车子在店门前停下。

1625 唱片行相较其他唱片行的另一优势是 24 小时营业，早在开业那天静安就来过，前几天盯完外景回去经过时，她也停下车进来带走一张奥蒂斯·雷丁的专辑。店内并未设置宣传区，甚至是沈西淮亲手签下的第一支乐队柠檬鱼也不例外，那天她找了好一会儿才翻到这支乐队的新专辑。

除此之外，1625 唱片行设有完备的残疾人无障碍设施，如触动其他实体店一样，唱片行也雇用了残障人士作为员工。

网友们又积极地对此做出评价：世界上还有比沈西淮更假的商人吗？为了宣传也是无所不用其极，昧着良心就一点不痛？我都替他痛了。

静安偷偷去看沈西淮，他看向一格格唱片时眼神并没有什么变化，但她确信他眼睛里有赤忱，他势必是因为热爱才做下这些的。

有人在架子旁丢了张餐巾纸，她看见他找来湿纸巾，将那张纸裹走，又喊了人来消毒，随即消失在走廊尽头，大概是去洗手。

宋小路那张嘴似乎闲不住，跟静安扯完又跟正在消毒的员工唠嗑。

"你们这得几点交班？真 24 小时营业啊？"

员工笑着说："我们人多，只要打卡满八小时，随时过来都成，晚上上班也能睡觉。"

"那晚上上班还是挺辛苦，怎么就这么晚过来？"

"我是从我们公司的书店申请转岗来的，原来是固定时间上班，就报了晚上的 IT 入门课，上完了才过来。"这位员工忽然笑了，"其实我认得你，前几天课上老师还把你当成案例，说你的葡萄酒得多利用互联网。"

宋小路也笑出来："我这不是还没准备好吗？你们这课听着不太靠谱啊。"

"那我就不知道了，反正是我们公司免费开设的，我就去上了，我自己听着是觉得很有意思。"

静安在旁边将对话听了个全，她意识到沈西淮打造了一个十分理想的国度，不理解的人很多，但她相信时间会证明一切。她也意识到，宋小路很乐意跟人接触，和谁都能聊上几句，或许是天性使然，或许是商人特质，但他足够真诚，别人都很愿意跟他说话。

她想起自己还没做完的化妆品项目。

广告之父奥格威说过："广告不是艺术，做广告是为了销售产品，否则就不是广告。"

前半句是 Demy 经常和她强调的，而她也总是反驳："不是不代表不可以成为。"仿佛一句绕口令。

当然她没有能力做成艺术，但更相信"广而告之"的力量，而这种力量来自人。她想，或许是"对着镜子你会越来越自信"，是"我给你偷了一支口红"，抑或是"拿起，丢掉"。她可以请来各个年龄段的女性，以她们各自特有的方式"拿起再丢掉"口红。

静安暂时将想法记到备忘录里，她察觉到有人在看她，可一抬头，对面的沈西淮只专注地看着手里的黑胶，压根儿没有看过来。

宋小路说想试听，沈西淮便拿着手里那张唱片带他们进二楼试听间。

约翰·梅尔的 *Continuum, Side 2*，第一首是 *Gravity*。

墙上是各大乐队的海报，静安背贴着墙，听见轻微的底噪，她视线落在对面沈西淮的身侧，不过一分钟，旁边宋小路举起手机走了出去。

门一关，缠绵的蓝调仍充盈着耳膜，她忍不住去看沈西淮的脸，视线一碰上，她就想要跟他接吻。她觉得自己没救了。

她手指在墙面摩挲着，视线越发地肆无忌惮，直到对面的人也拿出正振动的手机，她觉得自己的心快要跳出来，就在沈西淮转身要出门时，电光石火间，她上前拉住他手腕。

他蹙着眉回过头来，音乐还在继续，她只能尽最大努力贴到他耳边："表我还你了，我的东西还在你那儿吗？"

她见他低下头来，问她："什么东西？"

她并不意外，猜他可能将东西无意丢掉了。而宋小路可能随时会回来。

他气息笼罩过来，她指尖发着麻，扣住他手腕的掌心似乎要出汗。

她看着他的眼睛问："你还想继续之前的关系吗？"

沈西淮表情如初，只一瞬不瞬盯着她。

她心里泄了气，就知道这样必然不行。

静安只好硬着头皮继续说："如果你不想，当我没说。"

她松了手，在沈西淮长久的注视下越来越没底气，然而就在垂眸前一刻，听见他说："出来，先去我车上。"

说完他推门出去，接通电话的同时，仍扶着门。

静安没时间平复杂乱的心跳，转身将唱片取出来装好，抱着出了门。

沈西淮的步子不快，接过她手里的唱片时，她听见他冲电话那头说了句"嗯，我是"，那头似乎很快换了个人，他随即也换了英文跟那边交流。先前在加州她听过，他似乎更倾向于使用英音。

两人刚经过两个唱片格，就碰见宋小路走了过来，他手上拿着几张黑胶，直接忽略他那位二哥，站到静安旁边让她从里头挑。静安脑袋发蒙，也不知为什么挑，迅速指了两张后，见宋小路点了下头，她才意识过来，忙说："我自己来买。"

宋小路却径直看向等在旁边的沈西淮："用不着咱们买，老板在这儿呢，想拿几张拿几张。"

静安也看过去，却刻意避开他眼睛，只见他转个身站到架子旁，几乎没怎么看就从里头抽出两张，随后递给宋小路，无声示意他去柜台付账。

宋小路本意就是来捧场，说不买只是玩笑，但表面仍旧不乐意，低头看着黑胶上的名字："*My Chemical Romance*，我的化学浪漫？"他回头问静安："听过吗？"

静安点了下头。

他又去看第二张："这张我知道，披头士嘛，《橡胶灵魂》……选得还行？"

静安仍旧点了下头。

"好嘞！"

他大步走了，不给静安阻拦的机会。

对面的人还在接电话，她抬脚继续往前，宋小路很快跟过来，解释说得回趟公司，要沈西淮捎一段，又开玩笑说劳烦他送静安回去。

沈西淮刚收回手机，没应声，视线在静安脸上一掠，转身往外走。

上车后宋小路又接了个电话，等挂断，忽地看向静安："欸，陶静安，你那车是哪款来着？"

静安已经神游天外，闻言立即回神告诉了他。

"对，"他这回看向开车的人，"我记错没？你是不是也有一辆？"

"没有。"

沈西淮回答得斩钉截铁，宋小路被狠狠一噎，默了默又问："那我这都去捧场了，是不是能告诉我为什么取名叫 1625 了？"

沈西淮反问："你又为什么叫 1212？"

宋小路："你不是知道吗？"

沈西淮回："嗯，你可以猜一猜。"

宋小路猜了八百年了，要能猜出来不至于现在还来问他，还没问出个什么来，就不得不在前头路口主动要求下车。

"一定帮我把人送到。"他下车后又弯腰扒着窗户，"陶静安，下回再见。"

　　不等人回答，车子几乎擦着他胳膊往前去了，他拍了拍脑袋觉得奇怪，他记性不差，竟然能把车型给记错了？

　　没了宋小路，疾驰的车里安静得有些诡异。车子一路开到公寓楼下，然后停稳在车位上。

　　静安还没反应过来，前头的人已经下车，随即绕过来帮她开了车门。她伸手去扶门，沈西淮的手却先一步捉住她，她几乎是被拽了出去，脚刚落地，身后的门被重重一掀。

　　沈西淮的脚步很快，静安虽被牵着，仍要小跑着才能跟上，两人一路上楼，到门口，沈西淮回头："密码。"

　　静安迅速匀着气，压根儿没有思考的时间，报出一串数字。

　　密码锁"嘀"的一声响，门应声而开。

　　静安被拉进屋，后背猛一下贴上门板，抵在身前的人低头凑近："多久？"

　　她脑袋有些短路："嗯？"

　　"想跟我维持多久？"

　　他灼热的气息喷在她脸上，静安心跳剧烈，下一刻听见自己说："直到其中一方不想。"

　　"什么？"

　　她声音微微发颤："……直到你不想。"

　　沈西淮吻了下来。

第6章

　　在挂断宋小路电话之后没多久，沈西淮很快意识到，跟小路一起吃饭的或许就是陶静安，他并不确定，但还是去了。

　　在1625唱片行试听间里，他也始终在看陶静安，他察觉到她不安分的手指，然后她过来捉住他手。

他从她眼睛里看见了熟悉的眼神，当初在硅谷，她就是用这样的眼神邀请他上楼。她再一次把他当作了某种动物。但他没法拒绝她。

此刻他压根儿控制不了身体里潜藏的情感因子。

早在硅谷那晚，沈西淮就见识过陶静安的反差，她行事直接，偶尔在程烟面前会软一些，但他从来没有见她对着谁撒过娇，或许也只是他没见过，但后来他发现，情动的陶静安会有不为人知的一面。

她声音很低、很细，像南方春季里的一阵风，带着特有的湿度，也不乏舒适的温度，她嘴唇很软，贴在他耳边吐露几个字，又同样拥有不可违抗的力度。

"今天不行。"

他极力收敛住动作，伸手去捏她下巴，好让她看着自己："什么时候行？"

他语气强硬，配合略带恼怒的动作。静安一时愣怔。

不等她回答，沈西淮再次亲了过来。他们从玄关处到沙发上。这是她和沈西淮第四回接吻。他看上去相当深情，无论是从眼神还是动作，很容易让人认为那是真心的。

静安轻轻地推了下他的肩膀，将手抽出来，而后一路向上，停在他喉结上，再去摸他精短的发，有些扎手，但她仍然摸了几下。

他似乎养了狗，并且在带着狗去剪毛的时候顺道也给自己理了一回。

静安喜欢狗，也喜欢爱狗的人。

她低下头，跟随着沈西淮的视线落向被她膝盖抵住的书，是西班牙导演布努埃尔的自传，夹在中间的书签滑出来一半。书签的透卡里封着一片干燥的玫瑰花瓣，旁边是她写的一行小字：他们的余烬像一朵迷蒙的玫瑰。这是博尔赫斯的诗。

在高中时期，她曾经在三套书签上抄过博尔赫斯的《我用什么才能留住你》，书签被她夹在读完的书里，那些书有的留在家里的书架上，还有一部分还给了校图书馆。

她很快回神，抬眸去看身前的人，两人离得很近，她可以清楚地看见沈西淮的眼睫毛，他嘴唇有些干燥，她想用指腹去摩挲，忍住了。她感觉他的唇像一颗爽口解渴的果冻。很快，她倒在了沙发上，那本硌人的书被沈西淮丢到了地毯上。

手机在刚才的混乱中被她放在了木桌上，此刻发出吱吱的响声，多半是实习生的电话。在她断断续续解释之后，沈西淮起身去替她拿手机。她伸手去接，却见他在拿起的那刻，直接将手机往更远的单人沙发上丢了过去。

沈西淮再次俯身过来。

静安在喘息中忽然想起那个思考过的问题。

如果身边的人是蜻蜓，是孔雀，是雨，那么沈西淮是什么？

静安去摸他的脸，他身上带着一种清新的香，像一颗刚从树上摘下来的柠檬。

沈西淮是一颗新鲜的柠檬。

而她对柠檬有多喜欢，现在对他就有多上瘾。

后来实在太累，被他抱到床上后很快睡了过去。旁边沈西淮却始终睡不着，只好拿出手机。他想起什么，给沈西桐发消息："binbin 在家里，你回去看下。"

沈西桐立时三刻回复："拜托！我在出差！刚跟苏津粤见上，还没开始谈恋爱！而且现在凌晨两点！binbin 早睡了！你怎么就这么缺德呢，二哥？！"

他看不惯这么多感叹号，只回："binbin 重要。"

"重要，你还把孤单的一只狗放家里？"

他索性丢掉手机，旁边人呼吸轻浅，大概是最近工作太累，睡得很沉。借着窗外一点微弱的光，他用指腹去描绘陶静安的脸部轮廓。

陶静安的目的只有一个，但他并不是。他凑过去在她唇上碰了下，又忍不住咬了下。

静安模模糊糊感受到了疼，却困得睁不开眼。

隔天醒来，旁边人已经不在，她反应了会儿，到楼下找到手机，点开才发现昨晚的电话并不是实习生打来的。因为她没接，所以郑暮潇在那之后又发来了一条消息。

"这几天临时跟相宜出差，周末可能会晚，到时保持联系。"

她回了句"行"，又滑到置顶的聊天框。她早换过手机，聊天框里一片空白。

她看着桌上的手表，过会儿给他发："沈西淮，我是陶静安，你手表落我这儿了。"

沈西淮很快回："不用自我介绍，知道是你。"

静安稍愣了下，又见他发来第二条："手表晚上去拿。"

读懂的同时，静安心情有些复杂。

而这一天沈西淮落下的是手表，隔天是领带，然后是打火机。

她不知怎么说，把拍下的表发给周陶宜。

周陶宜连发来几个问号："什么情况？"

"我跟他其实是高中同学。"

周陶宜大概很无语："你可真诚实，瞒得这么深。"

静安想，如果告诉周陶宜这位高中同学还是她在新闻上经常看见的那位，她估计会更加愤慨。早在之前，周陶宜就跟郑暮潇开过玩笑，问他有没有那位竞争对手的联系方式。

"所以……你们又在一起了？"

她只能回："嗯。"

周陶宜好一会儿回："陶静安，真有你的。"

周陶宜又问："那直接开始交往了？"

"没有。"

周陶宜开始慨叹："真想不到啊陶静安，之前那么多人追，你没一个瞧得上，我让你好歹试几个，你说暂时无法接受那样的关系，怎么一回国，一见到这位 Mr.Risk，你就变了呢？"

她说着说着抛出最后一个问题："宝贝，你爱他吗？"

静安回答不出："不知道。我加班了。"

周陶宜一针见血："你在逃避！"

她没再回。

周六一整天，她都把心思放在工作上，一次又一次给手里的产品编造一个又一个美丽的谎言。

隔天休大半天假，她一早去取了车，开回粮仓口，先带奶奶去医院做例行检查，到家后着手准备午饭。她买了新鲜板栗，捣碎后煎汤，这是她不久前从书上看到的方子，说连续喝十天半个月可以治腰腿痛。她坚持请了家政，所以又请家政阿姨每天早上给爷爷奶奶煎栗子汤。

下午陪爷爷去钓鱼，坐着坐着竟睡了过去，几个小时下来，旁边鱼桶仍是空空的。

先前做的果酱已经寄给周陶宜，她回家后重新做了几罐。又记起梁相宜喜欢喝酒，装好两瓶去年酿的桂花酒，准备出门。

临出门前奶奶叮嘱她一定要记得多休息，要是连睡眠也无法保证，这活儿咱也就不干了。她忙说是自己没注意时间，睡得太晚。奶奶不信，又嘱咐她注意饮食，吃得太辛辣不好。她心虚地摸了摸嘴唇，她倒希望是因为吃辣才肿的。她撒了谎，最近她其实常加班，又有人连续几天三更半夜过来吵醒她，一旦醒了，就没法继续睡。

上车前奶奶又忽然问："是不是交男朋友了？"

"没呢。我……"

静安欲言又止，她差点就说出点什么来。

奶奶从她脸上看出些端倪，忙说："不问了不问了，快去见客户，这回铁定能成。"

静安笑着把奶奶送回院子，再赶去客户公司开会。

她定了一条备选标语："我给你借了一支口红"，负责提案的创意讲解了一整个构想，另又提出一套备选方案，但无不例外都被否了。

来之前她就预料到了结果，Demy 也给她发来消息："今天估计不行，明天开会时再讨论。"

当下她直接起身，走之前还是礼貌性地做出请求："那要麻烦你们把工作简报整理好后再给我们发一遍，这样会节省彼此不少时间。"

她出门后径直坐进车里，公司的财务竟也还在加班，给她发来上个地产项目的薪酬明细，奖金那一栏比往常多出不少。大概有钱人都出手阔绰，可以凭心情发工资，她不过是跟宋小路聊过几回加州，多出来的奖金就够她去上回那家餐馆吃上一百回。

她给财务回了句"好的"，翻出本子写工作总结。

在宋小路的出面干预下，这一次的地产宣传片给了她们充分的发挥空间，反而剪出了耳目一新的效果。至于刚才的会议，她在进展后写了个"0"。

写好后开车赶往目的地，半路上却接到郑暮潇的电话，要她绕去机场接他。她觉得奇怪，过去后只见他一人站那儿，等车子开出去好一会儿，他才开口解释，说是跟梁相宜因为公司的事儿又吵了一架。

这事儿要是发生在以前，静安会觉得稀奇。郑暮潇在外人眼里素来温润如玉，他的脾性并不允许他和人发生冲突，而梁相宜虽然看上去冷冰冰，其实外刚内柔，两人站在一块儿画面很和谐。可自硅谷回来，牵扯上家庭和工作，两人大小吵架就接连不断。

静安并不过问，只示意郑暮潇拿水喝："要不改天再吃，我先送你回去？"

原本就是梁相宜提出一起吃饭，现在她人不在，郑暮潇心情糟糕，两人的问题也亟待解决，静安觉得这顿饭不吃为好。

郑暮潇却说："吃吧，产品的事情我还想听听你的建议。"又自嘲地笑了下，"光顾着吵架，饭还没吃上一口。"

静安没反对，又听他给哪家餐厅去了电话，要那边照常给送餐，挂断前不忘重复一遍忌口的东西。餐厅显然是他常去的，而郑暮潇向来没什么忌口，可想而知是给谁叫的餐。

等挂断电话，他又笑了下："一坐你车就想起大学的时候，大二还是大三来着？你一直说想试试新的剧本类型，好不容易写出来了，剧还没排完你就重感冒。那时候我驾照刚拿没几天，坐上来压根儿不好施展手脚，差点把你车给废了。"

那时静安不愿意去医院，郑暮潇始终坚持，两人站在她宿舍楼底下辩论了半天，冷风一吹，静安头就更疼了，最终还是把车钥匙给了郑暮潇，不过为了确保自己的生命安全不受到威胁，半途上她忍着头疼把郑暮潇换去了副驾驶位。

这事儿过去了有七八年，但这辆车还在苟延残喘。

"这车除了小了点，其实挺好开的，相宜常开的那款车不是也小吗？"

郑暮潇想起就头疼："对，她的比你这宽点儿，可还是不行。"

具体怎么不行，郑暮潇没说下去。别人尚且可以看出他和梁相宜的关系日渐紧张，更遑论他自己。因为工作的事情，他的脾气确实暴躁了不少，但两人吵架多半是由梁相宜先开始。她一生气就喜欢待着不动，倒是很匹配她冷冰冰的气质，可在他看来那层冰壳薄得一击就碎，反而显得她有些幼稚。

吵架归吵架，两人总要一道回家，她坐在车里不动，又不愿意挪去他车里，他只好开她的车。半路上又莫名吵起来，他怕出危险，把车停去附近的公园。他不会骂人，只能拿车太小说事儿，她势必要赢回去，说："不还是方便你亲我？都用不着……"他没让她把话给说完，一边亲她一边想，这人怕不是有两面，一面对着外人，冷淡却从不为难人，一面专门拿来对他，这个不行那个不是，专爱鸡蛋里挑骨头，平常话少，跟他吵起架来倒伶牙俐齿。他吵不赢，单堵她嘴不够，只好把座位放倒，用点别的办法欺负她。她身上那层薄冰化成了水，总算没力气吵架，却还要骂他变态。他不禁想，这人到底是无情，一旦自己爽了，马上翻脸不认人。

就这样吵了和，和了吵，多少会觉得心累。

他一路走神，等车子忽然靠边停下，他回过神来："怎么了？"

静安哭笑不得："熄火了。"她真得换车了。

郑暮潇去开门："先下车，我来试试。"

第7章

两人换位置时，后头有车被短暂地截了下。副驾驶上的人摘下墨镜，面露惊讶："那不是郑暮潇吗？好久没看见大活人了。"

沈西桐将视线定在那辆车上："旁边不是梁相宜欸，但好像也是个大美女。"

车子在前头被红灯拦了十来秒，西桐仍回头看着，忽地有些激动："好漂亮！啊！上车了！"

她颇有些遗憾地转回头，问开车的人："欸？你们高中之后是不是就没联系过了？"

"没呢，"苏津皖专心看着路况，"上学的时候就不太熟。"

西桐笑了出来："我记得有条新闻说郑暮潇读书时是个'老干部'，而我哥是个'冷面人'。"说着又蹙起眉来，"刚才那车看着总有点眼熟，好像在哪儿见过。"

"福特的？"

"你见过？"

"这款没什么印象。"

"算了，估计就是在大街上看见过。"西桐哼了声，"比起车，我对那位美女更感兴趣，也不知道是谁……"

苏津皖没说话。

还在高中时，她起初对陶静安的印象比较单一，只知道是凭借成绩从别班转进来的同学，每天埋头看书，很少出门活动。直到某天下楼去做课间操，经过她座位时视线掠过她桌上的笔记本。

班上人已经走得差不多，她脚步一停，走回去仔细地看，笔记本封皮上一段对话笔走龙蛇。

——你要是勤学苦练，你会成为音乐家。

——我要是不呢？

——你要是偷懒，你就是个乐评人。

对话出自特吕弗的《爱情狂奔》，前不久她刚看过，对这段也印象深刻。

后来她又在陶静安别科笔记本上看见过别的电影导演的台词，阿巴斯、希蒂洛娃、雷德利·斯科特和安东尼奥尼，有些她看过，有些没有。

有次在乐队排练前，她坐在角落看《都灵之马》，快要昏昏欲睡，吉他手刚跟主唱吵过嘴，倚在桌子上冲她说："我最近特想认识你们班一个人。"

"谁？"

"就中间那排，靠走道第三个还是第四个，进门就能看见。"

旁边眼里向来只有乐谱的人一如既往地没有耐心："还排不排了？"

"马上！"

主唱反而好奇起来："到底谁啊？"

刚才不耐烦的人也绷着脸问："第三还是第四？"

"记不清啊，"吉他手开始冲他比画，"高马尾，特白，桌上总一个水杯，她同桌不就是老压你一头的那个第一名吗？"

苏津皖早锁定了是谁："我知道，我也想认识她。"

主唱好奇起来："什么人呀，你们都想认识？"

她笑了下，把电影关了："我觉得她特别有气质，但她一下课就塞上耳机，都没机会跟她说话。"

"叫什么？"

"陶静安。"

"静安？难道是上海人？"

"本地的吧，她好像也经常看电影，书上抄了很多特吕弗的台词。"

主唱兴奋："那是同好啊！更得认识了。"

苏津皖耸了下肩："但她几乎只跟她同桌说话。"

吉他手打起退堂鼓："算了算了，距离产生美，说不准一认识就幻灭了。"

主唱不服："你以为别人都是你？看着一本正经，结果是个斯文败类！"

如果不是后来忙着准备艺考，那时的好奇或许可以维持更久。

车子在前头左转，后视镜里的人影一晃而过，苏津皖收回视线。即便郑暮潇和其他人谈了恋爱，陶静安似乎仍然跟他走得很近，大概两个人已经变回十分要好的朋友。

旁边西桐几次看过来，她不禁笑出声："想问什么就问呀。"

"我……我哥他好像，好像……"西桐把自己给说怒了，索性一咬牙，问，"你们现在到底什么情况啊？"

她仍旧笑着："你更想问我，还喜不喜欢你哥，对吧？"

西桐小声问："还喜欢吗？"

"喜欢啊，一直都很喜欢。但你要是问我打算怎么做，那我没法回答你。"

她知道西桐向来向着她，是以每次问起她时都小心翼翼，很多时候更是不问，憋得怪辛苦。她不主动交代是觉得没什么好说的，说了反而徒增别人跟自己的烦恼，何况她自己也没想明白。但现在她忽然想坦白了。

西桐问她："那有……多喜欢？"

"如果现在他跑过来跟我说，苏津皖，我们领证吧，我会立马回家拿户口本儿。可是没有如果。"

西桐有些烦躁："真是搞不懂你们……"

她还有话想问，问问他们当初为什么就那么掰了。即便他们都矢口否认，她也可以确定他们至少暧昧过，但不知道后来怎么就……

她把话憋了回去，状似不经意地说："他最近奇奇怪怪的。"

苏津皖想说，她比西桐更关注沈西淮，不过最近刚换新公司，忙到没什么时间。

"他不是早就奇怪了吗？"

西桐笑出来："对啊，奇怪你也还喜欢。"

"那苏津粤呢？他就不奇怪了？比你哥还冷。"

西桐乐了："苏津粤知道他亲姐这么嫌弃他吗？"

两人一路笑着到了餐厅。

这一顿饭是西桐起意的，专为请苏津皖的新老板关雨濛吃饭。西桐也有私心，她表哥柴斯瑞最近在做新手机，她想从中撮合撮合。还有她那位亲哥，一早说有事不来，下午却又说给他留个位置，现在人到齐了，剩他一个还在公司开会。一直到半途，西装笔挺的人才姗姗来迟，坐下后只喝水，显然一天下来说了不少话。

西桐刚出差回来，很关心她的狗："binbin 呢？"

沈西淮正听人说话，趁着空当回一句："送回家了。"

西桐不很高兴："骗子，说好了替我照顾，待会儿我就去接来，不让你见它了！"

那几位哥已经从区块链聊到了低空经济，她要想聊也能聊，但最烦这些人到饭桌上还拽着工作术语。

正腹诽，她哥忽然回过头来："今天不行，我去接。"

不等她拒绝，他就又转回了头。

过会儿她才有机会说："刚才路上碰见郑暮潇了，跟他一起的还有个没见过的美女。"

话一出，其他人都看了过来，果然这些人也不是不喜欢听八卦。

她看向旁边她哥，故意换了个称呼气他："可惜啊二哥，虽然我不太看得惯他，可挡不住人家还跟高中一样帅气，就是不知道那美女是谁，我还想拍照来着，没来得及。"

在场的几个都知道"万年老二"是沈西淮身上为数不多的痛点之一，这会儿见西桐开了个头，纷纷笑着看起戏来。

对面苏津皖却忽然说："我也看见了，一开始没想起来，刚刚我又想了下，是我们高中同班同学。"她看向沈西淮，"可能你已经不记得了，是郑暮潇以前的同桌。"

西桐恍悟："原来是同桌呀。"她看她哥："还记得不？肯定不记得

♪ 105

了吧。"

她没从她哥脸上看出什么特别的反应来，看来确实是不记得了，但他没再动筷，过会儿却又见他起身，说是去打个电话。

餐厅后头有花园，夜里的风很大，连续几天开会，沈西淮嗓子已经有些哑了，却还是站在屋檐下默默抽完两支烟。

从年初开始，互联网大厂就涌起了一阵裁员潮，网上爆出的头部企业裁员率让各大公司人心惶惶。最近几天触动的会议也基本围绕裁员，降本增效、去肥增瘦是大势所趋，但并不是说裁就裁那么简单。触动在一开始的招聘阶段就将条件卡得很紧，配合高薪福利，员工黏性强、忠诚度高，然而这并不意味着就不需要裁员，只是相比这项听起来有些冷血的行动，触动更注重赔偿和安抚工作。

沈西淮想起在斯坦福上的那些专项课程，也想起自己在程烟的车上跟陶静安举例课程的具体内容，她看上去很有兴趣，也在回复里说有机会一定再去听，但在那之后她很长一段时间都没有出现。程烟说她一直都很刻苦，铁定在努力学习。不久后，程烟又在群里发了一张图，图里显示陶静安在卡内基梅隆，而那张照片出自郑暮潇的个人社交平台。程烟还圈了照片里的人，开玩笑说："陶静安出来挨打，竟然不打招呼就一个人偷偷去了，我也想去！"被圈的人始终没有回复，一直到那学期结束才重新出现在群里。

又过了一会儿，沈西淮拿出手机把电话拨出去。

第一遍没接，第二遍被直接掐断。隔了会儿，他才往回走，先去柜台买了单，再回包厢拿外套。

西桐知道她哥要走，不免抱怨他最会扫兴，又忙不迭说明天她要把binbin 接回去。

那人似乎没听见，头也不回地走了。

她很是愤愤，一回头先对上对面的苏津皖，她若有所思地看向被掀上的包厢门，好一会儿才收回视线。

西桐暗暗摇头，给她那位哥发消息："过几天我又得出差，binbin

还得交给你。"

沈西淮压根儿没看手机，一脚油门回了潮北7号院，binbin正在院子里刨土，柴碧雯听见声音抬头，就见人推了院门进来。

她有些来气，平常接她电话总不耐烦，一说到交朋友还直接给她挂了，前两天又让助理把binbin送了回来，噢，有事钟无艳，无事夏迎春，看来是把她这儿当爱心小组呢。

她没好气地开口："哟，这谁呀？"

她试图把往外跑的binbin给摁住，结果这小白眼狗吃了她几天好东西还扒了她好几天院子，到头来看见帅哥就狂奔。

这位帅哥身高腿长，一身正装被他穿出风流倜傥的模样儿，平常少见的笑脸一见binbin倒摆了出来。

沈西淮抬头看向她这处，笑着说："我现在就走，省得您见我不痛快。"

柴碧雯冷嗤一声，敢情他就是成心回来气她一回？

"确实看见你们兄妹俩就烦，一个比一个讨厌！不过你这么忙的吗？你爸怎么就总有空回来？"她顿了顿说，"噢，我知道了，你爸是因为有家有对象要顾，你嘛，没有！"

沈西淮并不回应，拨开binbin站了起来，他从口袋里掏出个盒子，递给他妈。

柴碧雯不接，故意讽他："你这是给我照顾binbin的劳务费吗？我缺这点东西？"

沈西淮笑开了，把他妈手一捏，盒子放她掌心："上回沈西桐不是发过照片吗？那家做耳饰的。"

柴碧雯想了起来，西桐跟她一样，尤其喜欢收集耳饰，上回她发的东西就是从香港巴掌大的小店里淘来的，店没名没姓，就老板一人坐里头，他给什么你就得买什么，不然这笔买卖做不成。西桐原本要给她带，可老板不愿意，说他得见人。

西桐那副嘴皮子都没能把人说服，也不知道怎么就被他给搞来了。

她想了想："你不会是把人家店买下来了吧？"

"没，加了个大点儿的工作室。"

柴碧雯立即意会，这是给人投资了："现在有名字了？"

"没。"

柴碧雯倒不意外，她这儿子有时苛刻得要死，有时又很随意，也懂得尊重人、尊重创意，眼光还是有一点的，就是这点眼光不怎么花在人生大事上。她也不是非要逼着他成家不可，就是老看他光棍儿一根来来去去的，多少有点孤单。

她看了眼耳饰，立时三刻差使他："给你妈我戴上。"

等人又近了些，越发觉得她这儿子长得高大，只是等视线一扫，她暗暗惊了下。

她脸上不露声色，问他："你最近住哪儿呢？还是 8 号？"

"嗯。"

柴碧雯暗暗扬眉，她也记不太清了，总归是高中某个学期，他忽然执意要搬去凌霄路 8 号，说那儿离学校近，谁知道一住就住到现在。

她抬起手来："欸？怎么这个天儿了还有蚊子？"说着一巴掌往沈西淮脖子上拍去，"啪"的一声，她紧接着皱眉，"唉，没拍着。"

沈西淮看了眼他妈的脸色，也不动声色："院子里花草多，容易招蚊子。"

"也是，蚊子就喜欢拈花惹草，这样可不太好。"

沈西淮只说："等过段时间天气冷了，也就没了。"

柴碧雯问不出个所以然来，也懒得跟他再打哑谜："你就专糊弄我吧！赶紧给我走人，再多待会儿我真要不痛快了！"

沈西淮无奈地笑了下，他其实很乐意跟他妈说说某个人，但在他脖子上留下痕迹的人，现在还跟别的人在一块儿。

他去牵 binbin，抬头发现柴碧雯正有些严肃地看过来，片刻后果然听见她问："沈西淮，你不会忽然给我整一出大的吧？"

她了解自己的儿子，有时候他透露得越少，事儿干得就越大。不等他回答，她先摆手："走吧走吧，不是一早又要出差吗？抓紧点儿时间。"抓紧点时间干什么，柴碧雯没说。

沈西淮略站了下，出了院门。半路上把车丢进附近停车场，这回没再打电话，直接发了张 binbin 的照片过去。

他又问："要不要遛狗？"

那边终于回了："你们在哪儿？"

沈西淮把地址发过去，又给 binbin 喂了块饼干。

第 8 章

静安的车子暂时没出问题，郑暮潇启动几回，就又跑了起来。以前是新手上任，开不惯这车，现在有经验加身，还能凑合。

"要不再换回来？"静安看他手脚很是局限。

"没事，不剩多少路。"他看着路况，随口说道，"刚看见苏津皖了，旁边应该是沈西淮的妹妹。"都是新闻上常见的人，其中一位又是高中同学，认出来不难。

静安没说话。

"毕业后你见过他们吗，苏津皖和沈西淮？"

"没。"

"我记得大三聚会见过一回，后来沈西淮去了斯坦福……你们在加州应该见过？"

静安反应过来："噢对，那时候一起吃过几次饭。"

郑暮潇笑了笑："高中几乎没跟沈西淮说过话，这大半年新闻看得太多，反而跟个老熟人一样，实际上就在机场碰过两回。"又慨叹一句，"都这么久了，他跟苏津皖好像一直在一块儿。"

静安没再作声。

她这几天睡前翻出工具，开始把先前捡的银杏叶做成书签。边做边试着回想高中时期的沈西淮，但除了组织乐队，家境殷实，和班上大美女传绯闻，每回考试排在郑暮潇后一位，就再也没有其他印象。她基本都在埋头写作业，但多少还记得跟前后同学互动过，可关于沈西淮的细节竟然完全没有，看来她跟郑暮潇一样，整个高中都没有跟他说过话。

她也想过，倘若研究生时期没有那么忙，她的那点心动足不足以支撑她去追求他？答案或许是否定的。但她不能否认，她心底里是想跟他产生一些联系的，只是那点想法很快就被他回复的那条短信给斩断了。沈西淮那时显然不想跟她发生牵扯，现在也只是想跟她在身体上建立联系。

两人很快到餐厅，静安先喝下大半杯水，再接过郑暮潇递来的手机，屏幕里是他们即将推出的那款电子阅读产品。她快速读完介绍材料，又在郑暮潇的示意下点开他手机里的内测软件。

相比电子书，她更倾向于阅读实体书籍，但仍然下载了几款APP，其中有一款被她用得最为频繁，而做出这款产品的人昨晚就跟她睡在同一张床上，并且和她干了点儿亲近的事情。

"怎么样？"对面郑暮潇笑着问她。

她不得不承认，聚点这款阅读APP远超市面上其他同类产品，界面秉承了他家一贯的风格，简洁清爽，十分符合主流审美。他家原本就是做搜索引擎出身，内容运营显然做得心应手，书籍价格也颇有竞争力。另一方面聚点在开发产品时跟触动一样注重品质，但品质从来不是主打，他家的产品向来更加商业化，以至于会忽略一些人性化的设置。

当然还有最重要的一点，书籍质量。刚才她随手翻了几本，质量着实堪忧。

她将这些感受毫无保留地反馈给了郑暮潇，郑暮潇忽地叹了口气，随即又笑了起来："你知道我跟相宜为什么吵架吗？"

"为什么？"

"她想跟触动合作。"

静安很是诧异："她是想跟触动共享图书资源？"

郑暮潇仍旧笑着："你觉得可能吗？"

静安没有立刻回答。

先不论触动和聚点的竞争关系，单从产品来看，触动拥有大部分冷门书籍的独家版权，也意味着他们花费了巨额资金来购买，一旦与人共享资源，版权费尚且可以共同承担，但触动已经形成自己的产业链——同样一本书，可以线上阅读，也可以在书店买到实体，并且他们有自己的出版社，书籍译者都是业界大拿，甚至在触动的教育版块有专门的推荐视频，而这个产业链是触动花了很多年、做了很多个项目才搭建起来的——所以即便聚点花了大价钱去合作，无论从哪个角度来看，他们都是受益者。

所以结论也显而易见，不太可能。

郑暮潇边听边点头："对，我们都知道不可能，但相宜说想试一试，说不到一块儿就吵了。"

静安觉得意外，梁相宜竟然会有跟触动合作的念头，同时也因为这种念头佩服她。

"但反过来看，合作也有消极的一面，一旦资源共享，读者多半只会择其一。你可以再试着问问她的想法，既然她会这么想，肯定是有她自己的考量。"

郑暮潇没说话，过会儿又笑起来："你干脆来聚点工作好了，这么了解触动，像是在他们家干过，来聚点还能给我们提供些情报。"

"啊？"静安拿起杯子喝水，解释说，"之前在新闻上看见过，别人这么写的。"

她隐约听见手机响，拿出一看，立即挂了。页面跳回去，发现这已经是他打的第二个。

对面郑暮潇又说了句什么，她收起手机，抬头看过去。

等吃完饭，她坚持去买单，刚签好字，手机又响了两下，她点开图片，看见一只可爱的白色金毛。

大概是迟迟不见她出门，郑暮潇折返回来喊她，她迅速回了消息，等再跟出去，郑暮潇又告知她他还得去趟公司。静安捎了他一段，把带来的两瓶桂花酒给他。

郑暮潇没急着下车，笑着说："有时候特别佩服你，怎么就能记得那么多人的爱好。"

他还有些印象，第一次带梁相宜去周陶宜的房子里做客，陶静安是主厨，做了一道桂花糯米藕，梁相宜很喜欢，说她小时候特别喜欢吃广寒糕，里头也有桂花。隔周她再来，桌上就有了她提过的广寒糕。这一次陶静安又送来两瓶桂花酒。

她笑着说："谁让我对吃的比较上心呢？"

郑暮潇知道她谦虚，跟着笑了，又问："陶静安，你怎么一直不谈恋爱？"

静安怔了下，她跟郑暮潇几乎不会过问对方的感情状况，除非自己主动提及，可现在他却忽然打破了这种默契。

她脑袋里也跟着冒出一个人来，也不知道他跟小狗还在不在等她去接。她笑了笑回："没什么时间，也没想过。"

"工作是做不完的。你家里不是也希望你稳定下来？"

静安脑袋里有些乱，从跟沈西淮重逢以来，身边人似乎就开始扎堆地关心她的恋爱问题，以前不觉得困扰，现在每被问一次，她心情就跟着复杂起来。

"等忙完这段时间吧。"

先前她从不觉得工作累，每天乐此不疲地扎根在工作岗位上，可自从回国后换了领域，即便她做好了心理准备，偶尔也会觉得力不从心。

她问郑暮潇："怎么忽然问起这个？"

郑暮潇沉默几秒："相宜家里希望我们尽快结婚。"

静安一时诧异，又听他说："但相宜不太愿意，跟家里吵了一架。"

她立即明白过来，或许这就是他们最近频繁吵架的原因。

郑暮潇问她："你觉得是什么原因？"

她摇了下头。

郑暮潇苦笑了下："我现在也不太明白。"

静安并不是不去猜，而是觉得没有必要，既然梁相宜还不愿意，那就尊重她。

　　"她最近心情都不太好，也不愿意沟通，一开始我想过一些可能，但都被她否认了。"他笑得很是无奈，"我知道这事儿不急，但她家里提了，就很难当作没有发生，而且戒指我先前偷偷买了，现在她反应这么大，我都理解，可心里还是怪不好受的。这段时间也想过，我跟她是不是走不到一块儿。"

　　静安忍了好一会儿，最终还是说出自己的想法："别的我不清楚，但我一直觉得相宜很有自信，也很有主见，在我看来她也很喜欢你，但她现在还不想结婚，原因如果不是在她，那就是在你。你可能太想要知道原因，所以总把视线放在她的身上，或许可以从自己身上找一找。而且婚姻对女性太不友好，她的身份也给她带来很多困扰，虽然报纸上多半是在说你，其实她的压力不比你小。"

　　郑暮潇沉默片刻后点了点头："对，确实是我把这事儿想得太简单了，也确实得换个方向想一想。"他看回静安，"有什么建议吗，对我？"

　　"我不知道你们具体出现了什么问题，但既然她还不想考虑以后，过好当下可能更重要，以后的事情谁说得准呢？"

　　静安说完才反应过来，这话对她来说同样适用。

　　等郑暮潇回了公司，她立即往地址上显示的公园赶。

　　路上接了个工作电话，结束时不太愉快，等远远看见那一人一狗，她心情忽然就轻松了不少。她把车子停在路边，想要喊人却一时开不了口，正犹豫间，沈西淮先回头看了过来。

　　他牵着那只白色的金毛走近，低头看她："先停车。"

　　他新剪的发型让他看上去更冷，也越发清瘦。静安莫名地想探出去亲他一下，她的嘴唇其实不太允许她这么做，但摸一摸也不是不可以。虽然这几晚她明显处于弱势，但她摸得也不少，除去视觉上的直观，她的手感也告诉她，沈西淮的身材很好。

　　她暗暗唾弃了下自己，等停好车跟过去，又控制不住把所有视线都给了那只蠢蠢欲动的家伙。

她在这只可爱的白色金毛面前蹲下，确定它并不怕生之后，问旁边的人："它叫什么？"

她眼睛在夜色里泛着水光，沈西淮有些后悔刚才在餐厅抽了烟，好在他嚼了几粒糖，身上味道比较淡，她应该闻不见。

他弯腰揉了下 binbin 的脑袋，回答她："binbin。"

静安立即跟着喊了一声，又从外套口袋里掏出一根鸡胸肉条，原本它应该落进 Paige 那条拉布拉多的肚子里。

"这个能给它吃吗？"

"能。"

binbin 已经迫不及待，凑到静安面前，等待拆包装的过程中用舌头舔了下她的脸，沈西淮要伸手制止，binbin 已经舔了第二下，又极度热情地往静安怀里拱，它个头不小，一个猛扑过去，静安重心没抓稳，往后坐下时被身后的手护住。

"binbin！"

沈西淮还要出声训斥，静安及时制止他："没事，它真的好可爱。"

她将肉条送进 binbin 嘴里，揉了揉它的大脑袋。

沈西淮默默看着她和 binbin 互动，她似乎对所有人都很有耐心，眼下对 binbin 也一样。

等 binbin 将那根肉条吃干净，又在她怀里闹腾了一会儿，静安才有机会站起来。只是刚站稳，binbin 就自顾自地往外跑，一副想要立即消食的模样，可刚跑出去没多远，就因为狗绳的束缚不得不停下脚步。

沈西淮把狗绳递给静安："可以带着它走走。"

静安捏住狗绳，沈西淮却没有立刻松手，她微仰头看向他，他脸上没什么特别的表情，声音也平稳："晚上很忙？"

静安竟立即听明白，他大概是要问她为什么要挂断他的电话。

"没有，刚刚是跟朋友在吃饭。"

她说的是实话，却总觉得自己在说谎，毕竟吃饭的时候是可以接电话的。

沈西淮没应，却也仍然没松手，动作僵持间，binbin 先跳了过来，在两人脚边来回转着，它大声哈着气，又开始委屈地哼哼，差点就将沈西淮那句"那记得回条信息"掩盖过去。

静安听见的时候一愣，紧接着那根狗绳被彻底送到了她手里。

沈西淮的声音就在耳边："它跑得快，拉不住的时候就问它要不要吃胡萝卜。"

静安没忍住笑了下，等抬眸对上沈西淮淡淡的视线，脸忽然就热了起来。

旁边 binbin 已经跑了几个来回，显然对站着不动的两人颇为不满，可鉴于那位大帅哥偶尔比较凶，它只好回头冲美女姐姐发送信号，看着静安像是在说：快跟上！

静安忙挪开眼，再次把注意力放回 binbin 身上。

公园里没什么人，几乎成了 binbin 的"独犬运动会"。静安很久没跟狗玩，也很久没跑上这么久，她气喘吁吁，身上出了不少汗，侧头见旁边人气定神闲，只是时不时提醒 binbin 别乱扒东西，始终没有帮忙。

等 binbin 终于意识到累，两人一狗才往回走。

沈西淮忽然问她："平常运动吗？"

静安有些疑惑，他总不会是为了让她运动才喊她来遛狗的。

"最近没什么时间。"

两人说话时总有些尴尬，或者说尴尬的只有静安。沈西淮仍旧是那副若无其事的样子，开口说话也冷冷的，偶尔看过来也没什么神情，和他在床上的样子恍若两人。

这时仍然听他淡然开口："怪不得身上没几两肉。"

静安脸倏然一红，先是一愣，随即又有些无语，说得好像他很有肉一样。

紧接着又听见他说下一句："也没多少力气。"

静安侧头去看他，总觉得他似乎笑了下，细看又像没有，只见眉眼仍旧舒展着。

沈西淮见她很快躲开他视线，也回头去看跑在前头的 binbin。

"明天我出差，你想见 binbin 的话，我让助理送去你那儿。"

她确实太瘦，又喜欢狗，遛 binbin 是个不错的选择。

静安听着却滋味复杂，她没时间深想，只当这是沈西淮从课上习得的社交技巧。他们是老同学，现在又发展成这样的关系，要想彼此之间不那么尴尬，抛去那条暧昧模糊的界线，自然地相处大概是最好的状态。

她声音低下去："这段时间都比较忙。"

沈西淮立即接话："那等我回来。"

他语气平平，静安却听得脸一热，一时不知怎么回应。

还没想明白，听见不远处的黑色车子响了下。沈西淮没多做解释，先把 binbin 捞去后座，系好专用安全带，又迅速拉开副驾驶车门，示意静安上车。

"你车先放这儿，明天我让助理来开。"

她下意识拒绝："没事，过两天我要来这边开会，顺道就来取了。"

她察觉到沈西淮在注视她，等她望过去，他只微侧了下头："上车吧。"

她便弯腰钻进去。车里有很淡的香水味，等沈西淮坐上车来，他径直看向她，又忽地覆身过来，那阵香味就又具备了侵略性。静安呼吸一滞，立即解释："已经系好了。"

然而下一刻，沈西淮却将她系好的安全带解了，手也紧跟着落到她腰上。静安一颗心快跳到嗓子眼了，她低呼一声，整个人天旋地转。那声低呼还抑在喉间，沈西淮已经俯身吻下来。静安本能地环住他肩背，他身体却越压越低。他说他明天要出差，没说具体走多久。静安努力回应他的吻，却有些招架不住。

她想起研究生时期拍毕业照，去学校后有熟悉的同学笑着摸了下她脖子上的痕迹，又开玩笑说她男友大概是位接吻好手，她原本就有些消沉，听完越发觉得窘迫。

现在沈西淮仍旧不是她男友，她也仍然不确定他是不是接吻好手。

两人吻了会儿，在她快要渡不过气时，沈西淮放开了她。往常亲近完可以翻身裹紧被子，现在却没法忽视眼神的触碰。

静安觉得热，说："我要坐回去。"

沈西淮知道她有些不自在，将她衣服整理好，又顺手开了音乐。

声音一出，静安忍不住笑了下。

沈西淮放的是《西游记》的片头曲。

第9章

"binbin 喜欢听。"他解释完，才让静安坐回座位。

后头 binbin 果然兴奋起来，奋力吐着舌头。静安回头看它，伸手握了握它的爪子。

等再回头坐好，音乐还在那一首。她看向沈西淮："我看过你们出的杂志，有一期专门讲了《西游记》的配乐。"

《西游记》的片头曲《云宫迅音》家喻户晓，比内地电子音乐的开山之作《模样》还要早上十几年。

先前静安以为沈西淮大概只钟情于摇滚，后来他签了电子乐队柠檬鱼，也在采访里表示过他听得比较杂，签下柠檬鱼不仅是因为喜欢电子乐，还有其他原因。至于什么原因，他没有透露。

其实在柠檬鱼成名之前，静安曾经看过她们的表演。那时她们只是暖场乐队，结束后现场只寥寥几个人，她们接着演，演出全程没说话，结束时才说感兴趣的可以去 Touching 上找她们玩儿。账号页面留了邮箱，静安还给她们写过邮件。

她迟疑了下，最终没有跟沈西淮说这些细枝末节。

沈西淮问她："平常电子乐听得多吗？"

他意外于陶静安会看触动的杂志。

"不是特别多，也没有系统地了解过，但我觉得很有意思。"

沈西淮沉默了会儿，切到下一首："binbin 更喜欢这首。"仍然是《西游记》的配乐，《欢乐的花果山》。

静安被 binbin 激动的反应逗笑："它好像很喜欢现在这个声音。"

她看 binbin，沈西淮则看她。

"对，它喜欢电吉他，还有木琴跟合成器。"

静安没说话，以为他会继续说下去，却没等来。她回头看他，两人沉默对视几秒，她先开了口："还有电贝斯。"

她脸莫名又热了起来，仿佛贝斯是什么违禁词。

她别开头，转移话题似的问："你看过《美国往事》吗？"

"看过。"

"里面有一首叫 *Friends*，跟这首一样都很欢快。"

"嗯，莫里科内写的。"

她意外于他记得这么清楚，张口还想说些什么，又觉得没什么必要，刚把话咽回去，旁边人问："还想到了什么？"

沈西淮像是有读心术，静安怔了下，只好说："佐藤胜，日本的一个电影配乐大师。"

"听得不多，有时间找来听一听。"

静安仍然不确定他是不是笑了，只确定他心情不算坏。

又见他示意一下方向盘："你来开？"

他不说理由，静安也没过问，换去了驾驶位上。

车子一路平稳地开到公寓楼下，两人没说话，只心照不宣地带着 binbin 上了楼。等一进屋，binbin 仿佛到了自己家，进门便不知钻去了哪儿。

静安回头时再一次体会到了玄关有限的宽度，头顶的灯很亮，这让她将对面的人看得越发清楚。

沈西淮也看着她，末了说："我打个电话。"

沈西淮比静安想象中的还要忙，即便这几天他总是很晚来，又一早走，他手机也总是响个不停。前几晚他接听工作电话时，她都会给他留出空间，但沈西淮并不会避开她，这一次却转身去了门外。

门一关，沈西淮站到窗边，气温降低，先前窗台上的几盆绿植少了一盆，已经被陶静安移到了室内。

他给小路去了电话。

"明早我出差，差不多十来天，等回来能不能帮忙约到关雨濛？"

小路疑惑片刻，反应过来："敢情你今晚上来吃饭就是要跟雨濛姐谈事儿？那怎么又中途跑了？"

"临时有事。"

小路心说当然知道有事，但这位哥不愿意说，也没法逼着他。

"不会是我猜的那件事儿吧？你不是一点儿不在乎外界舆论吗？"

他这位二哥在接受记者采访时说过，他不会有意隐瞒自己的恋情，如果真有什么，他会认；如果没有，他也没有义务跟任何人解释。这是针对记者问及他和苏津皖的绯闻时给出的回答，而往后绯闻接二连三，他也从来没有回应过，答案不言而喻。现在他却忽然上了心。

小路故意开起玩笑："这事儿不也是真的，没必要澄清吗？"

说完就听他那位二哥语气冷淡："你继续。"

他哈哈大笑："开玩笑呢。人我可以帮你约，就是我猜你这事儿没法谈。"

"先见面，电话里说也行。"

小路明白了，这事儿没法谈也得谈："得嘞，给你安排上。"

冷风一阵一阵吹过来，等挂断电话，沈西淮低头又看一眼那几盆植物，随后一一挪到了脚边，这样应该不至于冻着了。

他回身进门，屋里 binbin 正跟陶静安要宝，表演它的秒吃胡萝卜大法。

沈西淮站在玄关处看了会儿，直到被调成静音的手机连续响了几遍，他才喊了人："陶静安。"

静安回头。

"我得去趟公司，要晚点回来。"

出差前他得把手头的事儿干完，这时候他原本也应该出现在视频会议上，而这个会议已经被他推迟了两个小时。

他直直看进她眼睛："要不要把 binbin 带走？"

他猜她还没跟 binbin 相处够，果然也听她说："它可以留下来。"

他的视线在她身上短暂停留，随后拿起车钥匙出门。

"沈西淮。"静安急忙喊住他，等他回头，她停顿几秒才问，"binbin 可以吃鱼吗？巴沙鱼。"

"可以。"

"我待会儿做给它吃……"

沈西淮没有等来下文。

"走了？"他用了询问的语气。

静安才说："你要是想吃的话我多做一点。"

沈西淮看了看表："要开很久的会。"

静安听明白，等他回来也该饿了。

等人走了，她先去厨房蒸杂粮饭，冰箱里有卤好的两格牛肉，她打算用橄榄油煎一些什锦蘑菇，卧两只鸡蛋，再红焖一道巴沙鱼，最好再备一份汤。

等忙好，她挑出鱼刺，把鱼肉装好给 binbin，又给它搭配了两根小胡萝卜。binbin 吃饱喝足后困了，她去洗澡，又坐在桌前做了两枚书签，实在熬不住，上楼睡沉过去。

不知过了多久，隐约中似乎听见 binbin 在闹腾，又有人低声喝止它。她困得睁不开眼，只隐约听见沈西淮进了洗手间洗澡，又很快上楼来。

模糊中感受到他站在床边甩着头发上的水，有几滴落到她脸上，她本能地躲了下，他细细密密的吻就落了过来。她原本用被子将自己裹紧，可很快就被他剥了出来，原以为又要亲上很久，可身边人的吻渐渐有不同于前几晚的走势。

静安很快感受到了，忙气若游丝地在他耳边解释："今天还是不行。"

"东西没买。"她又补充一句。

然而沈西淮却说："没事。"

"嗯？"

她一时有些迷茫，还没想明白意思，就见他忽然低下头去，只留给她一个发顶，而那发顶离她越来越远，很快她听见了吞咽的声音。

静安后来似乎听见他说："明天我用不到车，钥匙放你这儿。"

她没力气回，他又说："你开得顺手的话可以拿它代步。"

她不确定自己回答了没，只知道晚上回来他那车她开得确实很顺手。

隔天醒来，沈西淮已经不在，点开手机却看见他的名字出现在新闻版面上，这回竟然有新配图，一身熨帖西服搭配刚剪的寸短，英气逼人。粗看面无表情，细看又像在微笑。静安忽略掉身上那点轻微的不适，起床洗漱。

她早上告诉过他，冰箱里有三明治。现在三明治没了，昨晚的饭菜也没了，取而代之的是一碗保着温的炒肝，和她以前读书时候会吃的糖油饼，显然是他一早买的，或许是让人帮忙买的。他起那么早应该很急，却还有时间把盘子洗好，连台面也不忘擦得干干净净。

她端着炒肝坐在桌前，大概太久没吃到，第一口竟然想起高中附近那家价格有些贵的炒肝店。那时候因为贵吃得少，但越是吃得少，反而对味道更有记忆。

桌上还放着昨晚没做完的书签，显然也被人整理过，她将顶上那枚拿来看，如果不是上头的字迹不一样，她都要认为这是她自己做的。这人不仅能做手工，还写了一手好字，下笔尖锐，如连绵起伏的山岭，布局也如他的人一样疏朗。

上面一句西语：Que me recuerde a las ocho.

下面中文解释：我要在八点钟想起自己。

她隐约觉得在哪儿见过这句话，可一时没想起来。她将书签来回看了会儿，拿起放进包里，准备出门。玄关柜上往常备有一罐水果糖，她不怎么吃，偶尔困了才倒两粒嚼一嚼，这会儿也不见了。

她不禁笑了下，沈西淮看上去不是不见外的人，现在吃完却还不忘带走点什么。旁边的车钥匙是他的，她迟疑了会儿，最终没拿走。

她打车到公司，刚进一楼大厅就被人喊住，回头一看竟是郑暮潇，他站在不远处，像是在专门等她，坦然的样子也似乎完全不怕被记者拍到。

她跟过去，等两人一同走到角落，郑暮潇把手里的袋子给她，说是梁相宜让带的。这礼物看上去就很贵重，静安却不好拒绝，冲郑暮潇道了谢，又问："没吵架了吧？"

郑暮潇敛眉："吵吵和和，习惯了。"

他看上去神色不佳，显然不想多说，静安也不过问。她包里有两个用来充饥的丸子，想了想没给他。

郑暮潇脸色稍缓："阅读 APP 还得优化，估计要搁置一段时间，但肯定是要出的，内部材料我就不发给你了，昨天你都看过，估计也没什么帮助，你们可以慢慢准备方案。"

他说完忽然笑了下："昨天就想跟你说，很少见你不扎头发，乍看还有些不习惯。"

郑暮潇并不是第一个这样说的，这几天在公司逢人就有人问她，怎么忽然把头发放了下来，看着像换了个人。静安自己也有些不习惯，但奈何有人不配合她，总喜欢弄红她的脖子，她没其他办法，只能用头发遮一遮。眼下她也用同样的理由跟郑暮潇解释，两人没再多聊，很快道别。

静安转身去搭电梯，进去时被人往里一拉，抬头便对上 Paige 一双犀利的眼睛。Paige 冲她挤眉弄眼，她立即反应了过来。

电梯里不宜聊天，等两人一道出去，她直接朝 Paige 交代："我跟郑暮潇是高中同学。"

既然 Paige 已经看见，以后两家公司很可能也要合作，她觉得没有再隐瞒的必要。

Paige 虽猜到两人关系匪浅，仍然低骂了一句："所以聚点破天荒让我们去参加竞标，是因为你们认识？"

静安解释："我跟梁相宜也认识，主要还是她的意思。不过我觉得我们公司也不差，完全有实力参加这次竞标。"

Paige 消化了几秒，勾住静安的肩膀："深藏不露啊 Joanne，你说你跟郑暮潇是高中同学，是高一高二还是高三来着？"

静安有些不解："文理分科之后，高二跟高三。"

Paige 立即正色："你不诚实。"

她仍是不解，笑着说："我没有骗你。"

"对，你没有骗我，你说你跟郑暮潇是高中同班同学，而新闻告诉我，触动的大公子跟聚点的乘龙快婿也是高中同班同学，你觉得我可以得出什么结论？"

不等她说完，静安就意识到自己忽略了一个事实。跟沈西淮在饭桌上重逢那次，Paige 也在场。而从头至尾她跟沈西淮都没有交流，任谁看两人也不像是认识的关系。

Paige 果然又说："我们上回还跟沈西淮一起吃过饭的！"

静安有片刻的失语："高中时候我跟他不熟，没怎么说过话，而且是工作场合，也不太方便聊天。"

Paige 双眼放光："那你们之后有联系？"

"没有。"她决定暂时不说实话。

Paige 先是一脸遗憾，随即又兴奋地问："所以新闻里说的都是真的对不对？他跟苏津皖高中时候就在一块儿了？"

静安顿了下："大家是这么说。"

"那现在呢？你们应该有同学群吧，就没有任何可靠的消息？"

她脚下步子一滞："他本人在采访里回应过，他们现在不在一起。"

"采访里的怎么能信？！他总不能说，对的，我是跟苏津皖复合了。他能这么说吗？你先前不也说新闻里的不能全信吗？绯闻可能是假的，他说的话可能也是假的，假假得真啊！"

静安忍不住学 Paige 的样子捏她的脸，开玩笑说："你这是歪理！"

"歪理不歪理我不知道，但为什么苏津皖每次发的文字都能被网友挖出东西来？那肯定是本人——"

"Paige，"静安直接打断她，"Demy 在看你。"

Paige 回头："让他看！又还没到上班时间，项目拖延又不是我的问题。"她说着又看了眼，"你错了，Demy 是在看你……"她忽地一顿，微张大嘴，"Joanne，你快告诉我！你没有跟 Demy 在一起！"

静安哭笑不得："你想什么呢？"

"那……那到底是谁！"她像煞有介事地理了理静安的衣领跟头发，"我已经憋得不行了！到底是何方神圣虏获了我们 Joanne 的芳心？"

静安沉默片刻："只是需求而已。"

Paige 忙捂住胸口："Joanne，你吓到我了。"

静安再次笑了："进去吧，开会了。"

Paige 跟上她，还要问什么，静安先抢白："聚点的项目可能要延迟了。"

Paige 果然惨叫一声，一直哀号到进会议室。

等在会议室坐下，又小声问她："昨天创意又被否了？"

静安点了下头。

"那群人真是被惯的，那实习生没给你捅什么娄子吧？"

原本这两个实习生是该 Paige 带的，但上回她临时去了美国，偏偏实习生那时到岗，暂时就交给了静安。

她回 Paige："没有。"

Paige 稍稍放下心："辛苦了 Joanne，等带完这个项目，你把人给我匀回来。"

会议持续一小时，静安回工位后又立即组织小组会，品牌方不太情愿地发了新简报来，小组对此重新开始头脑风暴。

静安暂时定下提交方案的时间，正要散会，男实习生忽然喊住大家，说自己有个绝佳创意，于是会议继续，只是等实习生将想法说完，静安直接否了。实习生继续做出解释，静安的态度仍旧坚决，并请他回去再想想。

第 10 章

中午跟 Paige 一道去食堂，两人的工作电话不断，Paige 挂完电话直接摔了筷子，却又不得不立即赶去片场解决问题。

静安勉强再吃几口，匆匆回了办公室。

一整个下午，她清楚那位男实习生频频在看她，但她实在没时间把人喊到面前来沟通，一直挨到下班前，实习生主动找了过来。

他递来一份图纸："Joanne，你可以再看看我的想法吗？"

静安迅速看完内容，随即十分郑重地喊了实习生的名字："你可能坚持认为这个创意没有问题，这样，你可以试着让你身边的女性朋友或者家人看看，她们或许会给你一些答案。到时候如果还有疑问，你再找我。"

实习生把图接回："谢谢 Joanne。你几点下班？早上我看你是打车来的，需要我送你吗？"

"谢谢，我需要加班，公司会报销车费。"

实习生耸了下肩，走了。

静安看回电脑，过会儿拉开自己的包，先看见那张书签，她拿起看了一眼："我要在八点钟想起自己。"新闻里显示沈西淮需要去纽约，这会儿人应该还在飞机上。她发了会儿愣，从包里拿了那两个丸子去热。

原本要分一个给 Leah，回来却不见人。Leah 工位上最近又多了张《银翼杀手》的海报，她隐隐觉得有些奇怪，带上水杯出去，推开楼梯间的门，就见 Leah 坐在台阶上，脸埋在膝盖上，姿势好一会儿没变。

又等了会儿，静安喊她："Leah。"

等她回头，静安问她："你需要有人陪你说说话吗？"

见她点了头，静安才坐去她身边。

"地上有点脏。"

"没事。"静安把丸子递给她，"里面包的梭子蟹肉，吃吗？"

Leah 脸上还有泪痕，却笑出来："Joanne，你总是带两个，不就是知道我喜欢吃蟹肉吗？"

静安摇头："我也喜欢。"

两人一起笑起来，又分别默默地吃起丸子。

隔了会儿，Leah 主动说起正困扰她的问题，既因为客户太难搞，也因为那对严厉的律师父母对她过于严格，以至于她没有太多自由。

"其实每天都这样，我早习惯了，但刚才有一瞬间忽然就觉得特别崩溃，实在忍不住了，就跑出来哭一下。"

"现在好受一点了吗？"

Leah 点头："Joanne，我一直很好奇，你是怎么克服那些比较艰难的时刻的？"

静安思索片刻："我读高中的时候，我爸爸想做高端酒店，但是没有做起来，家里差不多破产，几乎把能卖的都卖了。我妈妈原本是阿拉伯语老师，也辞职跟我爸爸一起去了摩洛哥重新创业。那时候我的学费特别贵，想转学，但家里不同意，一定要我继续读下去。那几年我奶奶身体也不好，隔几个月医院就要下一次病危通知，我想过很多次不去上学，但又觉得这样不对，我也帮不上什么忙，所以只能尽我所能地去学习。"

她停顿了会儿，继续说道："那时候觉得什么都很难，虽然爷爷奶奶很乐观，也从来不提不开心的事，但我心里总是很难受。后来我给自己找了一个信念，每次动摇的时候，我就会抬头看一看那个信念，发现他始终很坚定很刻苦，我也就跟着有了动力。"

Leah 问："所以你是给自己找了一个精神支柱？"

"可以这么说，但不是刻意去找的，就是恰好在那个时候，有这样一个支柱在。"

Leah 点点头："我明白了，就像电影对我的重要性。"

静安笑了下，又问："为什么不去影视公司？"

Leah 也笑："我会去的！但是暂时还不行，我现在还得先应对投诉我的客户。"

静安把水杯递给她："不行就逃。"

Leah 笑出声来。

等吃好丸子，两人回去继续加班。

几天后的中午，静安正趴在工位上补觉，忽然被 Demy 喊去办公室。Demy 临时接了好几个电话，等终于空下来，他直奔主题："你被投诉了。"

静安稍稍一怔："哪家公司？"

"梅雅。"

她心下了然，梅雅是家富得流油的车企，当初微本好不容易竞标成功，合作得还算顺畅，广告一经上线也广受点击跟转载。她能想到被投诉的原因只有两点，其中一点是她在第二版片子里临时改了背景音。

"因为修改背景音？"

Demy 蹙眉："你早知道有问题？"

"没有，我只是猜测。如果需要的话我可以提供跟他们的聊天记录，修改背景音是所有人一致通过的决定。"

"包括他们老板？"

静安忽然想起曾经看过的一本书，里面有句话是："身上很多地方的呼吸都不够用，哪儿哪儿都气喘吁吁。"这句话对梅雅的老板同样适用，他有些胖，胖到给人负担。

"我没法越级直接跟他们老板进行沟通，我只需要跟他们项目组对接。"

"那他是不是跟你表示过，他不希望修改背景音乐？"

"对。"

"有问题为什么不反映？"

静安没说话。

"因为你认为背景音必须改，你也认为你不需要取得他们老板的同意，对吗？"

"对。"她随即反问，"他们现在的诉求是什么？"

"晚上 Josef 会请他们吃饭，我跟你一起去。"

♬

Josef 是位中德混血，微本的大老板。

"有问题？"

她摇头："没有。"

"有要解释的吗？"

"没有。"

Demy 意味深长地看她一眼："那你可以出去了。"

静安坐回工位，继续趴在桌上补觉，可没睡着。那张夹了银杏叶的书签被她放到了桌上，随时可以看见。

著名导演比利·怀尔德在办公室挂了一行字："要是刘别谦会怎么做？"刘别谦是怀尔德的恩师，也是静安很喜欢的一位导演。

一个月前，她把那个有点恶心的老板拉黑，而一个月后，她还需要去陪他吃饭，被迫地负荆请罪。她想，如果是沈西淮遇到她所处的状况，会怎么做？她想不出，也睡不着，只能坐直继续工作。

晚上六点半，Demy 发来消息："七点半准时到。"她没回，把手头工作收了尾，收拾东西下楼拦车。司机问目的地，她迟疑了会儿才报出餐厅名字。

几分钟后，她喊住司机："师傅，麻烦您前面掉下头。"

她需要先回趟公寓，车子转弯那刻，她把手机找出来静音，又迅速丢了回去。

在她拉上包的十分钟后，手机亮了起来。连续几天，陶静安的消息都回复得很简单，不是"开会"就是"在忙"，电话也基本没有接通过。

唯一接通是前天在纽约的机场，沈西淮给她打电话，但刚说上两句就有同事喊她，电话不得不挂断。他在触动的网页上搜索过微本广告公司的信息，但陶静安的状态显然和网友"加班不多"的反馈不太一样。

商务候机室里的人不多，他从口袋里掏出那一小罐水果糖，倒出两粒丢进嘴里。他不怎么喜欢吃糖，但近几年一直习惯随身带一罐，先前的不知不觉已经吃完，他只好拿陶静安的。

糖有点甜，他想起那天早上把她冰箱里的牛肉吃干净，然后重新刷牙吃糖，又折身上楼。起初只是看着她睡着的样子，过会儿打算起身，她似是有所感应，忽然拉住他手腕，是无意识的动作，看上去却像舍不得他走。他坐着没动，助理发来消息问要不要改签航班，他又坐了一会儿，最后捉起她手亲了下，才给助理回了消息。

下楼时经过她堆在沙发旁的书，他拿起顶上那本翻了两页，随后带出了门。

他看过布努埃尔的电影作品，但还没读过他的自传。

他在候机室里翻开这本自传，陶静安的字和她的人一样，不浮不躁，带着一种石沉水底的安定感。她习惯用铅笔在书上做笔记，寥寥几字，或是概括，或是随想。书签上的诗出自博尔赫斯，她从高中起就很喜欢这位作家。

她也一直擅长做手工。高中时学校忽然开设活动课，一周只一堂，作业却很费时间。那时他忙着乐队排练，周边同学也都专注于隔周的期中考试，隔天老师当堂验收，全班四十多个人，就她和另外一个同学如期完成了圣诞作业。老师对着那一小瓶手工蜡梅跟一个纸质南瓜笑，说原本以为没人能交出作业，打算就此略过，但偏有认真花心思的同学。为了公平起见，老师直接免了那两位同学的下回作业，其他人则不能不做。

那一次陶静安的同桌也完成了作业，但周边人都知道，那是陶静安一个人做的，她的同桌只是搭了把手。如果这样就可以据为己有，应该有很多人愿意去给陶静安当帮手，只是递递胶水拿下手工刀，他不觉得任何人会做得比她的同桌。书签很精美，他用指腹来回摩挲着，继续翻看陶静安写下的字句，想象她看这本书时的样子。

他有些走神，隔会儿手机响，他才合上书页。

电话那头是小路，寒暄两句后说："电话我打了，雨濛姐说没空。"没空当然只是借口。

"理由？"沈西淮问。

理由？宋小路想起关雨濛在电话里的第一反应，是略有疑惑地问他："沈西淮是要对网络上所有针对他的恶评做出回应？"

他当时回："那倒没有。"

"那有什么必要？即便澄清，大家会信吗？"

他一愣，这把他给问住了。

关雨濛继续说："如果他真要这么做，那我很愿意配合帮他澄清其中一件，虽然我不认为这有用。当初我跟苏津皖签约的时候就聊过这事儿，我和她表过态，如果以后她跟沈西淮再也不见面，那我很愿意给我的公关团队找点事做，但有必要吗？他俩是朋友，又不是敌人。众口铄金是会死人的，沈西淮如果在意的话，他早死八百遍了，那他家公司还要不要管了？如果他实在很闲，不如让他来帮我免费干俩月？"

小路夹在中间，仍尽心尽力帮他那位二哥传达意愿："他肯定有自己的打算，不然不至于让我给你打这电话。"

"什么打算？我只能想到一点，他交女朋友了？"

小路再一次被问住了。

"如果他女朋友介意这些绯闻，那要介意的可多了去了。网上说他不择手段地压榨员工，说他爸妈看不起一个有实力有能力的影后，他妹妹包养小白脸……那是不是要全信？他跟他女朋友是网恋吗？透过网络了解对方？"关雨濛忽地话锋一转，"不过他应该找不到女朋友吧，网上那些积毁销骨的垃圾话确实不是一般人能承受的。"

后面的话小路没心思听了，只记得关雨濛说没空，等电话一挂，又直接拨了他二哥电话。

他回对面的人："你先告诉我，你是不是给我找二嫂了？"

对面的人却只回："先让我跟关雨濛谈。"

小路立即炸了："不是……"他骂了句脏话，"什么时候的事儿？怎么一点心理准备——"

对面的人打断他："我说找了吗？"

"你也没——"

"先做事。"

小路这下彻底明白了："你回来我立即给你约人，但我也不能白给你传话是不是？"他的好奇心压根儿按不住了，可久久不见那边人吭声，只好又喊一句，"二哥？"

沈西淮将视线收回："下个宣传片拍之前跟我说一声。先挂了，登机。"

小路又骂一句："谁稀罕你帮拍宣传片了？二嫂才是……"

不等那边说完，沈西淮直接收了线，原本他不打算再往斜对面看过去，但对方很快看见了他。

他冲梁相宜微点了下头。梁相宜起初表情淡漠，随即冲他淡淡一笑，但笑容转瞬即逝，随后就低回头去。

沈西淮已经听说聚点在做阅读产品，也听说了梁相宜想要找他合作。她跟小路是高中同学，早在很久以前就听小路说过，梁相宜虽然高冷，其实人很有意思。后来在新闻里他确实看出点高冷来，至于有意思，是在这回听说她想找他合作之后才领会的。

他略微停了下，正准备去登机，刚转个身又停了下来。

迎面走来的人也跟着一怔，紧跟着冲他点头示意了下，又继续往前去。

沈西淮也没做停留，转弯前余光扫了眼，发现郑暮潇并没有跟梁相宜坐在一起，隔着几排座椅，两人仿佛陌生人。

他无暇思考，迅速登了机。飞机十二个小时后在淮清临市落地，隔天又是一整天会。

晚上在酒店附近吃饭，他中途出去透气，试着给陶静安打电话，没打通。等吃完已经过了九点，手机仍旧没消息。他点开聊天框，正打算打字，上头忽然显示对方正在输入。

他动作一滞，手机很快振了下，是陶静安发来一个定位。

他当即确定，那地方离他不过一两公里。

紧接着，陶静安发来第二条消息："沈西淮，我在这里。"

然后是第三条："你要跟我见面吗？"

沈西淮愣怔两秒，反应过后立即把电话拨了过去。

第 11 章

静安逃掉了那个饭局。

消息发出去时，她刚从出租车上下来，原本想自己开车，但她的车再次罢工，她也不想把沈西淮的那辆车开来。

她知道他已经回国，照着新闻里提供的会议地址找了过来，不出意外的话，沈西淮应该就住这附近。不过这个点他可能还在忙，收到她的消息也未必会回，但她总得问问。

在去往餐厅的路上，她一面焦虑于即将要面对的那餐"赔罪饭"，一面不受控地想起沈西淮。她试图代入沈西淮的角色来做决定，可她终究不是他，奇怪的是，越是这样，她越是想见他。

路边车来车往，手机在下一刻持续振动，她低头看清名字，越发觉得自己过于冲动。她竭力平复心跳，等一接通，对面是那道熟悉的声音："陶静安。"

她不自觉屏住呼吸："嗯？"

那边没有立即说话，她仿佛听见了很细微的呼吸声，随后听见他说："在那儿等我。"

她低下头，应了一声。她想跟他解释为什么来，却不知道该如何开口。

两边一时都没再说话，不多久，那边传来一句："抬头。"

静安甫一抬头，就见那人从面前的车里下来，他个高腿长，三两步走近，影子覆过来时，她闻到他身上清爽的气息，心跳忽地重新加快起来。要不是周边人太多，她只想拽着他领带亲一亲他。

"上车。"

他说话时，她的包已经到了他手里。她先坐上车，等他也跟上来，车子缓缓往前开。

"吃过饭了吗？"他表情平淡，静安不确定自己是不是来错了。

她收回视线："还没。"她一天都没怎么吃东西，但压根儿没意识到饿。

"想吃什么？"

沈西淮看着她，见她有犹疑，索性直接建议："吃点清淡的。"她饮食向来健康。

前头是他的司机，闻言后自发地说了个餐厅名。

他没有异议："就去那儿。"

话落重新看回旁边的人，陶静安今天穿一件半长风衣，显得她越发瘦，下车朝她走近时，他就想抱她，但忍住了。

他看见她从包里拿出手机，屏幕显示有电话进来，她直接挂断，又迅速给那边发了句什么，紧接着将手机丢回了包里。她眼底有很明显的黑眼圈，大概是来这边出差，又通了宵，或许也只是临时想起他，但那并不重要。

下一刻就听见她解释："我来这边工作，正好在新闻上看见你在附近开会。"

"嗯。"他声音低沉，静安听不出其中的情绪。她纠结过要不要告诉他实话，最终还是选择了撒谎。

沉默间，沈西淮给她递来一个欧包："先垫下肚子。"

等吃完，他又递来饮料，盖子已经开好，她喝了两口，是柠檬水。

她原本不太敢看他，等用余光瞟了几次，她决定听从自己的想法，朝他那一侧示意："那栋楼叫什么？"

窗外的建筑一闪而过，静安见身边的人往外望，立即捉住他手臂，靠过去的同时，迅速在他脸侧亲了下。

她想，随他怎么想了，她就只是想这么干。

她亲得太快，以至于没法回味，只嗅到他身上有隐约的酒味。她也察觉到沈西淮在看她，大概是被她的偷袭给吓到了。为了掩饰尴尬，她立即从包里翻出一颗醒酒果冻递给他。

她特意回一趟公寓，就是想起冰箱里刚做的果冻还没派上用场。这回她没有回避他的视线，简单解释："果冻，醒酒的。"她自认见过一些大场面，可仍然禁不住沈西淮那样长时间的注视，她的脸暗暗热了起来。

"吃吗？"她手掌摊开，那粒晶莹的果冻显得她的手越发秀窄，沈西淮从她掌心取走，但没有立即拆开。

他很清楚地看见陶静安脸红了，也察觉到她比平常急躁。她亲过来时确实让他很意外，但就像她当初邀请他上楼，像上回在试听间拉住他，都很"静安"。

他拆开果冻送进嘴里，听她解释："里面有橙子、蜡梅花，我还放了一点姜。"

他意识到这是她自己做的，他也确实吃到了姜。

她又问："你吃姜吗？"姜很容易被挑食。

"吃。"

他认真地将果冻吃完，又听她问："好吃吗？"

他点了下头："很好吃。"

静安仍看着他，他语气平平淡淡，却莫名让她信服。她看见他清晰的下颌线，吞咽时滚动的喉结，以及喉结附近一颗浅色的痣，而那颗痣她几天前还亲过。

他手轻搭在腿上，她起初只是想去碰一碰他的手，可指腹一触到他西服裤就停了下来，隔着一层衣料，轻轻摩挲两下，似乎还能感受到一丝热度。

她的脸又热了起来，视线落在低处，刚要动一动食指，沈西淮的掌心忽然重重地压了过来，他手指细长，手背上的筋稍稍凸起，看上去十分具有力量感。

"陶静安。"

她知道他在看她，却没有看回去。

"……嗯？"

他声音沉下去："饭你还吃不吃了？"

她怔了下，随即摇了摇头："不吃。"

她仍旧只盯着他的手看，而沈西淮似乎被她的话给噎住了，没有再接她的话。

她稍一恍神，手就被他捉起，紧接着指缝被他细长的手指填满，他扣紧后还不轻不重地握了两下。她尽力平复着自己的心跳，手掌一侧贴在他西服裤上，而掌心的触感温热，让人觉得很舒服。她不自觉地也握了两握，两人的手便扣得越发地紧。

她忽然很想问问他，为什么他的手总是这么红。可又不想开口说话。

她听见他让司机把车开回酒店，又察觉到他似有若无的视线，她忍不住抬眸看一眼，他眼神直而淡，始终没有动摇，她多看一会儿就败下阵来，随即转开了头。

车子没有掉头，甚至在三分钟之后就停在了酒店的地下停车场。

静安的包似乎成了身旁人的尾巴，他始终记得给她拿上，等一下车，他又绕过来牵住她。两人的手紧紧扣着，静安跟在他的身旁，电梯一路向上，然后刷卡进房间。

门刚落锁，静安便转身，然而沈西淮的手掌先一步托在她的脑后，她被迫仰头，他的吻便落了下来。他将她的包丢到旁边，空出的手用力地握住她的腰。

衣服很快皱了起来。她紧紧揽住沈西淮的脖子，他头发似乎长长了一些，不太看得出来，但摸上去不再那么扎手。她下意识地喊他："沈西淮。"

好一会儿他抬起头来，眼里沾染着类似情欲的东西。她凑过去亲他的脸颊，另一只手去够自己的包……

即便室内的温度并不高，两人也在不断地流汗。

"沈西淮。"

"你家为什么不做音乐软件？"

她皮肤很薄，他用手去碰那些红印，听她继续说："我高中时候在你家的官方账号下留过很多次言，希望可以等到你们做音乐软件，但你们好坚决，每次都说不做。"

静安发现自己晕了头，她似乎看见沈西淮笑了下，他大概不知道自己笑起时的样子，她想去亲他，却被他轻轻按了下。

他并没有回答她的问题："陶静安，如果不喜欢自己的工作，可以辞职。"

"嗯？"

她一时疑惑，又听他问："你喜欢你现在的工作吗？"

她觉得奇怪，不知道他为什么这么问，又仔细回想了下，大概是他看见她挂 Demy 的电话。可她不习惯跟别人倒苦水。

"喜欢啊。"

她见他若有所思地注视着她，仿佛看穿了她的谎言，但他并没有继续说下去。

她后来一动也不想动，洗好澡，她一沾枕头便彻底昏睡过去。她的手放在旁边人的胸膛上，刚洗过澡，仿佛还冒着热气。

沈西淮将她的手执起，一一吻过她的指尖，她似是有感应，但并没有躲开。他最近睡得很少，但已经习惯，现在也只想争分夺秒地跟眼前的人亲近。他亲她耳垂，听见她含糊地应了一声，又去亲她脸颊。

过会儿想起她刚才有些闪躲的眼神，他又亲回去，静安彻底醒了过来。

第 12 章

隔天再醒来，静安有一瞬间的恍惚，沈西淮已经去开会，她找到自己的手机，暂时挑着回复了消息。

沈西淮住的总套，房间很大，也很干净。临窗的桌上有不少文件，大概他晚上也要坐那儿看上很久。她没有动人东西的习惯，但沙发上那本书看上去太眼熟，让她不得不拿起来看上一眼。

这几天她到家就睡，压根儿没注意到这本书竟然被他带了出来。沈西淮向来很有礼貌，却在没有提前知会的情况下用铅笔在她书上做了标记。既然如此，她也不客气地把沙发上他的两件衬衫挂进衣柜，顺便帮他理好一格领带，又顺手给桌上两束花换了水，最后把包里带的醒酒果冻放进冰箱。

他的司机已经等在楼下，给她带了早餐，她有些不好意思，道谢后迅速吃了。

车上也放了书，沈西淮那么忙，还随身带着书看，怪不得当初在班上始终名列前茅，甚至工作后也不忘将自己的爱好做成产品。

她去过触动的连锁书店，奇怪的是，每次进门她都能感受到扑面而来的熟悉感，让她一瞬间像是回到了高中的图书馆。店里内设宽阔的木质台阶，提供抱枕和坐垫，坐在上面随手就能拿到书。如果不是人太多，她甚至想要像高中那样枕着书午睡一会儿。

台阶上贴有博尔赫斯的话，墙上则是她摘抄过很多次的《我拿什么才能留住你》。而沈西淮在书签上写的那句西语——她后来查过，也出自博尔赫斯的谈话录。

虽然他家就开书店，并不缺书，她仍然想借他一些别的，比如契诃夫的，比如上个月她刚读完的《绝对笑喷之弃业医生日志》，这些书她在社交平台上推荐过，觉得值得一看。

她补了一路的觉，先回公寓换了衣服，再去公司。往常她都早到，这一回踩点进办公室，几乎所有人都看了过来。

Paige 冲她眨眼，她回之一笑，坐下后先给沈西淮发消息，斟酌几回最终只发出去五个字："我到公司了。"

而沈西淮回："好。"

她看了两眼，收回思绪，关掉手机。

Demy 比往常晚到，进门后脚步不停："Joanne，来我办公室。"

静安并不意外，顺道带上需要找他商榷的文件。进门后坐下，Demy 没有看她，等做完一天的准备工作，才给她丢了根营养棒。

"给你十分钟，可以把对我所有的不满都说出来。"

她从他脸上看出一丝颓丧来，室内沉寂片刻，她最终说："没有。"

Demy 的脸色瞬间变了："陶静安，你不信任我，如果不是我问了Paige，你是打算就让这件事情过去吗？"

静安蹙起眉："他是用眼神打量我，碰我的手，信息里也没有可以作为证据的东西，那天是我太累了，一开始我只是屏蔽他，后来他打来几次视频，我才直接删除。"

"对，就是这些，你可以告诉我。"

"然后呢？"

"那么我昨天就不会让你跟我一起出席，你就不至于会……会觉得这么恶心。"

"可我已经恶心过了。"

Demy 一时语塞，随即低声骂了句脏话，咬牙切齿道："但我更希望你们可以告诉我，懂吗？"

静安并不想惹毛他，但不得不说实话："如果全部说出来，还有时间工作吗？"

Demy 只是重复："我说了，我更希望你们可以告诉我，即便截止日期就在现在，就在下一秒。"

他眼睛瞪得很圆，仍旧像一只蜻蜓。但静安分辨得出，Demy 今天尤其气愤。

她点头："我明白了，Demy。"

Demy 并没有因此舒一口气，他倚着桌子，好一会儿才说："我希望你是真的明白了，而不是敷衍我。"

静安还没来得及回应，他就已经坐回去，朝她伸手："文件给我。"

等迅速看完文件，Demy 又拿出一张图纸："这是你组里的实习生拿来的，被你否了？"

静安点头。

Demy 直接把图纸对中撕了，丢进垃圾桶："垃圾只配进垃圾桶。"

静安一时愣住，只听他说："但得按人事部那边的流程走，还得让他在这里待几天，你正常给他派工作就行。"

事情已经说完，静安准备走人，Demy却没放话，隔会儿才看着她："我记得你告诉过我，你没有交往的对象，现在还是这个答案吗？"

"Demy，"她忽然有些烦躁，"现在是工作时间。"

Demy却说："好，我知道答案了。"

静安一口气哽在胸口，等走到门口，身后Demy又说："Joanne，不要给自己太大压力，可以去楼下买果汁，我请。"

她压根儿没有喝果汁的时间，只要没有休假，永远都有项目进来。

中午仍旧去食堂吃饭，《头号玩家》里说了：即使现实再令我恐惧，再令我痛苦，也只有在现实中我才能真正吃顿好饭。

她多吃了好几口白米饭，回去继续工作。

化妆品牌的创意会不剩几天，组里所有人都希望这次可以通过，是以加班加点地在办公室憋大招。Demy每天请吃请喝，又请外援提供了一套备受认可的方案，算是给大家打了一针强心剂。

她手头跟了不少项目，前一天熬了大半宿，隔天中午实在熬不住，趴在工位上睡了一觉。

醒来后Paige给她送来一瓶酸奶，又笑着问："八卦看不看？"

她刚要摇头，Paige已经把手机递到她面前。

屏幕里是苏津皖几个小时前在Touching上发的博文。先前虽有新闻报道她与幽默工作室签约，但她本人还未正式表过态。这条新发的博文比她以往的都要长，核心是在表决心，其中也间接透露了她当初选择学艺术时并没有受到家人的支持，但庆幸身边的朋友始终在鼓励她。

Paige问："苏津皖以前在学校什么样儿？是不是特仙女？"

静安努力回忆了下："我没跟她说过话，就在台下看过她打鼓。"

Paige满脸黑线："你们班出了那么多名人，怎么你就只认识一个郑暮潇？你是只跟郑暮潇说话吗，宝贝？"

静安想开玩笑说差不多，但知道这样说并不合适。

Paige又说："这个图不是重点，你得看网友的分析。"

网友说，乐队成员肯定被包括在苏津皖所指的朋友里，而乐队的成员也包括沈西淮。

"你看，苏津皖的文身确实是两个'5'，据说就是沈西淮的生日。"Paige迅速划了下屏幕，"这个也是刚出的，一群富二代坐在一起吃饭，沈西淮、沈西桐、关雨漾、苏津皖、宋小路、柴斯瑞……网友们都说这一桌太恐怖了，身家加起来得是个天文数字，说需要申请复仇者联盟把他们一起绑票了。"

Paige说着笑起来，静安从那张不太清晰的偷拍图里准确辨认出了沈西淮，他那天就是穿着这一身衬衣西裤跟她一起在公园里陪binbin玩，他的生日也确实是5月5日。

"听说柴斯瑞要出新手机，希望他家自觉一点，给我们发竞标会的邀请函。"

静安不知该说些什么，最终只是笑了笑，默默收回视线。

Paige察觉到她没什么兴趣，可过会儿又激动地过来："Joanne，这条你必须看！"不等她看，Paige已经按捺不住，"梁相宜跟郑暮潇分手了？"

她愣了下，低头去看那条娱乐新闻。

Paige已经根据她的脸色有了判断："你不知道？没听他们说过？"

静安确实有些意外，但抛去娱乐新闻的可信度，她仍然觉得这种窥探隐私的做法很无聊。

她想了想，无奈地冲Paige说："Paige，我也不清楚他们现在是什么状态。"

Paige只好捏她的脸："那我下次再来。"

静安看回电脑，却短暂地走了神。她想起郑暮潇那晚说的话，作为朋友她多少有些担忧，但即便真的像新闻里说的那样，两人分了手，她也没法做什么。

至于前两条新闻，她不太愿意看见，更不愿意去细想。

桌上手机忽然亮了下，点开一看，恰是刚才新闻图里的人。

沈西淮发来一张binbin的图，又问："明晚有空见binbin吗？"

她将binbin的图看了几回，最近几天她几乎都在忙工作，只睡前有短暂属于自己的时间，她思绪有些乱，可仍然忍不住想起沈西淮，现在他发来消息，她最终也还是听从了内心的意愿。

"会比较晚，要加班。"

"没事。"

陶静安没有再回复，沈西淮等了会儿才将手机按灭。

斜对面有人坐下，问："又有什么好消息？"

沈西淮看了过去，不置可否。

问话的人笑了笑，没再说话。

这人是位中美混血，本科毕业于伯克利，网站创业不太顺利后，又去斯坦福读了两年 MBA。商学院很看重学生的工作经验，原以为班上人大都同龄，后来跟沈西淮一接触，才知道他比周边人都小上三五岁。他很年轻，却有相当丰富的知识储备，等到了模拟商场上更是丝毫不露怯。他们老师曾经说过，沈西淮看上去像一个迷死人不偿命的杀手，你可以安心地和他做朋友，可一旦站到他的对立面，就千万得小心了。这只限于商场上，私下里的沈西淮很随和，后来无意得知了他的背景，越发觉得这人没有架子。他很健谈，跟任何人都聊得起来，完全没有代沟，但也有不爱说话的时候。作为在伯克利读过几年书的人，并不觉得伯克利有什么事物特别吸引人，但沈西淮有事没事总往伯克利跑，回来后又喜欢一个人静静待上一会儿，看着心情不太好，可下回还是照样去。

他跟周边人关系都很好，毕业前他提出邀请，希望他们可以回国跟他一起工作，并毫不吝啬地给出了丰厚可观的薪资福利，除去一个临时出了状况，其他几个都爽快地接受了他的提议。半年后，连那位没来的也主动发来求职申请，沈西淮立即就给人订了机票。

有背景，有能力，关键还有一身好皮囊，真是没了天理了。

会议是临时通知的，人还没到齐，他忍不住先问对面的老同学："新项目？"

沈西淮直接推来一份文件，他翻开一看，有些吃惊："那句诗怎么说来着？千呼万唤始出来……可你这不是打自己的脸吗？那么多人希望出，你都咬死了说不做，现在怎么忽然改变主意了？"

沈西淮提早预料到了这种反应："大家希望出，那就出。"

"大家是哪个大家？之前提过的就不算大家了？"

沈西淮神情淡淡："有什么异议待会儿上一起提。"

这位老板表情平淡，却颇有震慑力，他耸了下肩："没有异议，我特别喜欢为大家服务。"

会议没有持续太久，沈西淮只提出初步定位，并请大家回淮清后给出各自的想法。

结束后回酒店，他坐在桌前看助理发来的文件，文件里集中了官方账号下所有希望触动出音乐软件的评论，评论时间则有限定。他并不着急看完，只翻几页便作罢。

隔天结束最后一天会议，到淮清时已经过了九点，他没给陶静安发消息，直接将车开到她公司楼下。

其间接了个工作电话，等再抬头，见门口有一男一女并肩从楼里走了出来。其中一个看上去有些严肃，而另一个一如既往地温和。

他们已经一星期没有见面。

等两人走下台阶，沈西淮直接开门下车，看向几米外的人。

"陶静安。"

对面两人一齐看了过来，陶静安显然怔了两秒，随即就见她看向旁边她的上司，解释说："我……同学。"

沈西淮闻言皱起了眉。

第 13 章

在下楼之前，Demy 组织了化妆品项目的最后一次小组会，隔天就要见品牌方，成员个个摩拳擦掌，甚至开始讨论明晚去哪儿聚餐。

结束小组会，静安又梳理一遍材料，收拾东西后出公司，Demy 一起过来坐电梯，解释说今天限号，得打车。

"明天我尽可能赶回来参加会议。"两人并肩走出大厦，Demy见她欲言又止，直接说，"不用试探我，明天被否了还是要继续跟。他们的预算完全可以抵掉你整个小组几年的加班费，做好打持久战的准备。你要想休假告诉我，工作正常交接就好。"

他又说："那两个实习生这周评定，谁走谁留已经很明显，你提交反馈意见的时候抄送一份发给我，我会发一封给人事。"

静安应下，Demy忽地问："你不高兴？"

"没有。"

"你看上去很好，但我知道你最近状态不太好。手上几个项目都不好做，但你自己清楚，必须克服。"

静安点了下头，她心里莫名有点不安，总觉得明天不会顺利，但最差的结果无非是方案被否，小组继续熬夜。

她默默叹了口气，正要开口说话，忽地听见有人喊了她。她动作一顿，望过去时暗暗一惊。喊她的人此时立在黑色车旁，淮清夜里分明已经很冷，他却仍然穿得很单薄。

旁边Demy的视线不容忽视，她下意识冲他解释："我……同学。"很快又补充，"高中同学。"

她语调听起来十分平静，Demy看着处变不惊，脑袋已经开始飞速运转，上回吃饭时两人都没有透露关系，现在沈西淮却直接找到公司楼下，陶静安大概以为他是个傻子。而她脸上转瞬即逝的诧异也没能逃过他的眼睛。

静安起初确实有些慌，意外于沈西淮知道她工作的地方，甚至在楼下等她，但她很快镇定下来，或许他恰好记得，又恰好路过，两人本来也就约好要见面。

她看着他阔步过来，视线在她身上一掠，随后落到她旁边人身上。

沈西淮记得陶静安这位上司，确切地说，是那位连续几晚送陶静安回家的男上司。他冲Demy微点了下头。

Demy也迅速朝陶静安这位高中同学笑了下，即便现在不是在生意场上，既然是饭局上见过的人，表面功夫也得做足，他嘴上打着招呼，脑袋里仍在揣测眼前两人的关系。

"走吗？"沈西淮很快看回静安。

静安在两道视线的注视下倍感尴尬，脸上却仍淡定，她看向Demy："Demy，我先走了，明天见。"

Demy的目光带着审视，他暂时将其他疑问按住，恶趣味却冒了出来："明天早点儿到，别像上回那样临阵脱逃，就算要逃也提前告诉我。"

静安有些心虚，上回她在冲动之下逃掉饭局去见沈西淮，是因为她知道Demy可以帮她兜住，她信任Demy，只是这种信任多少有些任性和不负责任。

她正要冲他做出保证，Demy却抢先一步："不过我还得感谢你，不然这周末我肯定会颓废地躺在家里看书、看电影，压根儿没有机会去给客户捡一下午的球，"他扬了下眉，"已经可以预料到会是一个多么美好的下午。"

她早习惯Demy的毒舌，往常可以反驳，现在却没有底气。她也知道Demy是故意的，他两只眼睛里写的分明是：你明天最好给我一个合理的解释。

话说完，两边又客套地道别。

等车子开出去，与去静安公寓的方向恰好相反，静安才想起问旁边的人："binbin在哪儿？"

"在我那儿。"

她怔了下，就见沈西淮迅速看了她一眼，说："先去我那儿。"

她反应过来，下意识应了一声。

刚才Demy间接训了她一通，她总觉得沈西淮看向她的眼神带着某种洞察。加上两人一周没见，她隐隐有些尴尬。

正思考该说些什么，身边人忽然问："最近工作很忙？"

"有点……这段时间在赶一个项目，每天要加班到很晚，你给我打电话的时候我基本都在开会。"

"嗯。"沈西淮应了声。其实陶静安已经在短信里给他解释过，大概是他连续几次打给她都不太巧，她有些不好意思，所以又解释一遍。

她总是很客气。从高中认识她开始，他就发现她对班上每一个人都很客气，自然也包括了他。有一回被她碰掉手里的饮料，她接连道歉，还坚决要赔。后来去了学校的商店，她甚至没进去，早早就在门口付好钱。他原本打算给她拿柠檬水，见她挺直腰板站着，看上去并不着急，但他很明确地知道她赶着回去看书，所以又立即把柠檬水放了回去。等一起走回教室门口，她再一次郑重地跟他道了歉。

现在的她也仍然客气，但和以前有些不一样。

前头恰好遇到红灯，他侧头看她："忙到没时间剪刘海儿？"

刚才第一眼他就发现她剪短了刘海儿，多半是自己动的手，剪得不太齐整，像当初在伯克利的纪念草坪上，她提着几杯奶茶匆匆出现，分完后发现少他一杯，他被阳光刺得眯起眼，看见她有些尴尬地拨了拨自己缺了几个小口的刘海儿。动作姿势和此刻相去无几。

静安拨了拨自己的刘海儿，原本她不觉得有什么，可沈西淮的目光过于直白，让她忽然脸热起来。

"嗯……只能自己动手剪一下，剪得不太好。"

说完，她看见沈西淮笑了下。

"很难看吗？"

"没有。"

他看上去不像在说假话，她却仍然觉得有些窘迫，想了想问他："窗台上那几盆花是你搬下来的吗？"

沈西淮想了起来，上回他站在那儿给小路打电话，顺手就挪了下来。

"嗯，怎么了？"

红灯恰好跳了，他收回视线，车子刚往前移动，就听陶静安说："被对面的英短给吃了。"

沈西淮少见地愣了下，他当时想着不能让它们挨冻，谁知道弄巧成拙。

"……救不回来了？"

他问得正经，静安没忍住笑出来："花期已经过了。"

她当然不是要责难他，只是刚才被他看得尴尬，她莫名想要扳回一城。

下一刻又听他说："下回重新给你养。"

静安怔了下，早在加州的时候她就知道他一旦做了承诺就会履行，养花虽然不难，但很需要时间和耐心，何况她也不需要他赔。

"没事，本来也开不了几天了。"

沈西淮没有回应，伸手开了音乐。起初静安没听出来，过会儿不自觉说出名字："《用心棒》？"

"对。"

《用心棒》是日本导演黑泽明的作品，而给电影配乐的是上回她跟他提过的佐藤胜。他说有时间找来听一听，就真的找来听了。

她侧头看他，视线掠过他英挺的鼻子和薄唇，心里有什么东西在隐隐流动。

"这部电影也挺好看的。"

"嗯。"他停顿几秒，仔细去听那段打击乐，"这里正好是那只狗？"

"对，配的就是它叼了一只手出来。"

沈西淮忽然有点想笑，陶静安大概是按帧看的电影，能把细节跟配乐都对上。

等一首《用心棒》听完，车子停在别墅前。凌霄路的建筑颇有些年代感，静安推门下车。她心情有些微妙，先前都是沈西淮去她那儿，这是她第一次踏入他的领域。

沈西淮已经开了院门，回头等她跟上。她几步过去，踏上台阶后刚要往里，手先被他握住："有台阶。"他掌心有些热，她心稍稍一颤，被他带着往前，等台阶一下，那只手又立即松开了她。

沈西淮的院子里种了些花草，大概是因为总是出差疏于打理，看着有些蔫蔫的。

静安跟在后头，垂眸去看沈西淮的手，隐隐有上前重新牵住他的冲动。只是路程太短，她的冲动没有发挥效用，她也不确定真去牵了，沈西淮会是什么反应。

到门口又上几级台阶，沈西淮去按密码，她自觉地别开头去，这时才反应过来，即便他不在家，他家院子里也留着灯，正想着会不会有些浪费，听见身边人说："密码090603。"

她立即回头，沈西淮看着她问："记住了？"

她下意识地眨了眨眼睛，是在回忆。

他又说一遍："090603，不记得了问我。"

她很快反应过来，沈西淮大概是在"礼尚往来"，他已经知道她门的密码，那他也不介意把自己的告诉给她。

她还没来得及细想，沈西淮已经推开门。里头竟也开着灯，她脑袋里忽然冒出某种猜测，正要走进去，先听见里头传来声音。

"咦？你怎么这么早回来？"

下一秒静安看见了人，此刻站在屋里的，是她曾经在新闻里看见过的沈西桐。

第14章

沈西桐是奉命来送 binbin 的，她后天才出差，但还是提前送了来，因为她哥给她来了电话，说今晚必须送。

起初她没答应，直接把电话挂了。她真就觉得奇了怪了，她这位哥惯常要在她跟自己男友亲热的时候来短信电话，好像身边人都跟他一样只有工作没有对象，何况 binbin 也很忙，最近忙着跟前门的拉布拉多谈恋爱！

然而她哥又发来消息："晚上九点前送到。"

她忍不住回："好处？"

"没有。"

她气得想摔手机，可最终还是把 binbin 送了来，不怪苏津粤说她是个哥控。

　　"我这是替他的幸福着想，孤家寡人一个，一个人待着是要出问题的。"

　　车子快要开到凌霄路附近，苏津粤仍旧不情愿过去："我在门口下，你送完了就出来。"

　　西桐乐了："你们又不是敌人，他是我哥！看着是有点冷，人还是不坏的，不然津皖姐怎么会……"她被冷冷瞥了一眼，也有些来气，"我说错了？你公平一点，不能把别的情绪带到我哥身上，感情是两个人的事情，又不是我哥的问题。"

　　苏津粤见她生气了，脾气不再那么硬："那麻烦你那位哥也公平一点。"

　　"他还不公平？是你对他敌意太大，每次见他都冷着一张脸，他才不待见你的。"

　　"你觉得是这样？"

　　"那不然？"

　　冷脸王苏津粤忽地笑了："沈西桐果然是个大傻子。"

　　可最终还是被大傻子女朋友忽悠了进来，她口口声声说她哥最早也要十一点才回，他不再急，拿着梳子慢慢给 binbin 梳毛。刚梳两下，门口就传来开门声。

　　两人一狗纷纷看了过去。

　　沈西桐知道她哥差不多这个点到，故意把苏津粤骗进来，就是想看这两位大男人面对面尴尬地寒暄，这种景象见一次够她笑十天半个月的。

　　起初她只看见她哥一个人进门，话也是故意说给苏津粤听："咦，你怎么这么早回来？"

　　话落，又看见她哥后边跟进来一位大美女。

　　她惊得眼珠子都要掉出来，仔细一看，还是个看着有点眼熟的大美女。

　　屋里一时像是按了暂停键，静安很是茫然，下意识往外侧身，避开了里面的视线："你有客人，是不是不太方便？"

沈西淮从她眼睛里察觉到一丝慌乱，他一手扶着门，一手虚虚地将她拦了下："不会，是我妹妹，沈西桐，binbin 的妈，旁边是 binbin 的爸。"

沈西淮又说："没事，他们来送 binbin，马上走了。"

静安还有些犹疑，但沈西淮沉静的眼神说服了她。

紧接着里头又传来一句："那个，别害怕！我不吃人，我们马上就走！"

沈西淮也仍看着她，静安最终走了进去，也再次对上了说话人的视线，那位面容姣好的女孩长了一双跟她哥一样清澈透亮的眼睛，而这双眼睛此刻正肆无忌惮地打量着她。

静安曾经看见过沈西桐的新闻，这位女孩喜欢在自家软件 Touching 上到处开炮，极有个性，说话做事勇猛精进，又坦率犀利，从不害怕得罪人，静安先前就觉得她很适合去扫扫 Demy 的威风。

而她旁边一身卫衣牛仔的人长得高瘦，看着有些眼熟。他的脸看上去比沈西淮的还要冷。

静安正要收回视线，对面那只可爱的家伙已经飞奔了过来。

binbin 起先想按照惯例去咬它舅舅的裤腿，可形势看着不太妙，何况旁边还有给它美味鱼肉跟小零食吃的美女姐姐，它迅速地改了想法，直接扑到了姐姐脚下。

静安弯腰揉了下 binbin 的脑袋瓜，这个大家伙对她热情非凡，反而让她有些尴尬。

紧跟着 binbin 过来的是沈西桐。她直接忽视了她哥递来的眼神，径直在 binbin 旁边蹲下，手在摸 binbin，眼睛却定在对面人的身上。她目光一寸一寸挪着，细到要把对面人又长又翘的眼睫毛都数个一清二楚。

她笑着说："你好，我叫沈西桐。"

静安手心还被 binbin 舔着，对面人的目光甚至比她哥的还要直白，看得她很有负担感。

她刚要开口，头顶有人抢在她前头，冲西桐介绍："陶静安。"

西桐却愤愤抬头，嗔道："问你了吗？里面还有人等着你招呼，不要烦我们，让我们自己聊天！"

等再看向静安，沈西桐脸色又立即柔和下来："陶静安，哪个 Táo 哪个 Jing 哪个 An？"

立在旁边的沈西淮甚至还没开口，西桐就抬头警告："你不要代替回答，人家又不是不会说话，你快进去招待你妹夫，招呼完了我们也就走了。"

静安原本有些焦躁，可对上面前的沈西桐忽然就放松下来，甚至有些想笑。她抬头看向沈西淮，用眼神示意他没事，他脸色依旧冷着，似乎对妹妹的态度不太满意，但最终还是提腿走了进去。

西桐终于满意了，也将刚才两人的眼神交流默默看进眼里。

她忙找出手机，在上头打出三个字："是这么写吗？"

静安被迫看了眼："嗯。"

西桐瞅着那张巴掌大的脸已经被 binbin 舔了好几回，忙将 binbin 摁回来："binbin 好喜欢你，你们经常见吗？"

她丝毫不掩饰话里的试探，静安愣了下说："之前见过一次。"

西桐扼腕，见一次就黏成这样，binbin 这爱俊男美女的恶习大概是改不了了！

面对西桐的注视，静安知道西桐势必误会了她跟沈西淮的关系，她避开西桐的视线，低头拉开自己的包。

"binbin 吃过了吗？"

西桐刚才已经给 binbin 喂了不少，却仍然说："没呢，它早饿了。"

静安把包里的便当盒拿出来，里面装着两格鸡肉蔬菜丸子："晚上还是不要吃得太多……"

西桐看一眼丸子，又看回人，忽然有点想骂脏话，她终于想起在哪儿见过面前的人了，但表面仍旧镇定："你自己做的吗？我……我也想尝尝。"

静安有些意外，忍住笑说："没什么味道。"

"不能尝？"

她连说话语气也跟她哥很像，静安把盒子递给她："可以。"

binbin 早迫不及待，西桐掰了一点送进自己嘴里，剩下的给 binbin。等重新看回对面的人，她脱口就问："你怎么这么好看啊？"

静安正看着 binbin 吃丸子，冷不丁听到这么一句，脸忽地烧了起来。

沈西桐的直白跟 Paige 不太一样，也因为是第一次见，静安一时不知该怎么应对。

她下意识去找沈西淮，沈西淮此刻站在沙发一旁，正跟沙发另一旁的人说着什么，两人脸色看上去都不算好。

西桐也跟着回头看了眼，笑着说："他俩就这样，互相不待见。"又看回静安，"我故意让他俩见的，没想到还见到了你。"

静安没说话，低头掰了点丸子给 binbin，果然就听对面的人继续问："你跟我哥是同学？"

她早猜到西桐会问，但仍然有些意外，半个小时之前她还用"同学"跟 Demy 解释了她跟沈西淮的关系，现在又有人来问，甚至问得十分准确。

她不太想回答这个问题，隐隐烦躁起来，但仍然应了声："嗯。"

西桐继续追问："高中？大学？研究生？"

她停顿几秒，说："高中。"

问题得到验证，西桐竭力让自己不笑出来，说："我之前见过你。"

静安惊讶，这才抬起头来。

"在大街上，真的！"

西桐还想说她是跟苏津皖一起看见的，见到静安跟郑暮潇一块儿在车上，但她直觉不能说太多。她活了二十多年，还是头一回见她哥主动带女孩子回家，她不能把人家给吓跑。

但静安已经被吓到了，她没想过会这么巧，正要往下问，见里头的人一前一后出来。

走在前头的是苏津粤，过来直接拎人："走了。"

西桐不情不愿起来，小声抱怨："我才说两句话！"

苏津粤不应，礼貌地冲静安点了下头，又摸了下 binbin 的脑袋瓜，拽着西桐出门。

西桐掰着门不放，急急忙忙摁亮手机递给静安："binbin 好喜欢你，我们留个联系方式吧，有机会我们一起带 binbin 去爬山。"

手机就在面前，静安接也不是不接也不是，还没想好，身后伸过一只手替她把手机接下，她后背几乎挨着身后人的胸膛，听见他冲西桐说："我会带 binbin 爬山。"

说完，沈西淮把手机递回给苏津粤。

西桐还要挣扎，苏津粤已经把她手机收回口袋。她不甘心，但门也迅速被苏津粤关上。

她在门口愣了会儿，才想起去拿自己的手机，苏津粤不给，直接拉着她往外走。

"先算账。"

"什么账？"

"最早十一点回？"

西桐乐出声来："我就故意的怎么了？你俩真好笑，互相讨厌得要死，可你除了我哥压根儿不放心其他人照顾 binbin，我哥也是，嘴上嫌你烦，却心甘情愿帮你把 binbin 照顾得那么好。"

苏津粤压根儿听不进去，他想起刚才尴尬的场面就觉得窒息，但沈西桐的心思显然已经不在这儿。她激动地摇撼他手臂："你看见没？我哥把人带回家了！"

苏津粤冷着脸："你之前不是这么想的。"

"我……我之前是希望津皖姐跟我哥在一起，那你之前不是跟我对着干吗？我看除了我妈，就数你最希望我哥早早结婚，现在他有对象了，你不应该高兴吗？"

"没人说是对象。"

西桐指着自己眼睛："我用眼睛看的呀！"她忽地"呜呜"了几下，

"她真的好好看，尤其是嘴唇，我都想亲了。"

苏津粤想翻白眼，又听她说："好想把所有口红送给她，真的！肯定好好亲！"

苏津粤不知道她脑袋里在想什么，回头往她嘴上啄了下，还有些嫌弃："替她亲了。"

西桐忍不住笑了，又故意板住脸："这就没了？我看你对我是越来越没兴趣了。"

苏津粤仍旧冷着一张脸，他搞不懂这么冷的天沈西桐为什么还要露小腿，一从屋里出来手就冷成一块冰，他不甚耐烦地把人往车上带。

屋里，沈西淮把静安手里装了丸子的盒子接走，盖好盖子放在玄关柜上，转身往里。

"过来。"

静安还有些蒙，binbin 紧黏着她不放，亦步亦趋地跟着。

"坐这儿。"沈西淮将一张高脚凳拎过来。

"啊？"

"给你修下刘海儿。"

第15章

静安短暂迟疑片刻，径直坐到凳子上。她没去看沈西淮房子的布局，只将视线落在正对面那满满一立柜的唱片上。

旁边一张高脚桌，上面的皮箱式黑胶机有点眼熟，而另一台黑胶唱盘机放在矮柜上。

她看回那台皮箱式黑胶机，沈西淮果然很喜欢谁人，黑胶机盖子内部放的就是他们的照片。

屋子里过于安静，她有些不自在，低头去揉 binbin 的脑袋，binbin 吐着舌头，跑去迎接走出来的沈西淮。

静安起初只看他衣服上的扣子，等他拎了另一张凳子在面前坐下，她仍然只看扣子，再等他凑近，她又不得不去看他凸起的喉结跟旁边那颗很淡的痣。

"抬头。"

静安仍有些迟疑："我待会儿回去自己修吧。"

沈西淮将重点放在"回去"两个字上，默了默问："自己能修好吗？"不等她回答，又说，"很快就好。"

静安只好妥协，仰头时不经意撞进他的眼睛里。他皮肤很白，专注时表情跟平时无异，因挨得近，气息浅浅地落在她脸上，她不自觉往后躲了下，后脑勺立即被一只手托住。

"别动。"

剪刀发出"嚓嚓"声响，有发茬落在脸上，有点痒，静安被他身上的气息笼罩，垂眸去看他嘴唇。

一个星期没见，她不算不忙，却总是会想起他。她有点想亲他，可不认为这是个合适的地方，心底里那点烦躁也始终没有散去。她极力克制住自己的情绪，默默看了会儿他，忽然说："我上次去见你，不是因为工作顺路。"

剪刀的声音止住，沈西淮收了手，垂眸去看她的眼睛。他其实已经从她那位上司的话里隐隐猜到了一些。

"我那天要跟公司领导去见客户，但不是很想去。"

她始终记得那晚他问她喜不喜欢现在的工作，这几天也时常会想起他说话时笃定的眼神，仿佛他很了解她，可以看穿她的想法。

此刻沈西淮的眼神也同样笃定，看得她莫名有些心虚，她模棱两可地说："后来……我打了一辆车，司机带我出了市。"

binbin 绕着两把凳子转圈，她没等来回应，只好去看 binbin，又低声问面前的人："剪好了吗？"

沈西淮没动，他觉得奇怪，以前从来没发现陶静安爱脸红，最近却频频看见，连脖子跟耳垂也染上淡淡一层粉。

陶静安没去见客户这事儿可大可小，以她上司的反应来看，她的上司已经帮忙解决。他也从她上司的话里得知，陶静安明天有重要的工作需要完成，甚至有些棘手。

上回她去见他，他就察觉到她情绪不太好，也隐隐猜测是因为工作，他试着直接建议她，但她显然撒了谎。刚才来的路上她也说过，这段时间在赶一个项目。甚至是现在，他也察觉到她有某几个时刻不在状态。

这一回他更加直接地问她："你同事让你明天别迟到，要忙什么？"

静安抬眸，先是沉默几秒，而后鬼使神差地坦白："一个化妆品品牌项目，跟了差不多三个月，他们一直不满意我们的方案，简报也一换再换，我不明白他们想做什么样的广告。"

沈西淮一字不落地听进去："这次准备了几套方案？有信心吗？"

"三套，我对方案有信心，但拿不准品牌方的取向。"

"公司什么打算？"

"持久战。"

沈西淮这回沉默了几秒，他直直看着她的眼睛："你的想法呢？"

那种被一眼看穿的感受又冒了出来，静安没避开他的视线："我觉得耗下去没有意义，但是没有办法，而且……"

沈西淮将她的迟疑看进眼里："我不是你的老板，也不是品牌方，你可以告诉我。"

他语气没什么特别，但只要一说话，就总给人一种信服感和安心感。

"我否了一个实习生的方案，后来他又单独提交给了我的上级，就是刚刚楼下你见的那位，他也把方案否了，这之后那位实习生没再提起，但我总有点担心。"

"担心他再次越级，直接把方案给品牌方？"

静安讶异于他的洞察力，点了点头。

他又问："这个项目他参与了多少？"

"他是实习生，又是中途加入，除了那个被否掉的方案，其他时候只是旁听的性质。"

"你信任你的上司吗，那位 Demy？"

静安没想到他还记得 Demy 的名字："信任，他专业度很高。"

"可以把你的担忧告诉他，他跟实习生接触过，会有自己的判断。"

"但我没有依据，我也不希望剥夺那位实习生参与会议的机会。"

"我知道你的顾虑，即便实习生没法从明天的会议中学到任何东西，你也认为他有权参与。"他语速慢下来，语气也不似平常那么冷硬，"你只需要告诉你的上司，决定由他来做，不一定就不让实习生参加会议，也有其他可能。"

她想了想说："实习生也可能通过其他方式把方案给品牌方，我最担心的是品牌方认为这个方案可行，虽然这种可能性很小。"

沈西淮仔细看着陶静安，过会儿才伸手将她手机拿了过来，声音冷淡，内容却与之相反："做你想做的。"

面前的手机始终悬着，静安最终接过，而沈西淮立即起身，给她留出个人空间。

电话那头很快接起，Demy 劈头便问："这么快就想好了怎么跟我解释？"

静安知道他是指沈西淮，但直接忽略过去，转而说起男实习生的问题。

Demy 恢复正经，听完只说："懂了，所以你想好怎么跟我解释了？"

静安也反问："你打算怎么做？"

Demy 忽地笑了声："陶静安，你在回避我。"

"我在谈工作。"

"噢，你不只在回避，还有点恼羞成怒。好，你可以想好了再回答我你跟触动那位接班人的关系，我不急。"Demy 话锋一转，"实习生暂时调去 Paige 那儿当外援，过两天就可以卷铺盖走人了。"

他说完直接挂了电话，静安愣了一下，那点烦躁像是触底反弹，又涌了上来。她耐住性子，顺道查看工作消息，刚回复完，又有新消息进来。

是郑暮潇："明晚有时间一起吃饭吗？"

自上回看见那条分手新闻，她还没和他联系过，既然还能吃饭，问题兴许不大。

还没来得及回，面前一人一狗经过，沈西淮手里提着订好的餐，binbin 在动用它的大鼻头用力地嗅。

她直接关了手机，见沈西淮看过来，她解释："打好了。"

沈西淮放下东西，拿了湿毛巾来，重新拿起剪刀坐回她面前，这回径直捏住她下巴："抬一点头。"

静安再次被迫看进他眼睛里，她顿了顿说："Demy 说会暂时把实习生内调。"

沈西淮应了声，他其实不太关心这件事情的具体内容，只需要确认陶静安有没有暂时放下那点担忧。而现在他得赶紧把她的刘海儿修好，不齐整有不齐整的好，但他临时起了意，就得把事情干完。他望着面前的人，陶静安看上去很平静，但他能感受到她的拘谨，甚至隐隐觉得她有些焦躁。

事实上静安确实如此，她也发现此刻只有说工作可以转移她的注意力。

她斟酌后问他："你工作还顺利吗？"

沈西淮的工作大抵都涉密，他是公司的大老板，多半做的也都是管理和决策的工作，即便真有问题，或许他也不愿意说，但她暂时不想考虑那么多。

谁知他停下动作，说："不太顺利。"

静安愣了下："如果你想，可以告诉我。"

沈西淮仔细看她一眼，拿毛巾擦去她脸上的碎发："公司同事各自都有想法，有时候很难统一。还有好几个项目都想做，但得慢慢排队。"

毛巾是热的，面前漫着薄薄一层雾气，静安眯了下眼，她没听出具体问题来，又问："还有吗？"

"有。"

他回答得干脆，脸上带着不太明显的笑意。

"什么？"

沈西淮没立即接话，他看了眼自己修剪的成果，确认勉强有一点成效，才说："先吃饭。"

静安已经吃过晚饭，她不只给binbin准备了丸子，另外还提前买好了丝瓜跟桃仁，也打算做她还算拿手的排骨，但临时来了沈西淮的住处，他又这么快点了餐，她暂时失去了给他做一餐饭的机会。

她在餐桌旁坐下，binbin凑过来，她又给它送了颗丸子，然后低头吃饭。

她以为沈西淮会继续说他工作上的问题，却听他问："平常都怎么听音乐？"

她停下筷子，想了想说："几乎都是用手机。"

"用什么软件？"

"……不怎么用，基本都用你家的网页。"

上回她已经跟他提过，这回总不能跟他撒谎。

沈西淮的视线再次落过来，她没避开："其他软件没怎么用过。"

"用不习惯？"

"也不是，现在的软件会开发很多附加功能，我喜欢功能单一一点的……触动的网页就很纯粹，我喜欢看里面的分类跟音乐史。"

沈西淮默默记下，又听她说："但这只是个人取向，更多人乐意去认识志同道合的朋友，这也是社群存在的意义。"

他心下了然，不仅是音乐APP，越来越多的软件恨不得将所有功能都囊括，反而冲淡了它本身所具备的功能。

他暂时没再继续问下去，因为陶静安的手机响了，但她并没有接。

静安直接将实习生的电话挂断，又很快发了消息回去，紧接着桌上另一部手机响了起来，她下意识看了眼，恰好将显示屏上"沈西桐"三个字看进眼底。

她立即别开头，再次想起沈西桐那双眼睛里带着的好奇，仿佛在问她：你是不是我哥女朋友？

静安放下了筷子。

沈西淮没有接电话，重新看回旁边的人，直接问："不好吃？"

"没有，"静安立即否认，"我吃好了，得回去了，晚点还要忙会儿工作。"

沈西淮观察着她的情绪，默了会儿说："送你。"

静安没有拒绝，却提起建议："你车还在我公寓楼下，待会儿可以打车过去，你把车开回来。"

他也放下筷子，隐隐有些烦躁。他原本以为西桐跟她沟通得不错，陶静安看上去也没有太反感，但显然还是受到了影响。她并不愿意见他身边的人。

他语气如常："没事，先放那儿。"

静安只看他一眼，没再说话。

回去路上仍放了音乐，她却不怎么听得进去，只侧头看着窗外一闪而过的霓虹灯影。

等车子在公寓底下停好，静安去解安全带，旁边人忽然喊了她，喊完却没有开口，只默默看着她。

她想了想说："我有点累了……"

她没把话说全，意思却不言而喻。

沈西淮只觉得气闷，故意装作没听懂："所以？"

静安有一刻快要脱口而出，却又及时将冲动的想法忍住，转而低声说："今天不太方便。"

虽然两人从来没有谈过，但既然她一开始是那么提的，那见面势必也只有一种目的。然而直觉告诉她今天的时机不对，至于怎么不对，她还得再想一想。

"我是——"

她话没说完，手腕先被紧紧箍住，下一刻便像上回那样被抱去了沈西淮的腿上。

他的吻很急，也乱。她尝到了熟悉的水果糖的味道，后来那味道淡了，吻才停下来。

他理好她的衣服，只说四个字："好好休息。"

静安读不懂他的表情，想要说些什么却什么也说不出。她有些心虚地上了楼，洗好澡后躺在床上试图厘清自己的想法，可实在太累，没多会儿就睡了过去。

隔天到公司坐下，马不停蹄地开机工作。过会儿 Paige 进门，给她送来一本杂志。

"楼下报刊亭让带的。"Paige 又冲她吹了声口哨，"刘海儿好看了很多哟！"

静安笑了下，朝她道了谢。

她一口气订了一年 Listening，粗粗扫了眼，放到旁边打算忙完再翻，可忽然觉得不对劲儿，又拿回来放到面前。

封面上赫然一行字：回到"噪音"——电子音乐发展史。

她发了会儿怔，随手翻了几页，才合上放回去。

下午化妆品品牌方来公司开会，Demy 没能赶来，会议仍照常进行。

静安原本没抱希望，然而三个方案讲下来，对方竟表示都还不错，小组成员互相递着眼色，已经开始暗暗庆祝。

静安也暂时松了一口气，至少这回没有被直接否决，正要跟品牌方进一步沟通，对方忽然笑着说："不过我最满意的还是第四个。"

静安一愣，顺着视线看过去时神经跟着一绷，同时也恍悟过来。

那套原本被她跟 Demy 否掉的，有着"只要站着也能赢"的广告词的方案焕然一新，广告主角的候补也换了几个。

对面有人说："你们有合适的方案捂着不给，原来是要压轴呀？"

品牌方另一人笑着接话："听说先前被 Joanne 否了，其实我们要的核心很简单，好卖，不要其他虚头巴脑的。"

桌上手机一振，静安冲对方笑了下，趁空点开消息。

Demy："那个男实习生有背景，会上什么也不用说，让他们自己演。"

静安将手机关了，抬头去看对面那份方案，因为文件倒着，她辨认了一会儿才看出那句广告词。

"No Lipstick, No Woman."（无口红，不女人。）

静安苦笑了下。

第 16 章

Demy 赶到时，会议已经接近尾声。

静安退到旁边没有作声，交由 Demy 周旋。直到要把品牌方送走，她才跟着过去，品牌方里有人冲她微笑："陶小姐，期待合作，有事随时打我电话。"

他的视线在静安胸前点了下，随即笑着走了。

静安站着没动，等 Demy 把人送走，回身时冲她丢下一句"来我办公室"。

两人一前一后进去，门一关，她还没开口，Demy 先抢在前头："想好了再说。"

静安一噎，到嘴边的话咽了回去。

Demy 的脸色也算不上好，坐下后说："好，我来替你说。这个项目你不想再跟了，因为你没法接受这个方案，但已经干了三个月，整个组也因为这个项目心力交瘁，你作为领导不可能甩手不干，也不能让团队的所有努力白费，更不可能在这个时候让别人来接手这个烂摊子，当然也不能让他一个实习生来统筹。我说得对吗？"

静安面色发白，她摇了下头："这些都是次要的，我最大的诉求是砍掉这个方案，这个方案一旦落地，不仅是我们公司，他们自己也——"

"你觉得他们是傻子？"Demy 直接打断她，"明知道要挨骂还坚持把片子放出来，是脑袋进水了？你以为他们公司是靠着一群傻子做大的？"他声音冷漠，"你现在不够理智，想好了再说话。"

"我不需要想，我不会允许这个方案——"

"你存款多少？"Demy 再次打断她，"够付你团队这么久加班加点的薪水吗？还是说你愿意用你所有的积蓄摔在那群人头上，好阻止方案的实施？"

　　静安张了张嘴，她觉得有点可笑："Demy，你上次说过你没有不道德，你只剥削了你自己，但如果这个方案落地，你还是这样认为吗？对，方案不是我们写的，广告也不是我们要拍的，但我们默许了这件事情发生，甚至推波助澜，难道就可以拿了薪酬全身而退？"

　　Demy死死看着陶静安，他知道眼前的人对他失望透了，因为他甚至没有任何挣扎就接受了现状。

　　"那你觉得我可以做什么？跟你一起贡献出自己的存款？"

　　静安长吸一口气："我不是那个意思。"

　　Demy语气不再那么强硬："你还记得当初在硅谷我是什么样子吗？我知道你现在需要钱，好应对各种突发的状况，但不是所有人都跟你一样有车有房有存款，公司需要运转，需要发薪水给你，给我，给每一个人，你的组员也需要薪水吃饭、喝水、付房租。"

　　静安垂眸，仍在挣扎："我还是没法接受，如果公司放弃这个方案，我可以无偿多做其他——"

　　Demy没了耐心："你如果没法接受，我给你一个建议，辞职。你现在辞职，我当即给你批，不仅这个项目你不用管了，以后类似的事情发生，都跟你没有任何关系。"

　　Demy从陶静安脸上看见了一丝错愕，他暗暗叹了一口气："你很优秀，但随便打开人力资源部收件箱里的求职邮件，履历比你惊艳的不是一个两个，我早就说过，多的是想要来微本的人，你随时可以被替代，懂了吗，Joanne？"

　　静安迟迟没有说话，办公室里落针可听，Demy隔会儿才重新开口："现在有两个选择，一是我来接手这个项目，二是你继续跟。既然你不愿意，那只能选第一个。"他低头拿手机，见站着的人不动，又抬了下头，"事情解决了，你可以出去了。"

　　对面的人仍旧不动，等再看过去，那张脸一如既往地坚毅，但同时他也感受到了她的无力。

静安说："Demy，项目我会继续跟下去，到时可能需要你帮忙过一下合同。"

她还没法放弃这份工作。

Demy一瞬不瞬盯着对面的人，他知道陶静安在刚刚已经做好了决定。

"你不说我也会盯着。"

"谢了。"

静安声音平静，道完谢要出门，又被Demy喊住。

Demy昨晚就没怎么睡好，脑袋里始终是那一对璧影，想得他脑袋发疼。

他正襟坐着："你还欠我一个解释。"

静安转回身："我没有义务解释。"

见她要走，Demy再次喊人："陶静安，我已经猜到了。"

静安手还握着门把手，一时愣住没动。

Demy压下声音："但我希望我猜错了。"

静安当即回头："Demy，现在是工作时间，你——"

"离沈西淮远一点，"Demy说得斩钉截铁，"你说你们是高中同学，那你对他了解多少？沈西淮复杂的背景就决定了他这个人不可能简单。昨天我们在楼下可能没被拍，但只要跟他在一块儿就有被拍的可能，网络上关于他的舆论我相信你看得比我多，你跟我都是学新闻的，那些舆论下一刻会不会落到你头上是未知数，落到你头上的时候你身边的亲人朋友会不会受到影响也无法预测。"

他看见对面的人蹙起了眉，仍继续往下说："你们不是恋爱关系，一旦被拍到，那些无良的媒体可以做的文章就更多，沈西淮到时候会怎么做？承认还是否认？承认的话又是承认什么？这些你都想过吗？"

他看见对面的人微张了嘴似要反驳，却一个字也没说出来，这更加验证了他的猜测。

"陶静安，你招惹什么人不好，非要不清不楚地招惹沈西淮？"

"张力！"静安直呼他的名字。

Demy 面色冷漠："我猜错了？你们是在正式交往的男女朋友？"

静安越发烦躁："跟你没有关系！"

Demy 并不恼："好，但我还是要说，不管你们是什么关系，我都希望你好好想一想，而且尽量往坏处想，因为怎么想都不为过。"他说完往后一靠，视线挪回电脑，"我说完了，出去吧。"

对面的人没立即动，他又补充一句："噢对了，等项目跟完，这次一定让你休假。"

他越是云淡风轻，静安越想摔门，但最终只是伸手带上。她径直回到自己工位，想干点什么，却只是一味发着呆。

旁边 Paige 原本要伺机而动，见她脸色糟糕，在自己工位上坐了好一会儿才凑过去。

Paige 像往常一样问她："亲爱的，待会儿一起去喝酒？"

静安看向 Paige，拒绝的话已经到了嘴边，却临时换了个词："好呀。"

Paige 有些诧异，但很快应下，她知道她的这位美女同事今天心情不太好。

又听她问："Paige，你介意我喊朋友一起吗？"

她当然不介意，但嘴上故意刨根问底："谁？"

"郑暮潇。"

她登时冒出一句脏话，后说："我可太愿意了！"

静安无奈冲她笑了下："晚上我请。"

她给郑暮潇发了消息，原本他已经订好餐厅，现在临时决定去喝酒，两人便跟着 Paige 走。

等在昏暗的酒吧角落坐下，静安的那股冲动很快被顾虑冲淡，把酒换成了果汁。

Paige 看不惯："宝贝，来酒吧不喝酒，我是要骂人的。"

静安还没开口，对面的人先替她解释："她不能醉，家里有老人，电话可能随时要来，得保持清醒。"

Paige 故作失望："好，算你逃过一劫，我灌酒可是很厉害的。"

说完去看郑暮潇，来酒吧路上她观察了一路，这位聚点的未来女婿近看还要帅气一些，也不怪她八卦，虽然她的同事 Joanne 再三强调两人只是同学，但站一块儿不仅郎才女貌，交流间还颇有默契，甚至对各自的家庭了解不浅，很难不让人想入非非。况且两人现在虽只是朋友关系，不代表曾经没有互相来电过。

不过怎么八卦也没用，刚才路上她一个没忍住直接问了新闻里的事儿，郑暮潇竟然没生气，还自嘲地笑了下，解释说："在吵架，还没到分手的地步。"

好奇心被满足，Paige 立即握拳说了一句："加油！"

眼下又跟他喝起酒，发现这人并不像新闻里那么严肃，温润有礼，也会拿捏分寸开几句玩笑。

三人聊了几句聚点那款阅读产品，确定近期开展项目没有太大希望。

Paige 开玩笑："可不能拖得太久，不然到时候 Joanne 可能已经辞职走人了。"

郑暮潇闻言看向静安，他知道她今天心情不好，不然不会喊上同事跑来酒吧，原本打算待会儿问她，但答案似乎已经浮出水面。

"怎么了？工作上有什么问题？"

静安压根儿没有说话的机会，旁边 Paige 很快就绘声绘色地把化妆品项目的事儿跟郑暮潇描述了一遍。

"其实这事儿问题不大，拍就拍了，反正我们负责拿钱，片子一交就跟我们没了关系。"Paige 冲静安笑，"Joanne，你看着好说话，其实最难搞的还是你，在见过你怎么拒绝车企未来接班人之后我就知道你不好惹，你宁愿被投诉好几回，也不愿意跟人吃一顿饭，现在要不是骑虎难下，一组的人跟着你，你也早就撂挑子不要那点项目奖金了。"

静安苦笑："我当初就是为了奖金才选择跟这个项目，现在也一样。"

她确实做过改变现状的尝试，但事实是她失败了，她没法放弃工作，也没法放弃奖金。

Paige 却忙不迭摇头："你要真为了钱，这事儿就不成问题。你本意想要现实一点，可真到了关键时刻，你那点理想化的想法就又出来了。"她杵静安胸口，"原则太多，还很浪漫，说到底你就是没法逼自己做不喜欢、不正确的事儿，你要真喜欢，别人拦都拦不住。"

静安说不出话来，对面郑暮潇听着却笑了："一针见血，陶静安不就是这样吗？"

静安看一眼 Paige，又看一眼郑暮潇，她意识到并不是任何一个人都会告诉她："做你想做的。"

可就在刚刚，她还把那个人的电话给挂了。

她原本就思绪杂乱，打算好好想一想，可今天 Demy 那一番话让她更加烦乱，也更加后悔，她当初或许就不该在试听间拉住沈西淮的手。

她兀自走着神，对面郑暮潇很快又收了笑，问她："是哪家公司？"

"欸，别问了。"Paige 先替静安拒绝，又把手边的杯子挪给她，"你尝尝，没有酒精。"

静安还没彻底回神，低头尝了一口，眉头立即皱起："有点烈？"

"就一点点，不会醉，你再喝一口看看。"

她又试着喝了一口。

"好，不能喝了，还是换回果汁。"Paige 把另一杯递给静安，又在郑暮潇的注视下偷偷冲他眨了下眼。

等静安晕晕乎乎靠在她怀里睡觉时，她才冲郑暮潇解释："她最近弦儿绷得太紧，需要好好睡一觉，是不是家里不太好？"

郑暮潇刚才默认了 Paige 的做法，理由也跟 Paige 一致。见对面的人安安静静睡着，他回："没听她说，应该没什么问题。"

"那是感情上？"

郑暮潇怔了下，他知道陶静安没有恋爱，但没有理由告诉她的同事。

"应该不是。"

Paige 不置可否，只暗暗扬了下眉。她刚才看见 Joanne 连续挂了几次电话，不像是她的作风，所以她猜多半是她那位打来的。

对面郑暮潇这时起身去接电话，Paige 低头去看另一个亮起来的手机，是个没备注的号码，想了想还是直接挂了。

郑暮潇很快接完电话回来，略带歉意说临时有事，先送她们回去。

Paige 开玩笑："如果是赶着谈恋爱就不用送了，我会负责把 Joanne 护送回家。"

郑暮潇有些犹疑，电话里梁相宜虽在谈公事，语气却有和缓的趋势，他得赶回去，而 Paige 也坚持不用他送，他帮两人叫了车，留下 Paige 的电话才起身离开。

Paige 喝掉最后一杯酒，起身要把静安扶出酒吧，这只醉猫明明已经不清醒，却还记得要去买单，并坚持刷卡签字。

等上了车，Paige 仍在笑，她冲司机报了公寓地址，旁边人却忽然出声："不，Paige，我不要回家。"

"亲爱的，你想去哪儿？"

旁边人凑到她耳边，笑着说："我要去找沈西淮，"她声音低下去，"我想见他。"

第 17 章

Paige 脑袋一炸："你说要找谁？"

"沈——西——淮。"似乎是怕被司机听见，静安的声音很轻。

Paige 彻底炸了，她已经好久没有听过这么劲爆的新闻，可仍旧怀疑自己听错，她几度欲言又止，很快意识到她的同事当初撒了谎，骗她说跟沈西淮不熟，而她还傻傻地试图说服静安沈西淮跟苏津皖是一对。

她愤愤地去捏静安的脸："Joanne，没想到你还会撒谎，你对得起我每天看那些假八卦吗？"

静安脸上吃痛："我跟他什么也不是。"

见前头司机还在等确切的地址，Paige 问她："现在去找他吗？你知道他住哪儿？"

静安愣怔了下，摇了摇头说："不行，我不能去，再碰到他妹妹就尴尬了。"

Paige 若有所思地看了眼她，让司机照旧去公寓。

Paige 又问她："怎么尴尬了？"

"我不知道怎么解释我跟他的关系，只能说是同学……"静安缩了下，"我之前不应该那么冲动，我想和他长期发展，可我怕他拒绝我。"

Paige 诧异："是你先提出来的？"

"嗯……他不喜欢我。"

"你问过他？"

"没有。"

Paige 疑惑："你不问问怎么知道呢？"

"没有必要，我们真正相处的时间就一点点，他甚至不知道我是什么样的人。"

"可你就喜欢上了他呀！"

"因为我一直在关注他。"静安抬头看向 Paige，"他人真的很好……好像哪里都很好，也一直在做自己喜欢的事情，是我很羡慕的那种人。"

Paige 忍不住笑出声来："我们的 Joanne 完全被迷住了呢！"

静安跟着笑了下："你看，我的刘海儿也是他修的，他应该觉得很好看吧。"

Paige 不知该做出什么反应，IT 大佬竟然还有这门手艺活儿吗？

又听静安懊恼地说："我不喜欢这种不确定的关系。"

"那你想怎么样呢？"

"……我想追他，可是又担心提完之后他就再也不理我了，他会觉得我言而无信。"她眼皮慢慢撑不住，含糊不清地问，"Paige，我是不是太着急了？"

"你只是太喜欢他了，你内心里也接受不了现在这种关系。胆子大点，Joanne——"见怀里的人渐渐昏睡过去，Paige 没再说下去。

隔会儿手机又响，仍是那一串号码。

Paige 的心情既微妙又复杂，不过短短几十分钟，这同一串号码给她的感受截然不同。她深吸一口气，电话那头是不是沈西淮她得接了才知道。

"Hello!"她按了接听。

那边沉默两秒，很快传来声音："你好，我找陶静安，她不在吗？"

Paige 努力辨认着，试图与记忆里沈西淮的声音比对，但比对无果。

"你哪位？找她有事吗？"

Paige 想，她直接问不就得了，谁知对面只反问："陶静安还好吗？"

"她……喝醉了。"

那边语速明显快了："你们现在在哪儿？"

"我正送她回家，明天你再打给她吧。"

Paige 仍旧听不出来，人家不说，她总不好逼问。

紧接着就听对面说："是 Paige 吗？我是沈西淮，上次我们一起吃过饭，你们现在在哪个位置？我过去接你们。"

Paige 脑袋发蒙，竟然给她搞到真的了！更要命的是，沈西淮竟然记得她！甚至只听声音就知道她是谁……

她稳住语调："我是她的同事，我们已经在车上了，五六分钟就到，就不麻烦你了。"

对面的语气却不容置喙："我现在就在她楼下，等你们过来。"

电话挂断，沈西淮微微蹙起的眉仍旧没有舒展开来。

昨晚他没怎么睡，满脑子都是陶静安在车里和他说话时的样子，她显然在抗拒他，他越想越清醒，起来吞了几片药也不管用，下楼去挑碟片，随手翻出来恰是特吕弗的。比起特吕弗，陶静安更喜欢戈达尔，她大学时自学画画，经常画女演员，最常画的就是戈达尔镜头下的安娜·卡里娜。他最后翻出《狂人皮埃罗》来看，陶静安也画过这部电影的剧照，右下角落款"疙瘩语法"，他起初不懂，后来在某个瞬间才明白"疙瘩"就是指戈达尔。

那时候陶静安离他很远，现在也依然如此。

早上醒来收到柴碧雯消息，要他一定回电话，不用想也知道是沈西桐跟她说了什么。他一直没回，她又把电话打来，问到底什么情况。他避而不答，想起陶静安用的那个词，同学。她只当他是同学。

　　他知道她今天有重要的工作，大概率要加班，他仍然推了晚上的饭局过来等她，两个小时不见她回来，忍不住给她打电话。自从上回他提过要她回信息，她不方便接电话的时候都会回复他，唯独这次是例外。

　　他没有频繁打人电话的习惯，对方不接说明有事，或者不愿意接。他直觉认为陶静安是后者，但越是这样，他越是忍不住要给她打。她每挂一次，他就越体会到她的动摇。烦躁的同时，又担心她出事。他按着太阳穴站在车旁，过会儿就见一辆出租车从远处驶近。

　　车里 Paige 远远看见那道高瘦的身影立在车旁，一颗心更加激动，谁能想到她用一晚上就把两位科技大佬给看齐全了？等车停定，见那人阔步过来，先弯腰跟她打招呼，视线很快落到她怀里，等付了车费，他又绕到另一边去抱还在昏睡的人。

　　她一边帮忙，一边拿眼瞟那位帅到发光的男人，越发觉得不真实。

　　她见他很轻松地就将人抱下了车，她紧跟着拿了 Joanne 的包下来，同时做好决定要跟着上楼。八卦归八卦，她需要确认把 Joanne 交给沈西淮是安全的。只是还没说话，沈西淮先开口请她帮忙拿东西一起上楼。

　　于是三人一起进了电梯。Paige 默默观察着，正要开口打破沉默，旁边沈西淮先问："Paige，陶静安今天的化妆品项目还顺利吗？"

　　Paige 心说连工作内容都知道，两人的关系必然不一般。

　　"不太顺利，"她犹豫了下，又改口道，"也还算顺利，项目是拿下来了，只是跟 Joanne 预想的不太一样。"

　　她说着话，看见 Joanne 又往沈西淮怀里蹭了下，似乎有醒来的迹象，紧接着又看见沈西淮低头去看 Joanna，表情算不上好，但也并不凶。

　　下一刻电梯应声而到，对话没能继续下去。

　　等到了门口，沈西淮直接报出一串数字，请她帮忙开门，又礼貌地示意她开屋里的灯，玄关柜上有眼熟的便当盒跟水果糖，而旁边的衣帽架上挂了一件男士外套。

Paige 心下了然，可仍旧有些不放心，正踌躇着，屋里的人出来喊住她，先跟她道谢，又给她递来一张名片，外加一把车钥匙。

"明天麻烦你直接交给陶静安。"

Paige 有些茫然，正要说自己喝了酒开不了车，但很快反应过来：沈西淮显然看出了她的犹疑，给她钥匙是在给她喂定心丸。

Paige 放心地走了。

门一关，沈西淮往回走，沙发上的人在小声说话，他凑过去，听见她要水。

他刚才几乎是把她丢上沙发的，现在耐着最后一点性子给她脱下外套……

静安醒了，但酒仍然没醒。她张了张嘴，喊沈西淮的名字，然后接着要水。

沈西淮并不理会，垂眸对上她湿润又无辜的眼睛，胸中那一口气仍郁结着，他不应该跟一个喝醉酒的人计较，却仍问她："为什么不接电话？"

见她眨着眼睛似是没听懂，他去捏她下巴："陶静安，为什么不接我电话？"

他知道自己有点失控，正要放弃问她，她忽地要起身，边推着他边嗔道："你好凶。"

他忽然就笑了，那点气也跟着烟消云散，又将人紧紧箍住，声音柔和下来："怎么凶了？"

她声音里带着一丝恼怒："每次都凶。"

他用手指摩挲她手臂："哪次？你告诉我。"

"在加州的时候你就凶我，催我跟学校要电话……"

沈西淮自然忘不了："你觉得我为什么凶？"

"我怎么知道……"

他笑了下："还有吗？"

"你还赶我下车，后来反悔了继续凶！"

沈西淮无奈地笑："你就是这么想我的？"

"不是吗？你对你妹妹也很凶，还有她的男朋友……"静安去摸他的嘴角，"你对他好冷。"

沈西淮一时不知该说什么好，原来陶静安有这么多想法没有告诉他，他望着她说："好，我以后尽量不凶她，对她男朋友也好点。"

静安笑起来："那我呢？"

她脸上泛着微醺的红，看上去没有任何防备和顾虑，是沈西淮从来没有见过的样子。

他莫名放松下来，跟她开玩笑："看你表现。"

"我表现得还不够好吗？"

他绕回去："那为什么挂我电话？"

她避开他的眼神："我不想接你电话……"

他将她脸掰回来："为什么？"

"我不知道，我脑袋很乱，Demy 要我离你远一点。"

沈西淮皱起眉，他并不太意外，早在他们一起吃饭的时候，他就知道她那位上司喜欢她，但他很难不认为她这位上司越了界。

"他为什么这么说？"

她似在思考，随后说："因为你的唱片机，你的手表，你的车，都很贵，你连 Paul 那么难抢的彩胶都有……"

沈西淮不认为自己该笑，可没忍住："还有其他原因吗？"

她无意识地去玩他衬衫上的纽扣："跟你在一起不安全，很多记者会拍。"说着忽然捉住他的手，举到两人中间，"你的手为什么总是这么红？是被冻的吗？"

她到底还醉着，思维有些跳脱，沈西淮反手捉住她："不知道，一直都这样，可能是小时候练琴的时候冻的。"

静安笑了，指尖穿过他指缝，试图十指扣住："小时候很勤奋地练琴了呢。"

沈西淮嘴角刚往上扯，就又听她问："你知道我每次看见你的手都想干什么吗？"

"想干什么？"

静安并不回答，只挣扎着要起身，沈西淮终于松开她，看着她起身把自己的包拿来，又主动地坐回他腿上，甚至将他一只手拉到她腰上，示意他重新抱住她，这才从包里拿出一管东西，递给他看。

静安颇为骄傲地说："想给你擦护手霜。"

沈西淮没有回应，只一瞬不瞬盯着她看，她手很热，手劲很小，仔细地给他擦了好一会儿。

等擦好，她喊他："沈西淮。"

"嗯。"他仍看着她。

"你不要太在意网上那些评论，他们说得都不对。"

沈西淮的手指被她勾着，心神也跟着恍了恍。

"怎么不对？"

"你一直都在做有意义的事情呀，舆论只是一时，等再过几年他们就知道你的好了，好东西都经得住时间的考验，"她杵他胸口，"你会被很多人记住的。"

她说得斩钉截铁，沈西淮定定看着她，随即将她手捉过来亲："你呢？会记住吗？"

静安笑着将手抽回："不告诉你。"

沈西淮被她逗笑："告诉我。"

"那你先回答我一个问题。"

"嗯。"

"我买了你家这期的杂志，讲的是电子音乐发展史，我们前段时间刚聊过这个，怎么就这么巧呢？"

沈西淮正要回答她，手又被她捉住，她笑着问："你说，是不是因为我们聊着聊着你就有灵感，所以就让编辑部做这个专题了？"

沈西淮一时语塞，他原本以为她猜对了，没想到思路完全不一致。

他直接否认："不是，是专门做给你看的。"

她一脸惊讶："为什么？"

"没有为什么，就是想做给你看。"

倘若陶静安没醉，他不可能告诉她，至少暂时不行，他担心会把她吓跑。但现在她醉了，如果她清醒后还记得，他还有否认的可能。

他默默观察她的脸色，起初她仍旧错愕，很快脸色一变，眼角竟渐渐红了起来。

她说："我不值得……"

沈西淮神色一敛，手托在她颈后："为什么这么认为？"

她眼里有水光在闪："我什么都做不好。工作不顺利，Demy 说我随时可以被替换，我应该拿出底气辞职的，可是我不敢。我也没时间陪爷爷奶奶，奶奶随时可能住院，每周也只有一点点时间跟我爸妈视频，我爸爸身体不好，妈妈也越来越瘦，我希望他们回来，可他们总想要赚钱，想把家里以前住的大房子买回来。他们虽然不说，我也知道他们是在为我以后做打算，希望我以后过得好。"

她眼泪落在他指腹上，沈西淮替她擦去，又让她看着自己。

"陶静安，你很优秀，即使是你不喜欢的事情，你也做得很好，如果你——"

"不，"静安鲜见地打断他，"我身边人都很优秀，可我不是，Demy 跟 Paige 他们都知道自己要什么，也不瞻前顾后，留在硅谷的朋友们也越来越好，还有……"

她似乎是哭累了，暂时停下来，沈西淮继续给她擦去眼泪，等新的一滴落下来，他贴过去用唇吮去。

她显然压抑了很久，需要发泄，他便配合她："还有什么？"

她抽噎了两下："还有郑暮潇，他为了挽回跟相宜的关系，也在努力适应新的角色，从我认识他开始他就一直很坚定，如果不是他，我可能——"

她的话被沈西淮的吻堵住，她本能地往后躲，沈西淮却压得越迫切，她觉得疼，有一瞬间呼吸快要顺不过来，腰上那只手用了很大的力气，像是要把她的腰给掐断，良久后才松开。

沈西淮胸膛剧烈起伏着，怀里的人在大口呼吸，眼角还挂着泪珠，一副状况外的模样。

隔会儿她轻声喊他："沈西淮。"

他没应。

她眼皮似乎快要撑不住："我后悔了。"

他呼吸倏然慢了下来。

她缓慢地继续说下去："我不想跟你继续下去了。"

他身体僵住，浑身都冷了下去。

她似乎还有话要说，但他始终没等来，只看着她渐渐睡过去，他始终维持着姿势不动，直到她包里手机响。他收回视线，拿出来一看，上面三个字格外刺眼。

他直接挂断，将怀里人抱上楼，又给她盖好被子。

良久后，黑暗里他的声音很轻：

"陶静安，不是什么都你一个人说了算。"

XIAN NING
PART 03

"我们结婚吧。"

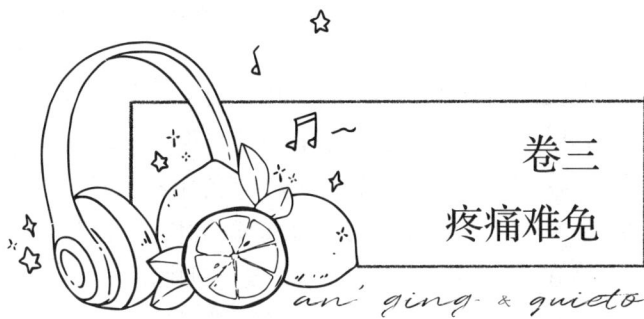

卷三
疼痛难免

an qing & guido

第1章

沈西淮在机场的候机室里开了场视频会议，对面是幽默工作室的公关团队，作为大老板的关雨濛并没有坐在首位，过程中频频看手机。沈西淮亦低头确认消息，只是陶静安迟迟没有回。

昨晚他在她沙发上坐了一夜，起初只是干坐，后来去看沙发旁的书，随手抽出一本，是特德·姜的。他仔细看她做的标记和写下的每一条感想，在"费尔马的最少时间律"旁她写道：如果早一点看到这段，说不定可以更好地感知物理的奥妙，高中就不会学得那么痛苦。

他知道她物理学得不算好，但从不知道她学得痛苦。每每她跟同桌请教题目时，脸上总是很镇定，似乎没有什么事情会影响她。她基本都坐在教室里做题，戴着耳机听英语，让人不好过去打断她，也没有多少机会和她说话，而她的耳机也经常分一半给她的同桌。后来他知道，她跟她的同桌也不总是听英语，还经常听她喜欢的音乐，那些众多的音乐里就包括了披头士的。

他也远远见过她奶奶，慈祥和蔼很爱笑，看不出身上有病痛。

而陶静安也经常对着她的同桌笑，对着身边每一个人笑，甚至在学校的树底下捡叶子时也是微笑着的。他偶尔会察觉到她的失落，猜测她正被什么所困扰，但这种时刻往往很短暂，很快他就跟着她一起忽略过去。

他翻了一夜笔记，窗外渐亮，没等到她醒他就走了。上午的会开得囫囵吞枣，中午出发去机场前他犹豫要不要改签，直接不去也不是不行，但最终还是坐上了车。

视频会议还在继续，等一切细节落实，只等幽默工作室在确定的日期发布澄清公告。会议结尾，关雨濛终于抬起头来，笑着说："合作愉快。"

沈西淮略过她的调侃，只说两个字："有劳。"

视频刚挂断，手机紧跟着响了，他迅速瞥了一眼，按了接听。

对面的人问："你在机场？"

"嗯。"

苏津皖略作停顿后才继续开口："沈西淮，你想清楚了吗？"

作为当事人，苏津皖自然也出席了刚才的视频会议。早在两周之前关雨濛就给她打过电话，直截了当地问她是否想要澄清跟沈西淮的绯闻，她直接回绝了。同样的问题她在几年前就听过，问她的人是沈西淮。那时他刚从加州毕业回来，她的电影刚拿奖不久，却始终接不到工作，离"封杀"不过咫尺，媒体倒多着胆子拿她的感情状况做文章，标题无一不跟"触动接班人"挂钩，骂她的网友也层出不穷。沈西淮问她是否需要澄清，那时她几乎身处低谷，前途一片迷茫，无心应对这些，沈西淮便尊重她的想法。

她知道他本人也并不在乎，他们早就达成默契，解释无果那就作罢，相信的人自然会相信。

关雨濛给她电话时她仍这样想，但很快又接到沈西淮的电话。她分得清他是在商量抑或已经做好决定，而这一次显然是后者。她没有询问原因，转而直接跟公司表达了需要公关的意愿。

她其实隐隐猜到了，那回在街上遇见那辆车，到餐厅后她故意暗示沈西淮，他不久后就出去打电话，随后又提前离了席。他没有透露哪怕一点点的情绪，但她知道他必定正在经历什么。

而不久前西桐在电话里的试探也印证了她的猜测。

她觉得沈西淮很傻，比她还要傻。她曾经在高中班主任发下来的班级留言簿上写下一句电影台词：人是会变的，今天他喜欢凤梨，明天他

♫ 179

可以喜欢别的。

这或许是颠扑不破的道理，在那时却只是她的心愿。

那本留言簿从后传到前，再由第一排的人交还给班主任。她自认遵规守纪，却仍趁着课间操去了办公室，留言簿厚厚一本，她很快看见自己的字迹，随后看见沈西淮的名字后只是一片空白。再往后翻，底下一行字葱茏如草木，名字后跟上一句：感谢家人老师同学，感谢郑暮潇。另一人则更加简洁，只写五个字：感谢陶静安。

她知道她并不是第一个来翻看的，有人比她更早。然而她了解得很有限，于是只能问电话那头的人："你想清楚了吗？"

沈西淮反问："什么？"

他不愿意说，她便不再问。

电话一挂，沈西淮就去登机，落地后终于有新消息进来：

"Paige 把你车钥匙给了我，你要让人来把车开走吗？"

他直接回了电话过去。

"在公司了？"

"嗯。"

"车我晚点让人去开，到时候打你电话。"

那边沉默了几秒，语气里透着几分小心翼翼："你占两个车位了。"又说，"你给我一个地址吧，这两天我找时间把你上回那辆开过去。"

他知道她没用过他的车，甚至玄关上车钥匙的位置也没变过。

他脚步无意识慢下来："我住处还记得吗？地址我发给你，你停在车库就好。"

那边应了声："……昨晚我喝断片了，可能说了些奇怪的话，你不要放在心上。"

沈西淮脚步一顿，在旁边停下。

如果不是因为喝醉，陶静安势必不会在他面前哭，也不会说那么多话。她或许在说谎以掩饰尴尬，也可能没有。

他声音略一沉，冲那头说："你什么也没说。"

电话里一阵短暂的沉默，很快听见那头有人喊她，她解释两句，匆匆收了线。

喊人的是 Leah，提醒静安准时参会。

化妆品项目的小组会已经在上午结束，最终方案压根儿没有讨论的余地，也没有讨论的必要，简单粗暴到让忙活了几个月的小组成员频频陷入沉默。

这个项目有充足的预算，有流量明星助阵，甚至还要带组南下出外景，唯独没有创意和思考可言，甚至还不正确。但必须做，得把所谓的创意费赚回来。

小组会间，静安避开了那位男实习生的视线。

工作归工作，下午去买咖啡，静安仍按他口味捎了一杯，大家自觉来领，剩下一杯始终在桌上，她只好送去他的工位。走时被他喊住，他电脑界面上显示着旅游攻略，地点是他们即将出外景的城市，他建议可以自驾过去。

静安解释一句"机票公司会报销"，转身回了自己工位。

她的头有点疼，胃也不舒服，边按太阳穴边看桌上那枚夹着银杏叶的书签。沈西淮说她什么也没说，大概是在配合她，或许也恰好符合他个人的意志。

她记不太全昨晚都说了什么，印象最深的是自己哭了。她不太习惯将自己及私人的负面情绪展示在其他人面前，鲜少在别人面前哭，她也不认为自己多么脆弱，可以自我消解掉大部分的烦恼，而昨晚是个意外。

她不用跟 Paige 求证，Paige 的表现就已经告诉她，她昨晚跟 Paige 袒露了自己的私事。但她暂时没有勇气跟沈西淮求证，她不确定自己有没有将想要交往的意愿和盘托出，假若她说了，那么沈西淮配合她的说法则是在间接地拒绝她。

Paige 将车钥匙给她时，斩钉截铁地认定沈西淮不可能对她没有半点想法，她很愿意去相信，却不能将此作为某种充分的证据。

柠檬水没法让她打起精神，她灌下一杯咖啡，暂时不再想下去。

下班前收到医生发来的检查报告，报告没大问题，医生也只嘱咐她照常带奶奶去医院做例行检查。

回家前赶的最后一班地铁，到楼下时手机响，一接才知道打电话的人就在对面。

沈西淮的助理不似沈西淮那么冷，年轻又幽默，拿走车钥匙后又给她递来一个有些分量的袋子。

她上楼后打开，对着袋子发了会儿怔。当初为了买 Paul 的限量彩胶，她劳烦几位朋友一起抢，但统统失败。黑胶机是周陶宜送的，价格不算昂贵，但音质仍属上乘。

黑胶上有繁星在转动，音乐流淌出来，静安坐在沙发上良久没动，试图去回忆昨晚的细节，记忆却总卡在她哭的时候。

她深吸一口气，将彩胶的照片发给周陶宜。周陶宜不怎么听唱片，但作为曾经帮抢失败的朋友之一，她一眼认出了这张唱片。

静安直接给她解惑："Mr.Risk。"

这个称呼是周陶宜喊出来的，后来静安跟她透露了沈西淮的姓氏，她偶尔便又喊他"沈危机"。

"沈危机"的叫法源于静安跟周陶宜的初识。那时静安初入职场，在同事的推荐下报名参加了一个叫作"解决生活危机"的小组。小组每周一次会面，分享自己正在面临的"危机"，在与其他人的危机对比之下，她认为自己的实在不足为道，也觉得有些难以启齿，找理由拒绝分享之后，她没再去参加小组会。

隔天被同事拉去酒吧，邻座女生不小心撞到她，两人一对视，纷纷认出了对方。起初两人只随口聊几句，无意谈到最近正在上映的电影，周陶宜忽然问她："你知道我的危机是什么吗？"

周陶宜是除了静安之外拒绝分享"危机"的另一人，这时却打开话匣，直言自己的苦恼。核心只有四个字："我想转岗。"

作为某流媒体播放平台的工程师，周陶宜每天不是在改进推荐引擎的效率，就是在测试页面的分辨率，而在做这些的同时，她习惯在后台放此平台的剧集。

"一开始我最喜欢看视频里的特效,想着以后可以转岗去做视频后期,后来我开始看故事,看情节,其实我不怎么懂,但就是某个瞬间,有个强烈的声音在一遍遍地告诉我,去拍属于自己的故事。"

周陶宜想做电影,想做电视剧,在得知静安恰好就在这一行业之后,她要来了静安所有的联系方式,然后问:"你的危机呢,是什么?"

并不仅仅是作为交换,静安很喜欢跟周陶宜聊天,几乎毫不犹豫地就将自己的困扰告诉了她。

"所以你原本就对他有一点好感,现在睡了一觉,他跑了,不想跟你继续联系,可你一时又忘不了,总要想起他。答案很简单呀,亲爱的,大千世界,男人真的不要太多!"

周陶宜为此甚至给静安介绍过不少次朋友,但都被静安委婉拒绝,她意识到了那位 Mr. Risk 的特别,但静安始终不愿多透露,她也没法给出更多建议。

而最近的突飞猛进实在出乎她的意料。

她直接问:"突破原来那种关系了吗?"

静安回:"没有。"

"但是你想,对吗?"

她没有犹豫:"对。"

"好的,明白了,十头牛也拉不回来了。"

她无奈地笑:"还在考虑。"

"放弃吧,亲爱的,无论考虑多久,你一旦决定了,最终都会去做不是吗?"

静安并不确定,关掉手机后闭上眼,立即就想起那人的样子。

她不知他要出差多久,但自己即将南下已是事实。

出差前一晚,静安将沈西淮那辆车开往凌霄路 8 号,她只需将车停在车库,钥匙放进旁边的置物箱,然后打车离开。只是车子还没开进车库,远远就见院子里站着一人。

静安在网络上看见过柴碧雯的照片，印象算不上深刻，但不难跟眼前的人联系起来。柴碧雯看过来时，她本能地一脚刹车踩了下去。

第 2 章

比柴碧雯先跑出院子的是 binbin。

binbin 认车，以为车里的会是它舅舅，前爪子扒拉到窗户上，将里面的人一认，眼睛越发亮了，这不是总被它那位帅气舅舅抱着亲的美女姐姐吗？姐姐来了，它今天大概又可以吃到美味的鸡肉蔬菜丸子了。只是它拼命向里头耍宝，里头的人也没开门下车。

车里的静安遇到了世纪难题，这车势必是要下的，但她不知道该怎么下，也不知道下车后该怎么做。抓心挠肺的感受并不好，她紧紧握住方向盘，好一会儿都没动。

最终，她赶在柴碧雯走近前下了车。她没有回应 binbin 的热情，将车门一关，径直看向已经走到院门边的柴碧雯。

正要开口，柴碧雯先冲她笑："你好呀，找沈西淮吗？我是他妈妈，他这会儿不在家呢。"

柴碧雯自然认得对面那辆车，她那位儿子几辆车换着开，清一色的冷酷低调，先前她手痒想试一试他那辆空间大的车，他却给她送来眼前这辆车，说是别的车对她来说太大，就数这辆最小，也最适合她的身形，开着安全。她表面装作不乐意，开玩笑说："你怎么不把你那辆改装过的车给我开来？"可真要对比，没有比那辆更小巧的了。他说车型太老，她说总比放着吃灰强，而且改装过的性能总归更好，又故意激他，说不能养成挥霍的毛病，既然买都买了，总不能一直闲置。他耐着性子说等有机会一定开出来。他说话时是笑着的，她却觉得她这儿子像是生气了，至于在生谁的气她就不得而知了。

他的车不轻易给别人开，连自己妹妹也不怎么愿意借，现在倒被人开了回来。

她又往外走了两步，眼前的人越发清晰了些，她阅人无数，鲜少见着这么干净的人，甚至一开口连嗓音也是干净的。

"阿姨您好，打扰了，我跟沈西淮提前联系过，这车是他的，他让我帮他停去车库。"

柴碧雯仍笑着："我就说这车眼熟，刚刚还以为是他回来了。"

柴碧雯不动声色观察着对面的人，见她微张了嘴似要解释什么，最终却什么也没说。

柴碧雯并不急着聊天，迅速给对面的人示意了车库的位置，又去开了侧门。等车子停定，车里的人再度从车上下来，她还没来得及说话，binbin 倒先扑了过去。

她趁机过去制止："呀！小小 bin，咱们要克制，别把姐姐衣服给咬坏了。"

静安架不住 binbin 的热情，揉了揉它的脑袋瓜，冲柴碧雯说没事。

柴碧雯也低头去揉 binbin："咱们小小 bin 这是认识姐姐呢？今天跟了我一天也没见你这么高兴。"

binbin 当然没法回答，但这话不好不接，静安解释说："我们之前见过两次。"

柴碧雯抬头，脸上颇为诧异："咦？原来你就是桐桐那位同学？桐桐说小小 bin 可喜欢你了。"

静安愣了下，猜测自己大概是被认错了："没有，我是沈西淮的同学。"

柴碧雯立即做出惊讶状："那是我搞错了，你看着跟桐桐一个年纪，沈西淮看上去就跟个老干部一样，不知道的以为他已经三十多岁了。"

静安知道柴碧雯有开玩笑的成分，沈西淮看着并不像三十岁的人，反而比同龄人显小，即便网友对他极度刻薄，却也承认他那张脸十分年轻。

她不知该怎么回，有些尴尬地说："我们这一届年龄都差不多大的。"

她说着把手里的钥匙递出去："他让我把车钥匙放柜子里，我直接给您吧。"

柴碧雯伸手去接，半路上又止住："我三天两头见不着他半个人影，兴许你们见得比我勤，你下回直接给他好了。"

静安听着越发尴尬，她收回手来："我还是直接放柜子里吧，他到时候方便拿。"

说完正要转身，柴碧雯却又开口拦住她："那直接给他放屋里最显眼的地方吧，他记性不怎么好，说不准就忘了，到时候还得再找你问。"

静安有些疑惑地收回动作，又要把钥匙递给柴碧雯，柴碧雯却先一步跟着binbin转了身，binbin似乎因为得不到回馈，耍性子般往后院跑。

柴碧雯没喊住它，回头时语速飞快："你看我这记性也不行，都忘了问怎么称呼你。"

"我姓陶，叫静安。"

"欸，静安，小小bin要去拱后头的树了，果子结了，挺大，沈西淮宝贝得很，我得去把它喊回来，你先进屋坐会儿，钥匙放玄关上就成。"

柴碧雯说完就走，静安压根儿来不及喊人。她当然不会进屋，跟去后头帮忙喊回binbin也并不合适，可干站着又很傻，踌躇片刻后，她往别墅门口走去。

柴碧雯带着binbin回来时，见静安默默垂手站在门口等着，心里莫名一动。

"我就说我这记性不行，这门还关着呢，真是对不住，"她说着去按密码，伸出去的手又一顿，"糟糕，这密码多少来着？"

她回头冲静安不好意思地笑："他先前不愿意告诉我，好不容易说了吧，我又记不太清。"

她脸上一副思索状，静安静静看着，脑袋里闪过那几个数字，却没法说出口。

"哦，想起来了！"柴碧雯拍拍脑袋，按下一串密码，门总算是开了。

眼看她又要做出邀请，静安抢在前头："阿姨，我有事得先走，就不进去了，钥匙我给您。"

柴碧雯这回干脆地接下："那正好，我也得走了，这里不好打车，我捎你出去。"

"不要，走几步就能叫到车。"

"没事的，我真要走，这不是顺路吗？"

柴碧雯不爱勉强别人，也并不是没有眼力见儿，可没办法，面前的人她已经看过照片，她不能就这么让她走。

第3章

几天前柴碧雯正为分公司的新项目发愁，西桐打来电话，冷不丁说："我刚刚看见你儿子的女朋友了。"她立马就想起上回那只被她无中生有的蚊子。

先前西桐总给她提供些沈西淮的"恋爱情报"，她看着那些视频照片也觉得有那么些意思，不过当事人不主动提，她也就不问。后来上了几回娱乐版头条，她才忍不住问了句，当事人只回两个字：假的。她也就明白了。

至于眼前的女孩，她有些许答案，但还不足以下定论。

她今天开一辆白色的车，车里放着柠檬鱼的新专辑。网络上总有人骂她那儿子不务正业，其他的暂且不论，他签的这支乐队听着还是挺新鲜的。

她把音量调低，笑着问坐在副驾上的人："静安，你要去哪边？"

"您把我放前面路口就行。"

"没事儿，说不定我们顺路呢。"

旁边人顿了顿说："我去77大厦。"

柴碧雯听出了妥协的意味，笑了笑说："还真顺了一段，我在晏清中学那里拐弯，在那儿把你放下，可以吧？"

柴碧雯撒了谎，她其实要往西，而77大厦在东，两人压根儿就不顺路。她原本打算直接把人送到位，可仔细一琢磨觉得这样不妥当，太积极了容易把人吓跑，她得拿捏好分寸。

旁边人终于没再拒绝她，温声细语地回："可以的，麻烦您。"

她笑："这有什么麻烦的？要不是今天见着你，我还以为沈西淮是个万人嫌，没一个朋友呢。平常也不见哪个老同学联系他，除了工作，他压根儿没其他事情可干。"

沈西淮妈妈嘴里的人似乎跟静安认识的不是同一个，她想了想说："现在工作时间普遍长，大家见面的机会确实少，但有空的时候也会联系。"

她自动地把自己代入成了程烟，沈西淮先前说过，他跟程烟会联系。她还想多说几句，但没有充分的立场。沈西淮什么样，正在做什么，他妈妈肯定比她清楚。

柴碧雯看上去十分惊讶："真会联系呀？那还好，至少不是山顶洞人，他这脾气也得亏你们受得了，不是一般人能扛得住的。"

静安有几分迟疑："他脾气挺好的。"

柴碧雯又笑了："我还不知道他吗？桐桐说……噢，桐桐是他妹妹，你们应该见过？"

"……见过一次。"

"跟沈西淮一起的吧？那你应该知道桐桐不怎么喜欢她这个哥，她总说他性子太冷，偶尔还格外凶，也难怪他处不到对象。"

静安张了张嘴，没说出话来。

他妈妈显然不知道他有位对象，即便这个对象需要打引号，可就是因为这个引号，让静安十分后悔上了车，她一开始就不应该走这一趟。

不知道沈西淮知道她跟他妈妈见了面后会是什么反应，他总是处变不惊，上回两个人意外碰见他妹妹，他连眉头也没有皱一下，这回是他妈妈，他大概仍和平常一样云淡风轻。他们俩的关系除去同学那一层，再没什么可解释的了。

她希望自己可以说点什么，可尴尬的身份让她喉咙很干，心绪很乱，正试图挤出一句，柴碧雯先开了口。

"看我，又在给他操这些没用的心，"她开玩笑，"让他自生自灭去吧。"

柴碧雯原意是要试探，可旁边人没接话，她意识到这话题不能继续下去。她也并不意外，先前她就纳闷，两人都发展到一定地步了，怎么她那儿子还是一丁半点儿也不愿意透露？他什么心思她一眼就看得明白，所以想来想去无非两个原因，不是人家女孩子不打算公开，就是人家还没给他名分，结合眼下一看，后者的可能性更大一些。

她又示意静安喝水，但被客气地拒绝了。她心觉不妙，刚才的话果然试探得过于明显。

早在西桐让她翻出她那儿子的高中毕业照时，她就一直待着跟照片里气质非凡的女孩子见面，可又没法着急，没想到顺路来给 binbin 拿一趟玩具，就这么巧让她把人给见着了。

静安人如其名，恬静稳重，行事说话大方坦荡，但眼神里那一丝丝的闪躲也没能逃过她的眼睛。

西桐已经替她用上了"儿媳妇"这个称呼，可现在她知道还有的等，等不等得来也还是未知数。

车很快，下个路口就是晏清中学。

柴碧雯决定抓住最后一次机会，在红灯时看向旁边的人："聊了这么久，都没问你们是什么时候做的同学，研究生？"

"我们是高中同学。"

研究生时更熟，但静安没解释。她觉得有点奇怪，上回沈西淮的妹妹也执着于这个问题，甚至说在大街上看见过她，当时她没来得及问，现在想起来仍有些困惑。

柴碧雯已经看过毕业照，当然知道两人是高中同学："那你们认识挺多年了，说起来沈西淮的怪脾气就是从高中时候开始的，他那会儿比现在难相处得多吧？"

她仔细看着旁边的人，不错过一丝一毫表情。

静安早就试图回忆过高中时候的沈西淮，但细节太少，她压根儿想不起太多信息，更不知道那时候的他好不好相处。她实话实说："那时候都在念书，没怎么说过话，后来才熟悉一点……他挺好相处的。"

柴碧雯笑了，不动声色地继续试探："他这几年性子倒是好了不少，你说的后来，肯定就是这几年吧？"

静安并没有直接回答："我跟他一样是在加州读的研究生，不少高中同学都在那边，有时候会一起吃饭。"

柴碧雯恍悟过来，沉默片刻后说："怪不得。"

她没再问下去，下个路口把人放下车，后视镜里的背影转瞬即逝，车子继续往前，她拐进旁边的停车区域，刹车一踩，电话立即拨出去。

那边没接，很快回消息："在开会，再等五分钟。"

她看着界面，想起刚才十分礼貌的女孩，道完谢又立即折回来说这边车多，得开慢点儿。她鲜少见年轻人把背挺得那么直，仪态比她见过的大多数人要好得多。

又想起自己那儿子，人模人样的，从小到大都很讨长辈喜欢。那张脸她当妈的看着也就一般，可就是容易招惹女孩子。除了性子急一些，吃穿用度挑拣些，其他地方也还算凑合。

到高中性子没怎么变，却总有些出人意料的举动。往年一放假，一伙孩子就嚷着要出门旅游，她这个儿子突然不合群，整个暑假都留在淮清，白天骑着山地车往外跑，回来后也不大高兴，吃完饭立刻就窝进屋里练琴。要是练别的也就算了，竟然练起他以前不太喜欢的钢琴，到底是没什么天赋，一个暑假过去就只学会那一首曲子。

大约是高二下学期，又突然执意要搬去凌霄路 8 号，她担心他学坏了，时不时跑过去突袭。除了有一回晚上撞见他晚回来，其他倒没什么异样，反而比以前学得更加认真。他原本不怎么在乎成绩，书桌上却贴起类似"必考第一"这样的字条儿，以前也不爱看书，那会儿倒去图书馆借了不少大部头。还培养了些稀奇古怪的爱好，桌上总堆着些叶子，起初她不明白，给他收拾了扔垃圾桶，他倒还急了，说这东西有用；花也养在立式眼镜盒里，她觉得奇怪，他自己分明不戴眼镜。

起初她以为他这是处在了叛逆期，不久后才听西桐说她哥认识了一个女孩。那女孩她见过，偶尔会来家里排练，长得确实好看，也十分有气质。她没过问，只让他爸去给他旁敲侧击做了些思想工作。

毕业前他说想出国，一副誓不留下的样子，可没多久又说决定留在国内。一年本科还没读完，冷不丁又说要去英国，并且一意孤行地坚持去了。

本科毕业前的最后一个暑假，家里开家庭会议，他爸建议他再去读个学位，他不太乐意，隔天晚上从外头回来，他爸再找他，他又突然改口说想申请去美国。后来去了，那两年性子好转不少，结果毕业前突然提前回来，连毕业照也没带回来一张。那段时间他脸色就没好过，回家来也不怎么愿意说话。再后来全身心接手家里的事业，几年沉淀下来才变成现在这副模样，既沉稳，也冷漠。

电话里的声音也没什么情绪，上来便问怎么了。

她忍不住笑："没事就不能找？"

对面拿一个字堵她："能。"

她又叹气："你这么跟人说话，别人能搭理你吗？"

她这才听见笑声，紧跟着那边又问："怎么了？"

"没怎么，"她语气如常，"刚刚去你那儿给 binbin 拿了那只黄色的小鸭子。"

那边立即没了声儿，她明白过来，直接道："人我见着了，也不知道被我吓到没，刚才我捎了她一段，现在去 77 大厦了，是在那儿上班？"

"嗯。"

"就没了？"柴碧雯又笑了，"沈西淮，你在紧张什么？"

那边不答反问："她怎么样？"

"你这话我听不懂。"

"她情绪怎么样？"

"看着挺好。"

那边没说话，她却知道他急了："你到底在紧张什么？不如你先跟我说说是怎么回事儿？"

那边仍旧不回答，只问："她说什么了？"

♬　191

"还能说什么？就说你们是同学，读书时不熟，去加州才联系上的。"她已经猜出了几分，莫名有些来气，"你工作时知道大刀阔斧，知道放开手脚，知道不在乎别人怎么想，怎么到追女孩这事儿上就缩手缩脚了？她既然能跟你在一块儿，总不会对你一点意思也没有。"

那边没说话，她忽地一愣："真一点意思也没有？"她多少有些意外，"那刚才这面是见错了？"

沈西淮不置可否："我先给她打个电话。"

柴碧雯又把人喊住，隔会儿才说："感情这事儿有时候太固执了不好。"

沈西淮没等来后文，很快挂了电话。他最近在试着戒烟，不算什么难事，他原本也不怎么喜欢。

夜很凉，像是要落雪，他只穿着一件衬衫站在风口，望着脚下有些狭仄的曼哈顿街道。

粮仓口的街道也很窄，有一段路纵横交错，仿佛迷宫，他走过不少回，也迷了几回路。那时候觉得糟心，心想一小段路怎么就那么难走。几年前建设部终于负起责任，把那段路重新规划改建，市民再没有迷路的可能，纷纷留言改得好，他却又觉得还是原来的走起来习惯。

电话响了。等看清名字，沈西淮没急着接通。好一会儿才按下接听，那边也没立即开口说话。他语调还算平稳："车子停回去了？"

"嗯。"她声音听起来越发轻，"我在你家碰见你妈妈了，还有 binbin。"

他停顿两秒："对，binbin 这两天是她带。"

静安想，他果然没有太大反应。

她喊他："沈西淮。"

沈西淮没应，将她要说的话截住，转而有些忽然地问："binbin 有没有调皮？"

"没有……"她暗吸一口气，"我有事情想跟你说，你大概什么时候回来？"

"可能要一段时间，还不确定。"

静安以为他会直接问她什么事，她甚至在思考到底要不要在电话里说，说了的结果其实无非两种，要么结束，要么更进一步。她多少有些犹豫，因为她没有把握，而他也并没有问她。

"那你——"

话没说完，对面忽然打断她："等我回去再说。"又问，"还有事吗？"

她意识到他现在应该很忙，加快了语速："没事了，我明天也要出差，应该比你早回来，你回来后告诉我一声。"

那边并没有回应，她看了眼手机发现电话并没有挂，只好试探性地喊了句："沈西淮？"

"嗯。"

"我挂了？"

"好。"

手机暗下去，沈西淮站着久久没动。

他想起 Paige 说的那句"只是跟 Joanne 预想的不太一样"，担心她这一次出差会出岔子。他听见她鼻音有些重，像是感冒了，可他又不想再把电话打回去。电话一打回去，她就有可能把那些话提前说出来，即使他不确定那些话的具体内容是什么。

又一阵冷风吹过来，他冷不丁打了个喷嚏。

他想起有一年在伦敦，LSE（伦敦政治经济学院）考试周，图书馆人很多，他待在位置上复习，休息时间打开手机。他已经尽量不去看社交平台，那时无意点进去，恰好就看见一条消息，知道有人患上重感冒。后天就有考试，他来回看了几遍，放下手机出去跑了一圈，回来仍旧没有冷静下来，立即收拾了东西赶去机场。落地后车子直接开去她学校，在宿舍楼底下，他看见她被牵着往外走，身上还披着旁边人的外套。他那时候才知道，淮清的冬天可真冷，比任何一个城市都要冷。他当即买了机票回伦敦，庆幸的是那一门考试没有被他错过，甚至他还拿了个 A+。

第4章

相比北方渐渐转寒，南方依旧很热。

太阳已经掉到海的后面，碧蓝的海水涌上来，打湿了脚。静安坐在沙滩上看远处的渔船靠岸，她手里拿一块鱼干，一点一点撕了吃。

岛上只能住招待所，每天一结束拍摄，女明星的团队就坐船回市里住酒店。当初的担心一一应验，品牌方不仅认可了这个方案，甚至增加了预算，而方案正在顺利地落地，男实习生也没有如 Demy 所说的那样"过两天就卷铺盖走人"，名正言顺地加入项目中来，并跟着团队住去了酒店。

鱼干有点咸，静安就着饮料吃掉。岛上的信号时好时坏，她这几天一有空就读书，读书可以不让她那么浮躁，可这一次不怎么奏效。

她知道自己为什么浮躁。选择继续跟项目是她自己的决定，事情已经板上钉钉，她只需要顺水推舟，心里却总是不安。当初一次次改方案，对方始终不满意，奖金想赚赚不到，现在她不想要了，却要被迫接下。正如当初她对 Demy 所说，她已经不那么道德，成为自己眼中的"剥削者"。她也预想过这个项目可能会招致的后果，于她而言最坏不过丢掉工作，没有想象中那么可怕，然而她烦恼的是未知的部分，一个不正确的项目必然会带来一定的后果，她担心事情到时会不可控制。

头顶有星粒隐现，脚下的沙粒踩上去细腻柔软。

她给沈西淮发过一回消息，上回电话里就察觉到他很忙，这几天他仍然忙到没什么时间回复她，三两句就作罢。

西边有邮局，她连续几天都赶在关门前来，工作人员已经认识她。明信片上是壮阔幽蓝的海，白色浪边翻卷，她在背面写字，一笔一画写得很慢，然后贴上 80 分一张的邮票寄出去。

岛上淡水资源有限，供水时间固定，静安迅速洗了澡，躺床上看书。

隔天继续盯现场，面前忽然多出一杯冒着冷气的果汁，身后的人贴得有些近，浓郁的香水味钻进鼻子，她侧开身子，道谢后接住果汁，并没有喝。她想起沈西淮，他不怎么用香，身上却总很清爽，大概是洗发水和沐浴液留下的味道。

"Joanne，"身后的实习生站到了她身侧，"今晚你还住岛上吗？"

"对。"

"听说洗澡不怎么方便。"他视线在她身上一扫，扬了下眉，仿佛她几天没洗过澡。

静安将视线落回监视器上："挺方便。"

实习生忽然笑了："你可真有毅力，我要向你学习。"

静安蹙眉，听他继续说道："如果不是你跟 Demy 否掉我的第一版方案，就不会有现在的第二版，说起来我还得谢谢你跟 Demy，Demy 现在不在，我只能先请你一个人吃饭。待会儿结束我们一起坐船回去，天这么热，你需要好好洗个澡了。"

静安回头的瞬间，实习生反而靠得越近："噢，我忘了，Joanne 你一直很有原则，不可能让公司出两份住宿费，"他笑起来脸上还有酒窝，显得他极其真诚，"不过这次预算高，你不用这么节省，你要实在不好意思，我给你付。都最后一晚了，不要亏待自己。"

静安默默听完，问："说完了吗？刚才在看监视器，没听清，介意再说一遍？"

实习生脸上闪过一丝愕然，很快笑着说："你听到了。"

"我不怎么听假话。"

实习生终于不笑了："谁假都没你假吧，陶静安。"他说着又笑了，"我以为你会退出，毕竟当初你坚决否掉了我的方案，可现在又是谁在尽心尽力跟项目？"他再次凑近，故意压低声音，"你不知道你已经成了笑话？我也在想，当初那么有骨气的 Joanne，现在怎么就甘愿在这顶着大太阳干活，是奖金还没到账吗？还是你本来就这么假清高？"

他问："告诉我，你需要多少？"

话落，脚上忽地一痛，那杯果汁砸在脚面，裂开一道口，汁水全洒出来，泼湿了他的鞋。

他不可置信地望向对面的人，听见她说："对不住，没拿稳。"

她嘴上在道歉，话里却没有任何歉意。

他火气腾腾往上冒，正要发作，对面的人又说："饮料我赔，还有你的鞋，你算一下，一共多少？"

他气得青筋暴起，一时说不出话来。

"快去换了吧，换好了回来工作，是要我先转钱给你？"

静安看见实习生紧握的拳头，几年前，她将热咖啡往客户身上泼的时候，客户的拳头跟她现在看见的没什么两样，而她反击的方法也没什么长进，那时候她还可以写邮件揭发检举，虽然最后没有成功，但现在她连邮件也没有必要写。

实习生气汹汹走了，走前气急败坏地丢下一句："陶静安，你给我等着！"

这话听起来毫无威慑力，甚至有些可笑，静安看着他匆匆离去的背影，转回头来。

广告片在第二天中午杀青，刚从香港扫完货的 Paige 竟绕路过来，她没提前预约，上不了岛，不过杀青宴设在市里，她大手一挥自费开了间总套，把静安一起拉了过去。

她忙着化妆，静安就坐在旁边喝水。

"亲爱的，你喝柠檬水多久了？怎么就跟上瘾了一样，是不是一天不喝不行了？"

静安失笑："没那么夸张。"她想了下，"我从高中开始喝的，有一天心情不是很好，然后切了两片柠檬放水里，喝完不知道为什么心情就变好了。"

"这么神奇？"

"可能是那时候太热了，马上高三，我一直记得喝那一口时候的感受。"畅快，舒服，让她一下子静下来。

"你总不能高三了才第一次喝柠檬水吧？"

"不是，"静安也觉得奇怪，"我也不知道为什么，从那之后我才习惯喝的。"

桌上手机响，她拿过来一看，是好几天没联系的沈西淮。

"项目进行得怎么样？"

见 Paige 看过来，她表情如常，回："很顺利。"但顺利并不代表顺心。

她手指悬着没动，很快又发去一条："我明天回淮清，你确定什么时候回去了吗？"

等了一会儿，都不见沈西淮回复。

对面 Paige 已经换好裙子，似乎知道她在跟谁聊天，冲她笑："Joanne，走，我们下楼喝酒去，不要盯着手机看。你就是太老实，让沈西淮等一等怎么了？只有等了，才会去想是继续等下去还是干脆不联系，都用不着你问，只要看他还会不会来找你，就知道他什么想法。"

静安哭笑不得，事实上现在等的人是她。她还想再回复一句，手机却被 Paige 丢回沙发，人则被她不容置喙地拉出门。不久后手机嗡嗡作响，响了几遍无人接听，也就彻底暗下去。

沈西淮看着手机界面上的消息，隔会儿回："一周之内，回去后找你。"

回避没用，也不是他一贯的作风。他往后靠到椅背，静坐了两三分钟才重新抬头，示意会议继续。

音乐软件已经正式立项，名字还没定下来，他亲自跟进，大小会议都参与，往常有重要项目他也多半如此，但这一次的上心程度有过之而无不及。

陶静安喜欢纯粹，那他就往纯粹里做，上回聊得太少，下回他得多问问她。无论她要跟他说什么，他都得问问她。无论她说什么，他也不必要全部赞同。

公司在不断孵化新业务，部分已经计划在第四季度分拆上市。前两天去曼哈顿那一趟也并不是头一回，收购那家独立游戏工作室的谈判只差临门一脚，没法掉以轻心。

晚上他给小路打电话，小路不接，他又打两回，这回通了，只是那边上来就阴阳怪气："哟，这不是前段时间一直不理我的沈总吗？"

他当没听见："你人在哪儿？"

小路贫上了："我在哪儿重要吗？您还记得我这号人呢？"

他沉吟几秒："最近忙。"

"忙着恋爱？"

他不答反问："你在非洲那边的业务怎么样？"

小路"嘿"一声，暂时决定不跟这位哥一般见识。

宋家做地产，酒店业跟旅游业占重要一头，业务也不仅限于国内。

小路简单聊了几句，问："说吧，想干吗？"

"我发你一份合作方案，你看了再回我。"

宋小路没明白，不过他这位二哥向来不爱占人便宜，既然是合作方案，那肯定是双赢。

"要什么方案，你直接跟我说多省事儿。"

电话那头竟还真开始说了，逻辑明晰，语言简练，他轻松捕捉到关键词，摩洛哥，山脉冒险旅游，撒哈拉路线……

方案宋小路听明白了，不过他依旧纳闷儿："我这是要跟谁合作？"

"方案上写了。"

小路无语，开玩笑地问："我要是不干呢？"

那边似乎丝毫不意外："我自己来。"

小路继续无语，末了又折回开头："我听桐桐说了，说是你高中同学，我想着有没有可能我见过？"

"见过。"

小路吃惊："真见过？"

沈西淮一时没说话，他最近每晚只睡两三个小时，质量也不高，脑袋总是很沉，没什么精神。原本忙到没什么时间想，却像是无时无刻不被困扰，小路再一提，他有片刻的走神。

小路没等到回复，意识到时机不对，自觉地换了话题："跟雨濛姐那边的事儿什么时候落实？"

他回："快了。"

幽默工作室发出澄清公告的当天，恰逢沈西淮返回淮清，出发前公告刚出，等他落地，Touching 上有关"苏津皖工作室澄清"的话题已经挤占前排，舆论方向可以预想，他扫过几眼就作罢。

回公司的路上很堵，他给陶静安发消息，她没回。他按着太阳穴，到公司开完季度财报会，结束后看手机，认识的几乎都因为网络上的新闻来打招呼，唯独置顶联系人没有消息。

他耐着性子又点开 Touching，实时第一仍被幽默工作室的公告占据，再往下扫，他视线忽地一顿。

实时话题 5：ZL 口红新品广告歧视女性

实时话题 7：无口红不女人

不好的预感涌上来，他立即点进话题翻阅，眉头越皱越深。

ZL 暂未出公告，却在评论区放了一张打上马赛克的合同照片，图里独独留下广告公司的商标，显然是在推责。

沈西淮一眼认出，广告公司是微本。而被顶到前排的一条评论写：

这次广告的制片本人就是女的，呵呵。

舆论在逐渐发酵。

一边赚女性的钱，一边侮辱女性，这广告能拍出来就很离谱。

早就听说了，那个女制片排挤实习生。

爆料，本人梅雅前职工，之前跟微本合作过两次，一次是梅雅大老板亲自上阵，一次是大老板儿子，微本有个女制片特好看，你们可以猜发生了什么大戏剧事件。

一定不是我想的那样……

广告圈好乱。

手机一暗，沈西淮抄起电话拨给助理，又立即大步去往会议室，不过几分钟，Touching 专管部门的员工鱼贯而入，起初闲适自然，进门后往主位上一看，一个个跟着一脸肃杀起来。

会议不过二十分钟，一个个又都鱼贯而出，脚步匆匆，半秒钟也不敢懈怠。

剩下主位上的人不动，过会儿拿起手机拨出电话。

没接。

继续打，仍旧没通。

他存了 Paige 的电话，但这回直接打给了陶静安的上司。

座机很快被接通，沈西淮一秒不停，直接自报家门，紧跟着问："陶静安在公司吗？"

那边 Demy 有片刻的沉默："请问你是以什么立场在问？高中同学？"

Demy 已经忙得焦头烂额，心情不快到极点，这一通电话更是让他的火噌噌往上冒。

但他没有继续去挑衅对方，网上的舆论不堪入目，如果想要以最快、最有效的方式阻止舆论发酵，电话那头的人显然是求助的不二之选。

他放低语调："她请假好几天了。"

"是请假还是被停职？"

Demy 听出了他话里极力克制住的怒气，语速越发快："两者都有，她先请的假，暂时还不知道自己被停职。"

Demy 跟陶静安承诺过，这次项目结束一定让她休假，现在她确实休假了，却与计划中的休假有着云泥之别，更是承受了一场她曾经试图阻止过的无妄之灾。

他继续说道："停职只是暂时的，她现在也没法上班。"

沈西淮心蓦地一沉，就听对面说："她家人病危，五天前请的假，早上我跟她通过电话，她家人刚转出重症监护室，我还没告诉她现在的情况，但她很可能已经看见了。"

五天前，沈西淮给她回复消息，告诉她一周内回淮清，在那之后两人没有联系，直到今天。

沈西淮有一瞬间几乎不敢呼吸，Demy 在那边试探他是否会帮忙，他极力保持沉着，回 Demy："半小时后再看新闻。"

Demy 立即懂了，又听他问："她在哪家医院？"

Demy 一怔："没问她。"

电话立即断了。

沈西淮往外走时带起一阵风，他一面希望陶静安别接电话，这意味着她没空看网上的舆论，一面又恨不得她下一刻就接起。电梯一路下到停车场，黑色车子开出触动总部，在车道上疾驰。电话在第五个路口后终于通了。

"喂？哪位？"是道男声。

沈西淮紧踩油门，用力握住方向盘："我找陶静安。"

"她暂时不在，你哪位？"

那道声音熟悉而陌生，沈西淮很快听了出来。

"我是沈西淮，陶静安现在在哪家医院？"

那边有片刻的停顿："沈西淮？我是郑暮潇，陶静安刚休息，你可以晚点打来，等她醒了我告诉她。"

沈西淮的火气彻底压不住了："我问你陶静安现在在哪家医院，我需要见她。"

那边再次停顿几秒，随即报出医院名字，紧接着问："陶静安知道你会来吗？"

沈西淮直接撂了电话。

第5章

医院走廊，梁相宜正蹙眉看着手机。

几个小时前，她还看了几眼沈西淮的新闻，新闻乍看起来跟他没什么关系，因为幽默工作室发出的公告中从头至尾没有提过沈西淮的名字，只表明先前所有的恋爱新闻均不符合事实，但苏津皖只那一位绯闻对象，网友并不乏对号入座的能力。

在绯闻暂时被遗忘的时候冷不丁出澄清公告，显然存在很强的目的性，沈西淮大概率是知情的，毕竟在此之前他从未在社交平台替自己或是公司的产品做过解释和辩护。

等再看到 ZL 的新闻，她心里立即有了判断，把手机递给郑暮潇。

两人还在吵架，即便郑暮潇的妈妈前阵子住院，梁相宜每日到医院探望，在长辈面前也对郑暮潇爱搭不理，只有迫不得已的时候才跟他说上两句。她板着一张脸，以为自己已经够严肃，她那位口头上已经被她分手的男友却像是没事人一样，他妈就在跟前，他也时不时拿玩笑话逗她，她当着长辈的面没法发作，出门后不理他，他也不那么殷勤，却怎么也甩不开。

隔几天在医院门口撞见陶静安，才知道她奶奶在住院，情况不很乐观。她让郑暮潇给医院打电话，问了后得知陶静安已经请了最好的医生，医生也已经下了几回病危通知。

两人一有空就过来，陶静安看上去还算镇定，但眼睛有些肿，人也憔悴，偶尔坐着不动。早上她奶奶从重症监护室转入普通病房，她看上去像是松了一口气，脸色却仍然惨白。

见她时不时看一会儿手机，以为她在处理工作消息，可现在一想，大概是在看网上的舆论。

"你去把她手机拿来，让她睡一会儿，这几天估计就没怎么睡。"

郑暮潇将手机摁灭，眉头也皱着，依言把陶静安的手机连同包也一块儿拿了出来。

梁相宜持续关注着网上的舆情，ZL 的舆论引导让微本官方账号的评论区瞬间沦陷，除去小半部分的人在骂公司，更多人在揪着女制片不放，恶言恶语不堪让人不忍看下去。

"ZL 到底想干什么？广告是他们自己投放的，现在为了拖时间就拉微本下水，还故意放出消息把舆论指向女制片这个身份，他们是以后都不想做了吗？"

郑暮潇把她手机收了，很是懊恼："上回听陶静安同事说过，那时候没想过事情会发展到这步。现在 ZL 拖时间没用，致歉是最基本的，但他铁了心要做坏人，就是微本太无辜了。"

"什么微本无辜？是陶静安太无辜了！"梁相宜愤愤，"有没有微本老板电话？如果他们不作为，我来！"

郑暮潇忍不住笑了。

"都这样了你还笑得出来？"

郑暮潇立即收了笑，正色道："陶静安不会坐以待毙的，如果实在解决不了，你再帮她。好在她奶奶已经稳定了，不然确实够呛。"

梁相宜睨他一眼："什么叫我再帮她，你就袖手旁观了？那些人你不是刚接触吗，正好再联系一回。"

郑暮潇并不想笑，却还是笑了："我是为了谁跟那些人联系的？"

梁相宜将他手挥开，但没成功："别动手动脚，你还能为了谁？你是为了你自己。"

"你看，跟你说什么你都要抬杠，也都不信，想问什么也死活不问，累不累？"

她气极，还没来得及反驳，旁边包里手机又一次振了起来，她抽回手，把陶静安手机拿出来一看，丢给郑暮潇。

"烦死了，这人一直打电话，你接一下。"

"别接了，没备注，指不准是哪家媒体。"

"也说不准是她朋友或者同事，这不是一直打吗……"

郑暮潇接了，几句话后又挂了。

梁相宜觑着他："别跟我说你在逗我。"她听见他刚才跟对方确认是谁。

见他神色一敛，她立即意会过来："真是沈西淮？他要过来？"

"嗯。"

"他俩很熟？"

"没听陶静安说过。"

郑暮潇想起在街上遇见苏津皖那回，以及陶静安大谈触动的阅读产品。梁相宜想的则是幽默工作室的澄清公告，她很难不将这两者联系起来。

十几分钟后，走廊另一头出现一道迅疾的身影。

梁相宜侧身看过去，心情越发微妙起来。以前新闻时不时就将她跟沈西淮放在一起比较，还总说她在复制沈西淮曾经走过的路，她对此很是不屑，但对沈西淮本人并没有偏见。她也不得不承认沈西淮确实长得好，不过还是她男友更胜一筹。

沈西淮走得很快，站定时低喘着气。

"陶静安呢？"他脸色很差，周身气压低到极点。

"在里面休息。"说话的是郑暮潇。

两人对视一眼，都没有再说话。

空气像是凝滞了几秒，直到梁相宜出声打破尴尬。

"我去看看她醒了没。"

她一走，剩下两人继续站在走廊。

郑暮潇看着对面几乎与自己齐平的人，认为自己该说点什么，他也确实有话想问，但两人并不熟，而他想问的话去问陶静安比较合适。

他也察觉到沈西淮不太想说话，他脸色冷淡，身上带着明显的疏离感，似乎还透露出一丝敌意。他不确定这种敌意是针对他，还是沈西淮对所有人都这样，或许也只是他的错觉。

正沉默相对，梁相宜走了回来。

"她不在……刚都没注意她出门。"

郑暮潇回想了下："她不会走远，应该很快就回来。"

"麻烦把她手机给我，还有她的包，我去找她。"

沈西淮的语气毋庸置疑，也夹杂着被压抑着的怒气，另外两人听了都稍稍一怔。

沈西淮视线扫回去，他知道他们想问什么，他们跟 Demy 一样，想问他的身份，问他的立场，问他跟陶静安是什么关系。

他能怎么回？陶静安的普通同学？

他甚至没法说服自己。

无论是哪一种身份，都不足以让陶静安在家人病危的时候第一时间告知他，也不能让他现在有充分的理由擅自带走她随身的东西，在来的路上他甚至一直在思考，陶静安是否愿意接受他来帮她，又是否愿意他来医院找她。同样可笑的是，面前的人一个是郑暮潇，而旁边是他的女朋友，他带着他的女朋友一起来探望陶静安的家人。

他不确定陶静安会是什么感受，也没时间细想。他径直拿起她的东西，朝走廊另一头找了过去。

他在楼梯间找到了陶静安，她站在楼梯拐角处，挨着窗户，手里拿一台平板，手指划着界面，正跟人语音连线。

静安其实已经很困，她最近几天睡得很少，也睡不安稳。那天她被Paige拉去楼下参加杀青宴，趁Paige跟人聊天时，她回房间去取手机。电话是医院跟爷爷打来的，她当即订了机票飞回淮清，Paige陪同她一起。

在医院第三天，她接到两次病危通知。心如死灰时，她并不知道ZL会提前发布新品广告的预热，虽只有短短一段，但将广告词完整地包含在内。直到晚上查看手机，她快速扫完工作群消息，才意识到她预测的事情提早发生了。

她一点也不意外，ZL陷入舆论危机只是早晚的事。ZL也必然会出面公关，只是她没预料到ZL在公关之前会恶意引导舆论。

在发现自己被动变成众矢之的的那一刻，她起初几分钟都很平静，直到看到那句咒骂她家人的评论，她的手才开始发抖。她明白自己需要承担一部分责任，当初继续跟进这个项目本身就是个错误的决定，但在当时对她来说没有更好的选择，跟是对不起自己，不跟则要对不起她的团队，怎么做都错。

她逼迫自己冷静下来，拿了平板出来给Demy打语音电话，接通便问："Demy，我被停职了吗？"

那边怔了一下，说："你想怎么做？"

"我希望公司为我组织一场会议。"

"你有时间回来？"

"我马上出发，但我需要时间整理材料，两个小时左右，"她看了下时间，"四点钟会议可以吗？"

"你先回来，材料我们一起整理，整理完立即开会。地址发我，我让人去接你。"

"没事，我打车过去。"

那边沉默两秒说："陶静安，不要看新闻。"

静安正要挂电话，那边又说："有件事我需要告诉你，沈西淮刚刚给我打过电话，我告诉他你在医院，他……"

她心一提，凝神去听，没有听到下文，却听到身后有关门的声音。回头一看，手里的平板差点滑落。

电话里 Demy 并没有说下去，只说等她回公司便收了线。

她微仰着头，看着那人一身白衣黑裤迈下台阶，迅速站定在她面前。

沈西淮竭力让自己冷静下来，语气最大限度的平淡："手机怎么不带在身边？"

静安说不出话来。她想问他什么时候回来的，问他为什么要给 Demy 电话，又为什么找来医院。可只是看着他。

她眼底乌青，脸色惨淡，沈西淮很难想象她看到那些评论后的感受，他可以任由别人骂他，但他不能接受陶静安被污蔑。他只要一想到网络上那些话血就止不住往上涌。

"我打了你很多次电话，都没人接。"

他不得不承认，即便现在生气不合时宜，他也仍然有些气陶静安总是不接他电话，或者说他更气没有任何立场的自己。他无意让自己听起来很冷，静安却听出一些责备来。

"我手机被他们拿走了，"她停顿了下，问："你看新闻了吗？"

"看了。"

她想让自己看上去轻松一些，但怎么也笑不出来："就是上回我跟你说的那个化妆品项目，我还是搞砸了。"

"不是你的问题，是——"

"我就是搞砸了。"静安打断他，她想继续往下说，却怎么也说不出来。

对面的人始终在看着她，她并不想哭，这几天她没有让任何人看见她哭，此刻在他的注视下眼泪却猝不及防地往下砸："如果不是……"她的话被闷在了沈西淮的怀里。

沈西淮抚着她的背："陶静安，这件事跟你一点关系都没有，你没有做错任何事。"

静安从他身上闻到熟悉的味道，眼泪掉得更凶。

"……我不是故意不接你电话。"

"我知道。"

她近乎贪婪地感受他的拥抱，只觉得怎么都不够近。有很多话想和他说，又清楚地知道现在时机不对。她努力平复涌上来的情绪："我要去公司了。"

"我送你。"

她想要拒绝，却说不出口，人要往后退，身前的人却没松手。以为他有话要说，但他并没有开口，只低头给她擦掉脸上的眼泪。

她垂下眸："对不起，我情绪有点失控。"

沈西淮没有应，似乎在沉思什么，又只是望着她，继续将她的眼泪擦干净。

第 6 章

在回到病房之前，静安没想到沈西淮会跟自己爸妈碰面。

她爸妈几天前从摩洛哥直航飞回淮清，连续几天一家人都没好好休息。早上他们把静安爷爷送回家，现在来换静安回去补觉。

夫妇俩前脚刚到，静安后脚跟沈西淮一起从楼梯间回到病房门口。

旁边还有梁相宜跟郑暮潇看着，场面有些尴尬。

静安原本还沉浸在工作出现问题和沈西淮忽然出现的复杂心情里，现在却不得不立即应对眼下的场面。她脑袋有短暂的空白，很快反应过来，跟爸妈介绍沈西淮。

她回头去看旁边的人，他笔直站着，看上去丝毫不慌张，眉头不再皱着，脸色舒缓了些，语气也不那么冷。

沈西淮一直很有礼貌，也周到，可静安听他温和地喊她爸妈叔叔阿姨，总觉得有些奇特。他并没有表现出太多的热情，但分寸掌握得极好，让听话的人感觉到舒服。

静安被她妈妈拉住手："公司不得不去的话，那先去外头吃一顿，忙完就回家休息。"

静安有些不自在，只回说："知道。"

她妈妈又冲旁边的人笑了下："西淮有空来家里吃饭，跟相宜、暮潇他们一块儿。"

被提及的另外两人无声对视了一眼，时间不早，他们也得走了。跟长辈道了别，四人一齐去等电梯。梁相宜看见男友要去按电梯，但有人比他更快，按完便退到一旁。

被沈西淮帮忙按电梯属人生头一回，梁相宜觉得稀奇，也莫名觉得诡异。更诡异的是在场的四人一时都没说话，三人都只站着，唯独沈西淮在看手机，偶尔按着屏幕回复消息。

梁相宜去看陶静安，她肩上背了包，而这只包在刚刚没人提起的情况下被沈西淮一眼认了出来。

旁边陶静安说了话："你们什么时候有空告诉我，我请你们去家里吃饭。"

梁相宜瞥了眼郑暮潇："先前他妈妈住院，你帮忙照顾了好几回，我们这几天就只是干坐着，什么忙也没帮上。"

郑暮潇也开了口："你先忙自己的事。"

"对，需要帮忙的话随时给我电话，ZL 就是欠收拾，你这段时间别看新闻,看了只会来气。"

在场除了陶静安,其他三位都深受舆论困扰过。而梁相宜并不会因为被骂得多了就不再生气难受,平常可以做到眼不见为净,可偶尔不小心看见,一天的好心情就能因为那一句话毁得彻彻底底。

她试图说些轻松的话题:"不过饭还是要吃,我好久没吃你做的菜了。"

她隐隐察觉到有人在看她,等视线落过去,却只见沈西淮仍然低头看着手机。

陶静安回她:"你想吃什么提前告诉我。"

梁相宜应了声,见她小幅度地回了下头,是去看身旁的沈西淮,但很快就收回视线。

"周陶宜辞职了吗?"她忽然想起来,"好久没见她。"

"还没。"

"我记得她说过要回来发展?"

"可能快了,不过转行有风险,她还在做准备。"

"影视是很难做……"

聚点有独立的影视内容制作部门,前不久刚遭遇了一起黑天鹅事件,直接让她家一部大制作停摆,数千万投资几乎打水漂。

她又看了眼沈西淮,触动尚未涉猎影视行业,但沈西淮面对采访时不像其他时候将态度摆得那么明确,甚至开玩笑说保不齐明天就投资拍了,前提是有人想拍。想拍的人千千万,梁相宜听不太懂他这话的意思。

她又想起自己家那款阅读产品,她家的经营理念跟触动自然具有差异,但她不得不承认她偶尔会从沈西淮身上获得一些新鲜的认知和启发,比起商人,他有时候更像个工匠,还是个颇为理想化的工匠。

电梯很快就到,出门是停车场,两边互相打了招呼,分别上了各自的车。

沈西淮将车开得很稳,他始终在看部门发来的实时舆情反馈,又给 Demy 发了短信,但 Demy 没有直接回答他,只说先等公司开完会议。

无论 Demy 是出于服从公司还是尊重陶静安，他都不意外。现在形势还在可控的范围内，他或许不需要那么急，陶静安会有她自己的想法和应对方式。他听见她在冷静地接电话，跟对面的 Demy 确认文件信息。

静安提前发了一些录音和视频文件给 Demy，又跟他确认："联系上 ZL 了吗？"

那边没回，静安便知道了答案。

电话一挂断，她要去看新闻，旁边人忽然出声："别看手机。"

她动作一滞，看向沈西淮。

沈西淮知道，这句话她势必已经听了很多遍，但他不得不像其他人那样和她重复。他忽然问："最近看了什么电影？"

静安怔了下："没什么时间看。"

沈西淮其实也没时间看，但仍继续说："前段时间看了《纵横四海》。"

静安看过，但没说话。

"还有《狩猎》。"他顿了下，"前不久还有部电影三十年重映，张曼玉演的，名字忘了。"

静安知道，是《阮玲玉》。

她忽然明白了他的用意，她不应该笑的，但在这一刻没忍住，也只是笑了一下，就收了声。

身边人纷纷提醒她别看新闻，是不希望她受伤害，她也确实被网络上那些话刺痛，但她知道不必自寻烦恼，不必为那些歪曲事实的言论而伤心伤神。当务之急是行动，她需要为自己的选择买单，为自己应有的权益做出抗争。

只是沈西淮似乎不太擅长安慰别人，语气冷硬，方式也"别具一格"，虽然他来安慰她就已经让她意外。

她问："你知道我研究生时候学什么专业吗？"

"什么？"

"我学新闻的。"

沈西淮当然知道，只不过陶静安能够忽视那些言论，不代表他也不在意。

车子很快停在 77 大厦地下停车场，静安去解安全带，说话时并没有看向沈西淮："谢谢你送我过来。"

她侧身去推门，手先被捉住。

沈西淮轻轻将她手腕捏在手里，等她回过头来，那些要她不必太担心的话却怎么也说不出口。

"可以随时给我打电话。"

话一出口就又后悔了，仿佛怎么说都是一副高高在上的姿态。

陶静安只是冲他笑了下："好。"

他仔细望着她，迟疑几秒才松开她的手。他看着她下车，那点烦躁又涌了上来，等她进了电梯，他也坐着没动，双手仍握着方向盘。

隔会儿松开，他张了下手掌，手心里并没有汗，但在医院的时候他却明显感受到了汗意。

陶静安跟她妈妈长得很像，气质也如出一辙，眼睛却更像她爸爸，清澈有神，又隐隐透露些锋芒。他们一家人都很温和，即便他知道她妈妈请他去家里吃饭只是客套，听起来却足够真诚。

他很久没那么紧张，也不确定自己表现得怎么样，但无论怎样，他的身份从始至终只能是陶静安的同学。这也是他一次又一次选择出来的。

他越发烦躁，将过于正式的衬衫解了两粒扣子，再拿了手机过来。点开新闻一看，他心神倏然一定，立即将电话打给了 Demy。接通便问："那个实习生叫什么？"

Demy 也正看着电脑，就在刚刚，ZL 回复了底下一条评论：确实是女制片。

他努力压制住火气，这回没再回避："我得先告诉你另一件事，这人在拍完广告之后的第二天就主动辞了职。"

"但你们还是同意了。"

Demy 冷不丁被噎住，还没来得及解释，对面的人径直丢来两个字："名字。"

他不再犹豫，冲电话那头报出名字。

那边回："我知道了。"

沈西淮的语气分明十分平静，Demy听得却莫名颤了颤。

第7章

透过透明玻璃，Demy看见陶静安坐在工位上整理资料。

半个小时前，ZL的所有相关新闻都被人为顶到了最前排，与女制片有关的词条也均被屏蔽。

他知道这是谁的手笔。然而随着热度的增加，事件铺陈面不断扩大，ZL在此时进行实时舆情的二次引导，无疑让那些没有是非分辨能力的网友越加上纲上线，谣言甚嚣尘上。

微本官方账号下的骂声也越来越大。

> 你们好厉害，nvzhipian竟然发不出来。
>
> ZL需要给全体女性一个说法，但你们这群帮凶也别想逃！
>
> werben（微本）是德文，翻译过来是广告的意思！

Demy直接把页面关了，他不得不承认ZL的做法效果极佳，而令人无力的是，此时此刻背负骂名的不是陶静安也会是别人，他们不过是极力抓住"女制片"这个身份转移大众视线，让ZL自己跟拿出方案的实习生躲在背后，这越发让他恼怒。

下午四点，远在国外开会的微本老板Josef发来消息，通知开始视频会议。

Paige早前就在群里申请了参会："这个实习生本来该我带，如果不是Joanne帮了我，现在被骂的就是我！这狗东西不除不快！而且我有证据，Leah也有，虽然我们只有录音，但狗东西为人怎样，从录音里就可以听出来。"

两人录音是静安请求帮忙的，Paige 起初没放在心上，但为了以防万一顺手就录了一两段，没想到真能派上用场。

"关键这狗东西现在联系不上，搞完事就跑路，还统统把我们拉黑，剩下一堆烂摊子给我们处理，把我们这当什么了？游乐场吗？游乐场还收费呢！"

Paige 在旁边愤愤不平，静安仍看着新闻。

ZL 在拒绝跟微本沟通的这段时间里并不是毫无作为，他们除去在评论区转移舆论焦点，也迅速地撤掉了这一次新品预告的大部分线上物料，效率如此之高，是先前在跟微本合作过程中从未展示过的，但唯独还未对此次事件做出回应。很显然，他们并不是没有处理类似事件的经验。

会议一开始，Josef 的脸出现在屏幕上。

他是中德混血，中国籍，说中文。

例行问好后，他问静安："Joanne，你家人还好吗？"

静安点了下头，并道谢。

"好，如果我告诉你我不打算对此次事件做出回应，你什么想法？"

会议室里的人皆长吸一口气。

微本确实可以不作为，舆论只是一时，责任终将由品牌方承担，等风波一过，别说微本，ZL 也会继续正常运转下去。

静安笔直地坐在桌前，她想过这种可能，所以并不意外，可正要开口，被对面的人抢在了前头。

"如果微本这一次无作为，我现在立即辞职。"

"我也辞！"跟在 Demy 后头的是 Paige，"我并不是为了 Joanne，我是为了我自己，如果下次还有同样的事情发生，又遇上 ZL 这样的甲方，我的权益是不是也同样不会受到保障？如果是这样，那我对微本很失望！还留着干什么？想挖我的公司不要太多！"

"我也。"Leah 的声音很小，她举了下手，"我的意思是说，我不希望 Joanne 受到这样不公平的对待。"

静安心头一暖，最终将视线落回屏幕："Josef，我可以理解你的立场，但我无法认同这种不作为的解决方式。微本在业内颇有口碑，我相信很多同行都在观望我们这一次的行动，而且我们被迫推到了大众面前，需要接受更多眼光的审视，面对的挑战也是先前无法比拟的，这件事本身也已经超越了项目的范畴。我个人希望微本可以拿出应有的态度来回应大众，也给其他同行做一次良好的示范。另外，我相信所有员工都无法忍受 ZL 将舆论引导到我们公司身上，让我们承受无端的谩骂。"

会议室里安静得有些可怕，屏幕里 Josef 紧绷着一张脸，他当然知道这一次事态的严重性。就在不久前，他也接到了一通令他有些意外的电话，电话里的人表示可以给微本提供帮助，他没有立即拒绝，但也没有一口答应。

良久后他开口："Joanne，用你的方式来说服我。"

静安意识到其他人都在看她，Paige 更是拍了下她的肩膀。

她略停两秒，说："我的诉求只有一个，向大众还原事实真相，让 ZL 为他们的行为买单。"

她先将微本与 ZL 此次合作的合同摆出，在签约之前，合同中有关免责的条款经过她多次修改，Demy 也按照当初她请求的那样帮忙跟进合同细节，最终呈现的结果则是，广告一经上线，方案本身所存在的问题与微本无任何关系。

ZL 此次引导舆论的行为明显违反了合同条款，属违约行为，微本有权追责。

在明知是违约的情况下，ZL 为什么还要将微本拖下水？

静安并不知道原因，但她猜测跟实习生有很大关系。

她拿出实习生最初那版方案的照片，照片由 Paige 提供，实习生曾给 Paige 看过，而 Paige 拍照后跟朋友倾情吐槽了一番。

"这一版方案其实就是最终方案的雏形，除了广告词不同，其他细节没有太大变化，我跟 Demy 都明确否过，而最终方案也并没有经过我们允许就被他私自发给了 ZL，ZL 恰恰就坚持要用这版，理论上这不是我们整个团队的创意，跟我们的意志无关。

"那次提案会之后，我们跟 ZL 先后开了几次线上确认会议，我在会议中多次跟他们确认了方案提出者的名字，也试图劝说过他们，要他们试着考虑其他方案，但都被他们拒绝。因为提前得到了他们录屏的允许，这几次会议我都留存了视频。"

除此之外，静安还有不少跟实习生接触时的录音，包括在岛上那一次，如若万不得已，她并不希望它们被用到。她更希望将焦点集中在广告本身。

"我有一个提议，如果公司和团队成员允许，我希望可以将我们先前在提案会上的所有方案公布，微本并不是没有优秀的员工和优秀的创意，我们也试过阻止最后方案的通过，但事情并不是我们单方面可以控制的。"

Demy 当初说的并不是毫无道理，团队成员信任她、追随她，而她需要服从 Demy，Demy 顶上则还有他的上司，即便是 Josef 也身不由己，他需要经营整个公司，需要给员工发薪水。

但这也并不代表微本就毫无责任。

"我也建议我们公司主动发声，广告确实是我们拍的，引起众怒的那句广告词也出自我们的员工，无论品牌方最终是否征用，方案确实存在问题，那我们就需要拿出正确的态度，承担起我们应尽的责任，在让大众了解事情经过发展的同时，进行诚挚的致歉，而且我认为越快越好。"

她顿了下，说："我单方面的道歉也可以加入公告当中。"

会议室里除去静安的声音，再无其他杂音。

"只要我们发声，舆论风向就会有变化，ZL 肯定会以最快的速度做出回应。我们有合同，有视频，我也会请提前联系好的律师为我们进行维权，并向政府申请立案，举报 ZL 涉嫌发布违法广告，我相信市场监督管理部门不会坐视不管。"

静安还有一些备用材料没有用到，在岛上工作时，她花了部分时间在网络上搜罗 ZL 的发展史，互联网并不是毫无记忆，ZL 算不上劣迹斑斑，但也绝不清白。这是她在作最坏设想时做出的一些努力。

她没法控制舆论被恶意引导，也没有能力去影响 ZL 的发展，她只希望 ZL 可以给消费者以及被侮辱的全体女性道歉。

事实上，她也希望实习生可以认识到自己的错误，并进行深刻反省。但这种可能性几乎没有，一个拥有固有偏见的男性是不可能认错的，尤其是对女性。

她有点渴，停顿时 Josef 又问："Joanne，还有需要表达的吗？"

她点了下头，说了最后一句话："希望公司人事部可以对实习生的聘用制度有一些新的思考。"

静安觉得很累，仿佛这场会议耗光了她所有的力气，她坐在工位上喝水，里头 Demy 仍在开会。

晚上八点，微本在官方账号上发布了一篇长文，详细阐述了此次与 ZL 合作的起因、经过，并在文头与文尾分别作了明确的道歉，但实习生的身份被做了处理，静安的单独道歉信也没有被加入进去。而其间的三个多小时，ZL 仍旧拒绝与他们沟通。

文章一经发布，立即引发了三次舆论。信者有，不信者则继续辱骂。

沈西淮仍在公司开会，其间时不时点开手机关注舆论风向，等会议一结束，助理的电话进来。

"那边联系上了，他们暂时拒绝见面，柴先生跟他们有过合作，用不用请柴先生——"

"不用，"他声音果决，"最多两天，他们会把电话打回来。ZL 之前的代言人呢？"

"都联系上了，她们都愿意发声，按你说的，只请她们说实话。几位律师已经给了回复，还在约具体的采访时间，最迟明晚会出报道。两条新的实时也上了。"

沈西淮点开平板查看，实时新闻里挤进两条新话题，"ZL 还做过什么"以及"抵制辱女品牌"。

助理最后说："粥定好了，随时可以过去取。"

"好，辛苦。"

挂断电话，他看了眼时间，又把电话给小路打去。

小路在忙，也不忘开他玩笑："听说有人今天上新闻来着，我都还没来得及给他捧场。"

他是指幽默工作室的澄清公告，沈西淮没有解释，只说："现在去。"

"啊？"小路有些意外，"真要我去捧场啊？"

他不置可否："我刚无意看见一条新闻，有家公司不确定是不是跟你合作过。"

"哪家？"

"ZL。"

小路疑惑："ZL？有点耳熟，是做化妆品的？我应该没关注过。"

"我记得你认识。"

小路努力回想着，随手点开 Touching 翻了两页："我不认识啊，不过……这家广告公司我认识……这家 ZL 在搞什么？"

沈西淮不说话，隔会儿说："挂了。"

小路回神："欸？还没说事儿呢怎么就挂了？"

沈西淮默了默说："摩洛哥的合作方案看好了没？"

"看了呀，不过我不太懂，你是不是在忽悠我？我怎么觉得我是在替人做嫁衣？这家连锁酒店其实有点名气，你这方案对他家有利，对我嘛……也有点帮助，但好像犯不着这么折腾。"

"你先做，做完再说。"

小路笑了："你跟这家酒店有交情？我怎么不知道你还跟摩洛哥有关系？"

沈西淮仍是那句话："做完再说。"

小路无语："我说二哥，有事宋小路，无事柴斯瑞，我就是一工具人呗？还不配有知情权，到底还是亲戚比朋友重要。"

沈西淮笑了下："我还有个亲戚姓蒋，叫暮——"话没说完，那边直接把电话撂了。

过会儿又发来消息："提谁别提她。"

沈西淮没回，他不太赞同小路的态度，当然也不赞同远在加州的表妹，两人分明还有感情，却谁也不愿妥协。

他不赞同，也不太懂，或许还有点他不愿承认的羡慕。

他在位置上坐了会儿，很快听见手机提示音。点开一看，不出所料是小路。

就在几秒钟前，宋小路在 Touching 上发了一条文字。

期待下一次和微本合作。

几分钟后，远舟地产的官方账号转发了宋小路的博文。

又几分钟，"宇宙无敌沈西桐"转发宋小路：不认识微本，ZL 的产品没用过，以后也不会用。老师从小教导知错就改，不奢求你们像你家的商标"ZL"一样跪下认错，起码的道歉总不会还需要教吧？

又几分钟，梁相宜发文，同样是让 ZL 道歉。转发的人越来越多。

沈西淮看了几眼，切到聊天软件，沈西桐在公关群里发了消息："像远舟那样，转发！"

有了解状况的人回："不太合适，远舟跟微本合作过，咱们没有呢。"

沈西淮关上手机，拿起车钥匙下楼取车。

第 8 章

淮清的 11 月已经很冷，静安在回医院的路上接到 Demy 电话。

Demy 说 ZL 刚刚终于回电，目的却是希望微本可以删掉长文，跟他们协商后再一齐发布公告。微本当然不会配合，要求 ZL 删除照片和评论，停止恶意引导，ZL 含糊其词，没有给出明确答复。

静安并不意外于 ZL 的做法，Demy 却气得够呛。他当初知道这个方案有问题，可作为乙方没有多少话语权，他也可以预想到 ZL 要面对的舆论，但他没想到 ZL 会反水，更没想到他们会没有操守到这种地步。

他压住愤怒："我刚刚跟公司提交了申请，希望公司可以出面为你个人发出律师函。"

静安其实已经不太在意网络上的声音，她制片了一个她自己也不认可的广告，承担一定骂名是必需的。她不知道 ZL 还会不会打款，但无论怎样，她都打算将自己的奖金捐出。

那边 Demy 又问："你提前联系的哪家律师？"

"Leah 家是开律所的，你知道吗？"

Demy 脑袋立即大了，Leah 的那对律师父母十分严肃，也很严谨，他们不允许 Leah 加班，多次给公司打来投诉电话，就差直接起诉。

"他们已经申请立案？"

"暂时还没有。"

她认为这件事有些滑稽，倘若真的立案，虽然广告属于 ZL，但是由她制片，这看上去像是她在状告自己。

"你会想到这一步，是早就做好了最坏的打算？"

静安没有否认。

她这段时间总是想起 Demy 用在沈西淮身上的那句话："尽量往坏处想，怎么想都不为过。"他的担忧不是完全没有道理，但她不会那么去想沈西淮，反倒是这次项目确实让她作了不少最坏的设想。

Demy 没有立即挂断电话，静安直觉他还有话要说，可片刻后他只说一句"挂了"，直接收了线。

她没有多想，点开唯一置顶的聊天界面。

最新一条消息她已经查看过，寥寥几个字，是告知她他刚下飞机。他始终是这样，三言两语，几乎没有多余的话，让人觉得他很冷，也冷静，好像没有什么事情可以撼动他的情绪，可她分明能从他身上感受到一些别的东西，那些东西带有温度，而她尤其贪恋那点温度。

她想起楼梯间里他的那个拥抱，想起他在梁相宜跟郑暮潇的注视下跟她爸妈问好，想起他在车里用独属于他的方式安慰她。她其实每天都要想他，只是现在尤其强烈。

她摇下一点车窗，让冷风从窗缝涌进来。

出租车停在医院门口时，她暂时将纷乱的心绪抛去脑后。

约翰·厄普代克说过，世界上最可怕的事情是你自己的生活。静安尚不能认同，ZL 事件让她窥见了生活中十分肮脏的部分，让她在承受了那么多恶意之后有短暂的崩溃失控，但她并不会因此就彻底悲观起来。忘记是谁说的，痛不痛的事情，我们可以自己决定。它在当下或许是一根刺，但放在整段人生当中，是闪亮的勋章也不一定。

头顶那撇月亮一如几年前那么黯淡，那时她不确定是否留美，时间一晃过去，她最终还是回了国。

站路旁喝掉一整瓶冰可乐，她不再那么困，转身上了楼。

爸妈见她回来得晚，不免关心几句，她闭口不谈，只说工作积攒太多，多花了点时间。

病房里奶奶刚醒不久，精神还没恢复，脸上却带着笑。她坐床边给奶奶讲这次出差的见闻，奶奶说进医院前还在看她发来的海景照。

"我就想，我家宝贝孙女儿连照片都拍得比别人生动好看呢，我可得撑住，不然得错失多少好照片呀。"

她眼眶一热："我拍得不好，等明年天气暖和了，我们跟爷爷一起去看，晚上可以露营看星星，早上蹲点看日出。"

"就你这细胳膊细腿儿的，扎营可够呛。"

"那我现在就开始练起来。"

话落，旁边手机亮了下。她进病房前暂时将工作群消息屏蔽，原以为是 Demy，点开却是沈西淮。只三个字："在哪儿？"

她回："在医院。"

"十五分钟后下楼来一趟。"

正要回复，旁边奶奶问："是工作消息？都这个点儿了。"

她匆忙回了个"好"，又回头跟奶奶否认。

奶奶笑起来，纵然是工作上的好消息，她孙女脸上那点笑也不该是那么个意思。

"朋友呀？"

奶奶的话里并没有打探的意思，静安坐回床边，将下巴搁到奶奶手边，隔会儿说："奶奶，不是朋友……是我喜欢的人。"

奶奶"呀"一声，去碰静安的脸，听她继续说："我想跟他坦白，但是我不确定他喜不喜欢我。"

"咦？还有谁会不喜欢我的宝贝孙女儿？"

静安被逗笑："我猜有一点点，可是我不敢确定，他对每个人都很好。"

"那刚刚跟你说什么啦？"

"他说要过来，没说要干吗。"

奶奶故做不满状："这是给人下通知呢？还挺霸道。"

静安轻笑出声："他就是这样，话少，看着挺严肃，其实人特别好，心很细，承诺了就会做，学习跟工作都很厉害。"

"还有这么优秀的人呀？可不能是个骗子？"

静安当然听出了奶奶的调侃，仍忍不住想要解释，可真开口又不知该怎么说，只说："真的，他真的很好，他是一个……需要仔细感受的人。"

奶奶不笑了，拍她手背："那我们就勇敢点儿，瞅准了时机就问，我看他保准答应。"

静安又笑了，最终点了点头。

电梯迅速下行时，她看着镜面里的自己，奶奶刚脱离危险，工作上又紧跟着出现问题，她不确定此刻是不是个好时机。

夜里风很大，那部眼熟的黑色轿车就停在大门侧边，沈西淮立在车旁，正低头看着手机。

她打算过去喊他，下一刻他又有所感应似的抬头看过来，随即开车门，从里头拎出两个保温袋。他脸上的表情一如既往地平淡，冷风灌进他的衣服，让他的外套飘扬起来。

等他站到身前，静安一颗心莫名安定不少，他头发又长了点，遮住前额，让他看着十分乖顺。

"奶奶现在怎么样？"

"稳定下来了，不过还得观察几天，没什么问题的话不久就能出院。"

沈西淮其实已经联系过医院，和医生确认过，此刻脸上表情温和了些："家里人都还在医院？"

"我爸妈还在，晚上要留人。"

沈西淮仔细看她脸色，确认她情绪还好，暂时放下心。

"我带了几份粥，都吃过了吗？"

她去看他被风吹得越发通红的手指："这个点正好都饿了，我奶奶也醒着。"

"我跟你一起送上去，一个人拿不下。"沈西淮考虑过是否要探望老人，但时间太晚，不很合适，他也不确定陶静安愿不愿意。

夜里人不多，电梯里没有别人，静安要帮忙拿粥，沈西淮没给她。

她正思考他刚才话里的意思，听他忽然问："晚上睡哪儿？"

她立时回神："我爸妈留下陪护，待会儿我回家里。"

他仍是中午那三个字："我送你。"

静安去看他，他微低着头，也直直看进她眼底，两人沉默对视着，直到电梯"叮"的一声响，静安反应过来，先收回视线。

她刚要往外，旁边人却不动，只将手里的东西递给她："我在楼下等你，不着急。"

她终于明白了他话里的意思，他只是帮忙拎上来，并没有去病房的打算。

东西接到手里沉甸甸，她提着往外，刚走出两步又立即回头，电梯门正要合上，里头的人目光平静，她来不及思考，只知道自己不想就这么走，也不想就这么让沈西淮走。

她快步跨了回去，电梯门将在身后合上时，面前的人伸手揽住了她。她鼻尖擦过他衣服，再次闻到那股熟悉的味道。电梯在往低处走，她知道面前的人在看她，却没有抬头，片刻后憋出一个字。

"重。"

她腰上立即一松，紧接着手里的东西被接走，她仍然不去看他："粥是你买的，我一个人去送，要被说借花献佛了。"

她坚持不抬头，沈西淮只能看见她头顶，他知道她话里的意思，却不清楚她这么做的用意。

短暂的沉默过后，他开口："按一下电梯。"

静安立即反应过来，忙转身按了楼层按钮。

电梯再次上行，静安去看镜面里的沈西淮，还没来得及说些什么，就已经到达楼层。

两人一同出电梯，恰逢她爸妈从病房出来，两边一碰面，静安妈妈先认出人来，准确喊出沈西淮的名字，等打完招呼，两人一起进了病房。

静安这时莫名紧张了起来，她才跟奶奶坦白，前后不过二十分钟，就把人带到了跟前，她总觉得有些心虚。她要去拆包装盒，沈西淮动作比她快，拆好了又绕到另一边去调节病床的高度。

奶奶并没有表示出特别的好奇来，只时不时寒暄两句，更多时候在默默观察这个话不太多的年轻人。

静安见奶奶笑着看她，她把粥端过去，还没来得及喂，旁边人说："我来，你去喝那一份。"

她还没开口，奶奶先笑着发话："谁都不用来，我自己行，咱们一块儿喝。"又看向沈西淮，"西淮你坐。"

沈西淮依言在旁边坐下，他侧头去看陶静安，她正低头喝粥，时不时笑着回奶奶的话。

"她刚还说过段时间带我们去岛上露营，看日出，"奶奶开起静安的玩笑，"我看是她自己想露营了，之前在家里学着扎营，可扎营是技巧活儿，也是体力活，她那点力气根本不够用。"

静安莫名耳热，沈西淮先前就说过她没什么力气，她回头看他一眼，又看回奶奶："一回生二回熟，我去之前先去野外多练几遍。"

奶奶笑："这倒是个好方法，露营是挺有意思，到时候喊上相宜跟暮潇他们……"她说着一顿，"你说跟西淮是同学，是什么时候同的班？"

静安只觉得这个问题过于熟悉，她又看一眼沈西淮，说："高中同的班。"

"高中同学呀，那认识好多年了。"奶奶看向沈西淮，"西淮，以前静安在学校是不是不怎么爱说话？"

沈西淮注意到旁边人的视线，正要开口，旁边人先一步替他回答："他不知道，我们高中都没说过话呢。"

静安其实不敢百分之百确定，她先前确实想不起什么细节，如果非要去找的话，只能求助于她以前写的日记，不过大概率不会有结果，不然她不可能毫无印象。

她看向沈西淮，间接地跟他求证："对吧？"

在两道视线齐齐注视下，沈西淮很快点了下头："嗯。"

静安其实猜到了答案，却隐隐有些失落，奶奶则故做失望状，冲静安打趣："看来高中你就只跟暮潇熟了。"她顿了顿，"你妈妈说这几天相宜跟暮潇一直在这边照顾，你记得请他们来家里吃饭，"又看向沈西淮，"西淮到时候一定一块儿来，你们都是同班同学，还能叙会儿旧。"

静安没说话，回头见沈西淮礼貌地应下，看上去没什么异样，她才跟着应下奶奶的话。

两人没有待太久，走前奶奶喊住静安，只说："别着急，路上慢点儿。"

静安听出话外音，转身跟沈西淮一起去搭电梯。不知是不是她的错觉，沈西淮看上去并没有生气，她却隐隐感受到他身上的低气压。

等上了车，她主动报出地址，见沈西淮自然地开口说话，又意识到似乎是自己想错了。

车很稳，经过晏清中学后一路开往粮仓口。在那条被改建的路段，车子被红灯拦在十字路口，沈西淮抬头看着远处的红灯倒计时，握着方向盘的手上青筋微微凸起。

车里没人说话，静安已经很疲惫，却没半点睡意。她一路上都在想着奶奶的话，一句"瞅准了时机就问"，一句"别着急"，来回占着上风。

直到车子停在巷子口，她也没想好答案。她解安全带的动作很慢，低声跟沈西淮道别后，推门下车也不急不缓。

巷子两边种了花，这季节正开得华盛。她慢步走到巷子中段，然后停下。

车灯还在身后亮着，几秒后，她转身往回跑。

车窗半开着，她微喘着气在旁边停下："沈西淮。"

车窗在她出声之前已经往下摇尽。

她弯腰靠过去，看清那张俊逸的脸，随后毫不犹豫地探身进去。

这一吻浅尝辄止，快到沈西淮还没有反应过来，她就已经退开。

"晚安。"她语速有些快。

夜色暗沉，沈西淮看不清陶静安脸上的表情，也不确定她这个吻意味着什么。

他看见她原路折返回去，身影在视野中越来越小。

好一会儿他都坐着没动，双手紧紧握住方向盘。下一刻，车灯闪了起来。他迅速推门下车，大步朝着远处停下脚步的人走了过去。

静安在闪烁的车灯中回头，看着远处高瘦的身影越来越近。她听见他轻微的喘息声，整个人被覆在他身影之下。

"陶静安。"

"嗯？"

空气仿佛静止。

沈西淮看着面前的人，一时间无数种情绪往上涌。

他想告诉陶静安，他是她转来班上后，第一个跟她说话的人。但那没有意义，她完全不记得。他听见自己开口："你想不想结婚？"

他声音不大，语气平静自然得和平常没有什么不同，静安却当场怔在原地。

"我不喜欢我们现在的关系，"他平静看着她，又追问一遍，"你要不要考虑跟我结婚？"

静安觉得呼吸有些困难，她心绪如麻，仿佛失去了思考的能力。几乎是靠着本能，她听见自己问："我现在就要回答你吗？"

沈西淮表情如初，停顿几秒后说："不用，你考虑好了再告诉我。"

静安认为自己应该再说些什么，可脑袋仍旧一片空白。

远处的车灯仍在闪，让两人像是置身于梦幻当中。

"好，你快回去吧。"

静安声音很轻，略停几秒后转身去拉门，又生生忍住回头的冲动，径直进了屋。她压根不记得要开灯，心仿佛随时要跳出来，只能将背贴着门板，久久不动。

头顶月亮仍是那一撇，远处车灯有些晃眼，花依旧在静默开放。

沈西淮立在门外，良久后，心才后知后觉狂跳起来。

第9章

巷子两边种的是三角梅，远远看着有点像木槿。木槿的花瓣可以煎成饼吃，静安偶尔会采来做，自己取名木槿煎。

天光还未亮，她在厨房煮栗子汤，又做好一份锅塌虾仁，连同三明治一起装好带去医院。爸妈问她怎么这么早，她逼着自己回神，只说要赶去公司工作。

公司楼下的咖啡店还没开，她一晚上没睡，一边揉着太阳穴，一边站在店门口看新闻。

一直到上午十一点，"ZL给我道歉"这一话题持续占领实时新闻第一。曾与微本合作的各大品牌与独立工作室纷纷转发微本长文，为微本背书；ZL以往合作过的代言人也陆续对此次事件发声，明面没有表态，字里行间却值得细细推敲；拍摄这次新品广告的女明星工作室也出场撇清关系，声明正与ZL洽谈解约事宜，并在博文最后抛出重磅信息：方案出自微本实习生，男的，而制片确实是女的，她只是在做自己必须完成的工作。

中午十二点，几大知名媒体官方账号发布采访长稿，接受采访的几位权威律师对此次事件做出客观阐述与分析，转发很快过万。

舆论再次发酵，风向大转变，舆论中心也由女制片迅速转移到此前尚未被曝光的男实习生身上。

微本有些茫然。在发长文之前，微本有信心为自己维权，白纸黑字的合同在手，ZL 没法钻法律的空子，但网络舆论的走向无法控制，几千字长文一发，极有可能抵不过 ZL 一句六个字的回复。但从昨晚宋小路站出来发声开始，舆论走向就渐渐明朗。

　　工作群里隔会儿就被一长串问号占据屏幕，Paige 则时不时在办公室里发出惊叹。

　　而静安坐在工位上发呆。

　　下午一点，ZL 线下实体店内被丢鸡蛋，视频一经当事人发布，网友纷纷表示支持；线上官方旗舰店则接连收到消费者投诉，监管部门在网友的监督下已积极介入调查。

　　微本官方账号下的评论由恶转良，长文中披露出来的创意方案在广告圈接连被转，先前口出恶语的网友也陆续回头道歉，对微本有，对女制片也有。部分网友则刨根问底，紧抓着男实习生不放，但舆论声音不大，很快被其他言辞掩盖过去。

　　下午两点，ZL 在舆论压力下终于做出正式回应，道歉信不长，态度也算不上诚恳，但信中一句"与合作方无关"直接将微本从这次舆论旋涡中推了出去。

　　微本办公室里员工皆松一口气，Paige 则对 ZL 的道歉信做起阅读理解，越看越不满。

　　而静安仍在发呆。

　　手机里消息不断，她偶尔拿起看一眼，没有回复的意愿。有人喊她几回，她回神后起身跟着去了办公室。

　　Demy 向来雷厉风行，这一次却迟迟没有说话。他看上去极不自在，良久后才开口："陶静安，我为我先前的态度向你道歉。"

　　他总说她理想化，过于正义而不懂得妥协，早晚会吃亏。这一次她确实吃亏了，恰好是在与正义相反的前提下，而他是负责推波助澜的那个人。

　　陶静安确实理想化，但又清醒而坚韧，知道自己在做什么，也可以坦然地承担一切后果。

他原本喜欢的也就是这样的她。他不知道世界上还有什么可以比道歉令人抓狂，却又不得不继续抓狂下去。

"事实证明你是对的，是我们掉以轻心。"

他说话时没有看陶静安，故意给自己找了别的事情在做，可说完发现并没有得到任何回应。

一抬头，对面的人早神游天外。

"Joanne？"

静安回神。

Demy 沉吟着没说话，昨晚给她电话时他就迟疑过，他猜陶静安或许比他更清楚，所以最后没有说出口。

但他刚刚吃过教训，知道凡事不能想当然，想了想说："昨天沈西淮给我电话，问你在哪儿，我告诉他你请假在医院，电话挂了没多久，网络上就看不到女制片三个字，原因自己想。"

他知道陶静安听见了，将桌上文件一翻，说："你可以出去了。"

静安转身去开门，半路上又回头："Demy，谢谢你告诉我。"

假若 Demy 不告诉她，她也猜到了。她并不认为微本的态度可以彻底挽回局面，流量当道的时代，广告业尚且已经不能纯拼创意，要想获得商业化的效果，砸钱、砸媒介是普遍的法则，而这样的法则并不只适用于广告业。

银杏叶书签躺在桌面，静安拿起放进掌心，指腹一遍遍拂过那两行字。她试图感受沈西淮写下这行字时的心情，想象他做书签时专注的样子。

她曾经听过一种表达，有人花费数日织出一条围巾送给朋友，朋友说：谢谢你，我收到了你的时间！

她也仿佛感受到了沈西淮制作书签时那一小段时间，他赤脚坐在她公寓里的桌前，太阳或许还没出来，binbin 或许妨碍过他，他仍耐心做完，然后换上西服出门去工作。

这样一个人，说如果可以选择其他职业，想要做一个帮人修屋顶的建筑工。也是这样一个人，创办了淮清最大的唱片行，名字是不知意义的四个数字，但必定被他赋予了特殊的寓意。

她说要听佐藤胜，车载音乐里不久后就有《用心棒》。他在她喝醉时说 Listening 那一期讲述电子音乐发展史的杂志是专门出给她看的，她最终还是记了起来，而那张她本没抢到的 Paul 彩胶，此刻还在她公寓里的唱片机上。

幽默工作室的澄清公告仍在实时新闻中占据一席，而 Paige 在她耳边细数八卦分明就在不久前。

天渐渐黑下来，指针走过一格又一格。便利店里的冰可乐剩下最后一罐，静安站路边慢慢喝完，钻进开往医院的出租车。

11 月，是个抬头看月亮的月份。

她透过车窗看往头顶，清楚地知道她很想跟沈西淮恋爱，但从没有产生过要跟他结婚的想法。

第 10 章

很早的时候，沈西淮就产生过要跟陶静安结婚的想法，但那时的想法并不成熟，也不切实际。然后是三年前的加州，陶静安轻而易举俘获了他，三年后在国内重逢，她在 1625 唱片行拉住他手腕，为的同一个目的，这多少显得他有点可笑。

她顶着那张在他梦里出现过无数回的脸问他，答案只有一种，他根本没有其他选择。

几天后他从公司开会回来，站在厨房吃她温好的饭菜，巴沙鱼味道很鲜，卤牛肉不腥不柴，什锦蘑菇和鸡蛋他不常碰，还是被他吃干净。他那时候想，无论如何，他要跟陶静安结婚。

这个想法仍然不切实际，他甚至没想好该怎么做。如果不是陶静安的心思太难猜，他压根不会这么快跟她提结婚。

她承诺考虑好了再告诉他答案，其实结果一目了然，她不可能答应他。他的紧张显得有点多余。

车灯还在间隔闪着，陶静安已经进屋很久，他坐回车里，看着远处的三角梅影影绰绰。

在认识陶静安之前，他几乎没有来过粮仓口。

粮仓口在淮清东面，从晏清中学骑车过来需要二十分钟，快的时候十五分钟也能到。那时陶静安家门外种的不是三角梅，离高考不过一个月，粉色蔷薇开得过分茂盛，香味一路漫到围墙另一头，闻起来像青苹果。

他不爱骑车，那辆硬尾山地是沈西桐图新鲜买的，在家里吃了很久灰，直到高一暑假才被他拎出来用，一用用到毕业。他通常只需要坐着等五分钟，围墙另一边的门就会被推开。陶静安总是很准时，唯独那次让他多等五分钟。三模成绩刚出，他依旧被别人压一头，而陶静安的总分比往常都要高。他本以为她会很开心，却听到她说自己毫无进步。送她回来的同桌没有安慰她，他们站在路灯下面讨论她做错的物理题，然后聊天，约定一起考去 Q 大。

车灯在墙面上一晃，他把车开往燕南贰号。

贰号是小路手里的住宅项目，花了几年建成的英氏别墅楼，去年刚竣工，统共二十二户，沈西桐前不久刚搬进来。

他把车停她房子门口，站车边站了一会儿才去按门铃。

西桐带着 binbin 出门来，看清人时吓一跳。他不急着进屋，蹲院子里逗 binbin，只敷衍地应她一两句。

她刚在 Touching 上转发了小路哥的博文，底下评论却一窝蜂全来问她幽默工作室澄清的事儿，乍看还挺礼貌："麻烦可以说下，你哥真的跟苏津皖没关系吗？"她噼里啪啦敲键盘："首先，有没有跟你有什么关系？其次，要我教你认中国字？最后，祝你生活愉快！"

她逮着几条开完炮就直接关了手机，原本想给她哥打个慰问电话，但猜他压根不在乎这点事，立即作罢。没想到他人自己找上门来，不过她也看明白了，他就是专门来看 binbin 的。

她不太高兴，跑过去趴她哥背上，低头就往他脸上亲了下。这是她故意招惹他的独门秘诀，往常她要这么做，铁定能被丢出几米远。有一回小路哥跟着她一块儿闹，两人各亲一边，差点没被她哥鞭尸家门口。不过他们都清楚，这人只是爱假凶，真生气的时候不多，大多时候是在跟他们一起闹着玩。

奇怪的是，这一次她既没被丢出去，也没被鞭尸，依然完好无损地趴她哥背上。

她察觉到不对劲儿，急忙喊他："哥？"

"嗯。"

西桐箍紧他脖子，低头仔细看他脸色："公司出问题了？"

她哥阴郁的时候不少，但她能感受到区别，先前家里公司出事，她爸妈身体垮下来，她才工作没多久，家里就他一人顶着，那段时间他就是这副样子，在爸妈面前云淡风轻，其实私下里状态很差。

她从他背上下来，原本只是想捉他手，没想到摸到一掌心的汗。

她哥把手抽开，语气平静："想什么呢？"

说完起身带着 binbin 径直往屋里走，她几步跟上去，见他站中岛台后洗手，从冰箱里拿了水喝，又顺手给 binbin 喂了根胡萝卜，看上去跟平常没什么两样。

她站着看了会儿，见他把那一瓶水喝光，过去拉住他胳膊，有些突兀地问："哥，你是不是觉得我们都理解不了你？"

她知道身在那个位置需要承受多大的压力，也知道没人可以完全感同身受，他连喜都不报，更别说烦恼，所以她总希望可以有个人在他身边陪着。

"我之前老撮合你跟津皖姐，你是不是以为是我自己的私心？才不是呢，我确实喜欢她，可你是我哥，我当然站在你这边，我是以为你喜欢她，你又总那么骄傲，我怕你后悔。可现在我发现是我想错了。"

白天幽默工作室的澄清公告一发，她没去问苏津皖，也没跟她妈聊起，更没有跟眼前的人求证，但她知道事情有蹊跷。

♩　231

她仰头看着他："是不是陶静安？"

她见她哥几不可见地皱了下眉，答案昭然若揭。

她又故意问："就她能理解你呗？"

沈西淮一时没说话，陶静安能理解他吗？那天她喝醉，那么细的指尖杵他胸口上，他现在还记得当时的感受，她说他会被很多人记住，他从不需要别人来认可他，但陶静安总有办法让他改变想法，他无法否认那时的愉悦感，但紧接着她说她后悔了，后悔跟他产生联系。

他不答反问："你跟苏津粤打算什么时候结婚？"

他问得真心实意，在西桐看来却是赤裸裸的嘲讽，她冷哼一声，一巴掌拍他胳膊上："信不信他明天就答应跟我去领证？"

他忽地就笑了下，沈西桐的自信异于常人，并不是什么人都有。

他正打算开她玩笑，屋外传来汽车声，他把妹妹的手拨开，转身往外走。

西桐第一次恨苏津粤回来得太早，她一路跟着她哥出去，留也留不住，见他冲苏津粤点了下头，就立即上了车。

车子是往里开的，她知道她哥是要去自己的房子。

当初她并不想住来这儿，是听小路哥说她哥在开工前就定了一套，她才跟着要了一套。二十二栋，她哥要的占地最小，设计图他亲自把关，最后是完全按他本人意愿落成的。别人家院子里有草坪，他只要一半，剩下一半是光秃秃的泥巴，小路哥开玩笑说可以在里头种葡萄。

这还是她第一回住淮清东面，比西面更老旧，地方她不怎么熟，只知道再往东二十分钟是小路哥先前给拍过宣传片的粮仓口，往北十几分钟是商务中心区，上班通勤倒很方便。

原本以为她哥要沿袭他惯常的设计，那栋房子却装修得格外有人气，色彩搭配自然明丽，中西厨兼具，书房影音室都不大，又是满屋子的绿植花草，看着尤其适合生活。不过家居内饰都不便宜。她屋里的家具跟那边几乎一样，都由她哥亲手置办。有套昂贵的水晶龙头，她哥认为不太搭，被她顺手拿来自己用。最贵的是屋里那架钢琴，差生文具多，他钢琴明明弹得不好。

月亮悬在空中，像深蓝海水里一条金色的鱼。

沈西淮进屋先去看阳台上的花，太久没照料，几盆秋海棠已经衰败，他答应给她养，但并没有养好。后院还空着，他想过把凌霄路的果树移植过来，可果子已经结好，只能等到明年。

时间慢，久站后不过二十分钟。

他一脚油门开回凌霄路8号。

进屋后怎么也睡不着，手边那本《绝对笑喷之弃业医生日志》没心思继续读，他找出根据这书改编的英剧来看。

画面里一闪而过的街道让他想起在伦敦政治经济学院的那三年，他过得尤其糟糕，无时无刻不想回来，但回来只让他更难受。

他减少使用社交软件的时间，有几回直接卸载删除，然后不断地给自己找事做。中国学生很难申到奖学金，他试着去申，拿到后又报名参加建模大赛。钓鱼可以让人心静，他就加入钓鱼俱乐部。每天沿着泰晤士河跑步，偶尔开车漫无目的地在街道上来回打转。他会去踢球，喜欢曼联，但仍然开车三小时去利物浦看球赛，披头士的雕像只是顺道拍的。西桐和小路他们打来电话抱怨他不回消息，如果不是他们催问，他不会把社交软件下载回来。

伦敦政治经济学院除了叫作"伦敦金融技校"和"投行人才市场"，还有另一个别称是"伦敦女校"。学校男女比例严重失衡，这使得他经常需要拉黑一些频繁给他打电话的号码，收件箱里的图片偶尔过于露骨，为此他注销过很多次邮箱。

电视剧播了一夜，他几乎没合眼，也几乎没看进去，又继续放起《海上钢琴师》。

天彻底亮了，他抓紧时间眯上眼，脑袋里1625唱片行的招牌一晃而过。

11月，陶静安的生日快到了，即使她不愿意，他也要跟她一起过。

第 11 章

11 月半，离陶静安的生日还有五天。

这一天看上去没有什么不同，沈西淮和往常一样从早忙到晚。

上午的触动游戏开发者峰会一结束，他跟他表哥站会场外闲聊。

自去年年中成立子公司 IB 科技以来，柴斯瑞就致力于做出 IB 的第一款手机，IB 取自奇思，Idea Box，对柴斯瑞有特殊意义。在进入智能手机时代之后，"音乐手机"这样的说法越发鲜见，而 IB 科技成立的目的就是打造出有口碑、有情怀的音乐手机。

持续耗费一年多心血，柴斯瑞仍为明年 3 月份上市的新品发愁，问表弟意见，他竟不吭声，定睛一看发现他正对着外头的雨出神，压根没听。

沈西淮其实听见了，只是想起了别的，触动旗下子公司不多不少，唯独还缺一家，他先前就动过念头，他表哥因为私念成立子公司专门做手机，他则想让人拍电影，但迟迟没有确定下来，或许该尽快提上日程。

他看回他表哥："可以考虑做个系列，或者从奇思上做文章，做成盲盒，现在不都喜欢开盲盒吗？"

柴斯瑞思索片刻，随即笑了："你这现想的方法比他们说的听起来靠谱多了，要是给你来做，你打算怎么开这个盲盒？"

沈西淮语气波澜不惊："我会考虑跟触动合作，用他家预计明年上线的音乐 APP，至于怎么开，要看你想让消费者看见什么。"

柴斯瑞微讶然："已经立项了？"

"刚立，没什么进展。"

柴斯瑞从他话里听出几分泄气来，觉得十分稀奇："那么硬的骨头都啃过，你做音乐产品不是众望所归吗？还有压力？"

沈西淮自嘲地笑了下："还真有点。"

一会儿的工夫，来不及多聊，沈西淮离开会场，直接赶往唱片公司。

有段时间没来，1625唱片行的销售报表他翻了几页，又问起 *Listening* 下一期的选题，没有发表意见。

会议结束时外头仍灰蒙蒙一片，仿佛置身于阴雨连绵的伦敦。

沈西淮不喜欢雨，像被潮湿感紧紧挤压住。他觉得闷，站落地窗前解开一粒衬衫扣子。

新闻里ZL刚发出道歉信，态度极尽敷衍，他扫一眼，翻出通讯录连续打了几通电话，随即按灭手机。

身后有人敲门，他回头，见到一行熟悉的脸。

柠檬鱼是传统的四人乐队，三女一男，沈西淮找到她们之前几度趋近解散。电子音乐不断推陈出新，但电子乐队在国内算不上流行，说得出名号的更是寥寥无几。她们那时在市场上几乎无人问津，迫于温饱问题，已经打算另谋出处，所以当触动唱片公司向她们提出签约意愿时，她们相当震惊，理所当然地询问原因。站她们对面的人年轻英俊，却沉稳有余，实在让人很难将他跟网上那位互联网巨头之子联系起来。

沈西淮解释说无意看过她们的表演视频，认为她们的音乐应该被更多人听见。她们颇为意外，往常看她们表演的观众不过三五个，将她们的表演视频传出去的可能性更是小之又小，但假如没有这三五个到场支持，并且发邮件鼓励，她们甚至撑不过第一次解散危机。

倘若那几位听众是她们背后的推手，那么沈西淮对她们来说是伯乐，是当时的救命稻草。他人话少，但完全没架子，关键是音乐品位高，决断能力强，又熟悉市场运作，第一张专辑在他的全程跟进之下，一经上市就引发热度。

专辑拿下月度销售冠军那天，几人一起请沈西淮吃饭，桌上照例点了一道柠檬鱼。柠檬鱼最开始是沈西淮点的，那时乐队刚签约，沈西淮请她们吃饭，桌上聊起乐队新名字，取了几个都不太满意，后来鼓手指着面前那道柠檬鱼，说这鱼特好吃，不如就叫柠檬鱼。原本是玩笑话，问起沈西淮，谁知他竟没有异议，说听起来很不错。名字就这么定下来。

沈西淮在制作室听完柠檬鱼刚做出来的几首音乐，才从公司出来。

路上柴碧雯来电话，说她人在凌霄路，刚从他门口的邮箱里找出样东西来。

"我待会儿正好路过公司，顺手给你带过去？"

"什么东西？"

柴碧雯卖关子："到时候看了不就知道了？"

"晚上我回去，放着就行。"

他出差频繁，鲜少在家，压根没有工夫查邮箱，能往他邮箱寄东西的除了沈西桐他也想不到第二个人。

柴碧雯仍跟他确认："真不要我捎过去？你不得半夜三更才回来？"

"八点能回。"

柴碧雯没坚持："桐桐说你昨晚去看了 binbin，你那房子晾了小半年，能往里搬了吧？"

沈西淮说："再说吧。"

柴碧雯试探不出什么来，只好说："尽早搬进去，不住可惜了。"

他没说话，他没想过要搬进去，不是不想，而是没必要。

这边刚收线，助理的电话又进来，告知成森电商的老板约见面，他并不意外，知道是刚才那几通电话起了作用。成森在淮清电商业一家独大，老板颇有经营头脑，但似乎一心忙于工作，没时间教出一个好儿子来。

他让助理直接回绝，靠车椅上闭目养神。昨晚没睡，他一天都没什么精神，也吃不下东西，工作怎么也做不完，但他今天并不打算加班。

离圣诞还早，公司门口几排银杏树已经被人套上毛衣，看上去花里胡哨。头顶乌云揪结成一团团，低低压着。雨暂时停了，雾气宛若密密麻麻的电子颗粒，重重挥在人脸上。

到公司开最后一个长会，陆续有人进门，他按着太阳穴去翻面前的文件，纸页锋利，冷不防在他指尖划出道伤口，他还没反应，对面先有人倒吸一口气。

这位中美混血看着对面的老同学，笑着说："见血消灾，看来要有好事发生了。"

沈西淮没有封建迷信，对此不置可否。

中美混血继续笑道："你不记得了？当初我们申请创业基金搜索基金的时候，你腰一受伤，我们当天就拿到了十万美元。"

斯坦福会提供众多资源以支持学生创业，但想要拿到十万美元的创业基金需要经过极其激烈的竞争。学校附近就是风投一条街，当初成立投资基金是沈西淮的提议，起初他们没太当一回事，只当课余实践，但沈西淮显然不是这样，找来几家投资公司还不够，向学校提交了创业基金申请，有支师姐团队来势汹汹，原本以为获胜无望，结果出来却令人惊喜。

当时沈西淮不在，给他打电话没接。晚上再见他没看出什么异样，隔天有女孩子找来学校，他们才知道沈西淮被伤了一刀，刀口不深，只是流了点血。这伤是替人受的，人家女孩子过意不去，给他送来药跟吃的喝的，仿佛他伤到无法自理。那时刚下课，他们匆匆见了那女孩一眼，两人隔着些距离，彼此十分客气，实在很难让人误会起来。但招呼一打完，就见冷面叛徒竟直接把人带去公寓，他们以为铁树终于开了花，可在那之后再没见那女孩。

消灾见血当然是玩笑，创业基金是靠实力拿的，甚至在拿到后沈西淮又匀出一半给师姐团队，条件是跟她们借鉴创业经验，他们不禁腹诽，这人对异性真是没有任何其他想法，一心只有他的创业经。

沈西淮将手指一收，他当然记得，但并不愿意回想。

中美混血又问："那APP还做不做了？这段时间都搁置了，连名字都没一个。"

天阴沉沉的，让他越发心烦意乱，表面不动声色，说："不急。"

好不容易结束会议，他回办公室坐着不动，助理敲门进来，说成森老板又来电话，问怎么回复。

他仍然不意外："问他儿子打算怎么道歉，再来谈见面。"

助理点头，又给他递来个纸袋，说是他妈刚捎来的，里头空荡荡，只一张卡片，他拿出来一看，邮戳显示海岛的名字，明信片上几行字迹熟悉到他一眼就认出来。

我那天或许不该那么冲动，以至于我们有了一个错误的开始。

他来回看了几遍，有些无奈地想，陶静安的字可真好看。

窗外雨迟迟没落下来，他将明信片放进抽屉，起身出了门。

他应该回去好好睡一觉，车子却开往另一个方向，刚在公寓底下的车位停定，助理又打来电话，事项一一确认后，又问起明晚的饭局。

他觉得烦，让助理推了。

他最讨厌麻烦，烦应酬，烦八卦，烦等待，但没有什么比陶静安更麻烦。陶静安是个天大的麻烦，丢不掉，解不了。

他能轻易看出其他人的想法，也自以为足够了解她，可发现远不足以读懂她的心思。前一刻她能让他错以为她或许对他有点好感，后一刻她又排斥跟他的圈子有任何接触，然后她说她后悔了，说他们的开始是个错误，如果不是临时发生意外，她现在应该已经跟他撇清关系。

可他不想。

巴沙鱼他不想只吃一次，而同学只当一次就够。

他需要立场，需要一个明确的身份，好在她需要的时候名正言顺地站在她身边。

他原本想等，等事情解决，可在医院的电梯里他揽住她，在她从巷子里跑回来的那一刻，他不想再等，也等不了了。无论陶静安出于什么原因那么做，他知道这样的时机一旦错过再也不会有，而陶静安随时可能会提出跟他分开。

他想，就当他卑鄙一回，在她生活和工作皆不如意时乘虚而入，说不定陶静安真的有点喜欢他。不过即便真的喜欢，也完全不足够支撑她答应和他结婚。

结婚……他可真敢提。在商场上他能看准时机去冒险，也总是在赢，但这是陶静安，压根没有赢与输。

雨又渐渐落下来，陶静安大概还在医院，也或许回了粮仓口，他知道她今晚不会回来。

车子往回开，音响里罗德里格兹在唱："I think of you, and think of you, and think of you."（我总想起你，我总想起你，我总想起你。）

在看纪录片之前，他并不知道这位歌手拥有那么传奇的人生，在美国寂寂无名，在南非却好比约翰·列侬的存在。可就是这样一个人，仍然每日从住了四十多年的房子里推门出来，独自走在底特律涂满湿雪的街道上，出发去卖苦力。

他不知道陶静安哪来那么多时间看电影，她在发出某支乐队的表演视频时，配文短短一句：Searching for Sugar Man.（寻找小糖人。）

他查了才知道这是部纪录片的名字，而她把那支乐队比作不平凡的小糖人罗德里格兹。等看完纪录片，他觉得当个建筑工似乎挺不错。

影片里用来描述小糖人的一句话也让他印象深刻：American Zero, South African Hero.（美国小人物，南非大英雄。）

他觉得他该做点什么，帮助更多的小人物成为大英雄。他让人去联系那支乐队，然后就有了柠檬鱼。

音响里小糖人已经唱到下一首，贝斯明显，吉他很弱，歌词直白。

经过晏清中学后，路不再那么堵，他脚踩油门，车子在蒙蒙雨雾中开进8号。拐过几个弯，视野里出现自家的屋顶，墙上干枯的植物藤蔓，白色的门，然后是银色的伞尖。

伞下立着一个人。

他心猛然一提，又很快回落。

她下雨也坚持过来，连一晚上也不愿意等。他猜得到她要说什么，但他不打算听。

他上学时其实不怎么爱看书，但也读过几部金庸古龙，他始终记得《倚天屠龙记》中赵敏在抢亲时说的那句："我偏要勉强。"

他不喜欢勉强人，也不打算勉强陶静安，他只需要她兑现承诺，像当初她说的那样，将两人的关系维持至"直到你不想"。

既然她给了他主动权，他没有不要的道理。

雨渐渐大了，噼里啪啦砸在伞面。静安站在伞下，看着远处的车子驶近。她是从医院过来的，本应该回粮仓口，可最终还是站在了这里。

她今天穿了一件淡粉色的外套。她很喜欢尼迪亚·洛萨诺，一个西班牙女画家，从来都用淡粉色来烘托她作品里的女性。外套有点薄，可她感受不到冷，心跳声似乎比雨声还要大。

黑色车子很快在身前停定，里面的人下车来，等他顶着大雨大步走到她身前，肩膀已经洇湿一片。

静安抬头去看他，听他声音硬邦邦地问："怎么不进去？不记得密码？"

他表情很冷，仿佛跟昨晚和她提结婚的不是同一个人。

她张了张嘴，却说不出话来，面前的人这时伸手过来，捉住伞柄的同时也碰到她指尖。

"先进去。"

静安松了手，伞被他彻底接走，她却站着没动，见他要转身，忙伸手扣住他的手腕。她手劲儿很小，沈西淮想起在试听间那回，她也是这么轻轻一拽，就让他停住脚步，紧跟着她就说出让他意想不到的话。

但这次不一样，他知道她要说什么。

他低头去看她，她大概没有当面拒绝过别人，为难得不知道怎么开口才好。他用力捏住伞柄，正要替她开头，听见她说："我需要你回答我一个问题。"

"嗯。"

头顶的伞完全将雨隔开，静安想问的问题其实很多，想问他为什么忽然这么快想要结婚，想问他对结婚的看法，问他"为什么是我"……她从昨晚想到现在，问题只越来越多，可她也清楚地知道，她最在乎的只有一个。

她看着他问："你喜欢我吗？"

如果说在昨晚之前，她对这个问题还保留怀疑的态度，那么现在她已经有了确切的答案，她愿意相信自己所真正感受到的，但她仍然想听他亲口说。

而在这之前，沈西淮也从来没想过有一天会回答陶静安这样一个问题，这个问题很难，又简单到完全不需要思考。

他毫不犹豫："喜欢。"

在回答完的那一刻，他意外地看见陶静安很轻地笑了下，他本能地意识到有什么东西和他预想的不太一样，还没来得及思考，面前的人说："那我考虑好了。"

他呼吸猛地一滞。

听见她说："我们结婚吧。"

他浑身血液一瞬间全往上涌，眼前仿佛炸开一道道白光。他定定看住面前的人，下意识伸手去捏她下巴："再说一遍。"

他力道有些重，静安下巴生疼，仍坚定看着他说："我说我们结婚吧。"

她知道自己很冲动。

她曾经看过几次《婚姻生活》，这部迷你剧在播出后半年内，就让瑞典的离婚率增加了50%。导演英格玛·伯格曼在接受媒体采访时笑得容光焕发，称看到这样的现象非常开心，兴奋地说："大家不用再维持无爱的婚姻了。"

即便她爸妈感情很好，她也知道婚姻是个复杂的难题。可伯格曼也说："爱是人生中最好的部分。"

在沈西淮提出结婚之后，她再次想起了那个电车难题，而这一次她站到了电轨上，失控的电车即将飞驰而来。

她很清楚地知道，这么快跟另一个人步入婚姻并不正确，可至于好不好，只有结了才知道。

她喜欢沈西淮，她愿意听从内心的意愿跟他结婚，那么就结。

雨越下越大，静安头顶忽地一凉，是沈西淮将伞丢到了一边。她被他紧紧拽着上了院门前的台阶，再要往下，她脚下一空，低头刚要踩定，旁边的人立即揽住她腰，只是一瞬间，她低呼一声，人被横抱了起来。

雨滴密密麻麻砸在两人身上，沈西淮的脚步很快，转眼就到门口，他低头看她：“按密码。”

他眼神和以往任何时候都不太一样，看得她无法直视。

她垂眸：“你先放我下来。”

他却只一个字：“按。”

静安敌不过他的坚持，回头按下那一串并不难记的数字。

门响，两人进屋，静安身体刚沾上沙发，沈西淮便压过来。

空气有片刻的凝滞，只是一瞬间，两人便不约而同地吻了起来。

XIAN NING
PART 04

你可以陪我久一点吗？
哪怕多一分钟。

卷四
摇曳露营

an' qing & quieto

第 1 章

雨怎么也不见停,又急又凶,下得满天满地都是。

淮清的雨水其实很少,但仍然不及加州可怜。那时沈西淮乘坐的航班正从西雅图飞回国内,新闻读完,他在位子上将报纸慢慢折成一只很大的纸鹤,和《银翼杀手》里的银色纸鹤类似。他原本对手工没太大兴趣,只是长久的习惯。

飞机不久后在淮清落地,纸鹤也被留在了头等舱。他想,陶静安能不能用上水跟他没有任何关系,那时他并不知道陶静安已经在几个月之前回国,正如当初他刚到英国一个月就忍不住回来,给 R 大宿舍寄去一套水彩颜料时,并不知道陶静安已经转专业,宿舍也换去了另一栋楼。

那一年的加州却下了一场罕见的大雨。那时触动的危机还没度过,芝加哥的会议可去可不去,他在办公室待了很久,最终起身坐上车赶往机场。返程时在旧金山转机,他将车开去伯克利,101 路上的坑不减反增,在奈飞大楼附近,他在车里静坐了两个小时,看雨越下越大又渐渐小下去,雨停时,他要搭乘的航班早已起飞。

如果放弃有用,沈西淮不会再见陶静安。在持续几年无休止的工作间隙里,他一度认为自己已经做到了,直到陶静安回国。

而就在刚刚,陶静安答应要跟他结婚。

她嘴里有柠檬的味道,和当初在加州时尝到的不太一样,他自然不比小路懂酒，霞多丽酒的香气却记了很久。

他吻得越来越深，也比以往任何一次更具侵略性。

静安积极地回应，将手紧紧环住沈西淮的肩背，他衬衫上有淡淡的烟草味，嘴里却干净清爽，接吻声响几乎被雨声掩盖过去。

静安不太喜欢跟人肢体接触，从没跟其他人这样亲近过，可总想跟沈西淮再亲再近一点。又亲了一会儿，静安去推身前的人，他并不应，她只好趁空隙说："我还有话跟你说……"

身前的人一停，往她唇上啄了下。她仍环住他，鼻子尖几乎挨着他的，她先前准备了一大堆话，刚才太紧张没来得及说，现在真要开口，一时又不知道从何说起。

静了静，她只喊出他名字："沈西淮。"

沈西淮并没有应她，但她搁在他身前的手可以感受到他清晰有力的心跳，似乎比她的还要快。

他视线落过来，似暮霭沉沉，她往后坐直，也定定看着他："我有一点存款，在西塘园那边有一套公寓，全款买的，不是很大，暂时没住。"

公寓刚买没半年，买之前静安先把加州的房子卖了，那套房子是她爸妈利用杠杆买的，写的她的名字，房贷她交。南湾的房价一年得涨10%，几年过去房子升了值，拿到的收入比预期高不少。买来的公寓她也并不打算住，只当投资。

"我有辆车，是我爸妈以前给我买的，但前段时间坏了，我打算最近买辆新的，还有——"

话没说完，她下巴被捏住。

沈西淮眉头微蹙："陶静安，我不打算做任何财产公证，我的就是你的，你的也得是我的。"

静安怔了下，这并不是她说这些话的本意，可沈西淮这样一误解，她意识到这个问题确实也需要商榷。

她忽然笑了："我不是这个意思，可是财产公证还是要做的吧？"

沈西淮却反问："为什么要做？"

他看上去颇为严肃，静安又忍不住笑了，财产公证被这么一提出来，好像他们明天就要着急结婚。在她看来，做不做并不足以成为问题，财产公证是为了保护自己的财产，她的财产她可以守住，沈西淮肯定不会要，而她也不会去要不属于她的东西。

她也反问："你们家没有这个习惯吗？"

"没有。"

静安没说话，只是看着他。

沈西淮也忽然笑了："我们不需要做这个。"他捉起她手指，"刚刚想说什么？"

"我是想告诉你，我有一点存款，暂时还不缺钱，我工作上出现了问题，但问题在慢慢解决，奶奶还在住院，不过情况已经好转，可能用不了几天就能出院。"

沈西淮仔细听着，终于意识到她想要表达什么，下一刻果然听她说："我确实被一些问题困扰，但情况还没有太糟糕，这些问题也不会影响我在其他事情上的选择和判断，我决定跟你结婚完全是出于我的个人意愿，跟我的处境没有任何关系，我不希望你因此产生误会。"

即便猜到她要说这些，沈西淮仍然有些诧异。

又听她说："以后我会对你好，你也要对我好，好吗？"

静安鲜少这样向人袒露心思，多少有些不自在，刚要低头，下巴又被他托起。

"好，还有吗？"

他声音低沉，一瞬不瞬地看过来，静安说："还有……谢谢你。"

沈西淮声色不动："谢什么？"

静安故意开起玩笑："谢谢你让我知道，Touching 的实时新闻排名确实可以人工操纵。"

沈西淮跟着笑了下："嗯，还有呢？"

"还有，Paul 的彩胶我一直在听，那期杂志我也看了好几遍……"她伸手正了正他的衣领，重复一遍，"谢谢你。"

两人不自觉对视着，好一会儿后，沈西淮先打破沉默："我最近会比较忙，过两天可能要飞一趟曼哈顿，也随时需要出差。"

　　静安点了下头，只听他继续说："明天上午我们去办手续？"

　　静安闻言彻底愣住，面前的人又问："不方便？"

　　她思考片刻，有些为难："我还没告诉家里……"

　　沈西淮预料到了她的反应，也知道自己太过着急，但多等一天对他来说都是煎熬。

　　他停顿几秒，最终还是尊重她的意愿："好，先告诉家里。"

　　静安望着他，他脸上分明没有失望，可她莫名有种愧疚感，仿佛辜负了他。

　　她凑去他耳朵边，闷闷地说："我想睡觉。"

　　她已经连续一周没有好好睡过，精神也总是紧绷，昨晚更是辗转反侧，多半时间没合眼。

　　不知是因为跟沈西淮坦诚相对，那根弦彻底松下来，还是因为沈西淮的怀抱太舒服，她眼皮现在尤其沉。

　　而沈西淮只是抱着她不动，低头看她："睡。"

　　静安笑出来："我得回去了，爷爷在家，等我到家他才放心。"

　　她脸色疲惫，黑眼圈明显，沈西淮最终松开她。

　　雨还在下，静安先被送上车，车窗开了一小半，她贴过去，看着沈西淮大步往外，背影高瘦，利落地将她被吹远的伞捡回来。

　　等开门坐上车，他随意拨了两下头发上的雨水，紧接着看向静安。

　　"先睡会儿，到了喊你。"

　　静安并不打算睡，可往椅背上一靠，很快沉睡过去。

　　车子在粮仓口的巷子外停下时，沈西淮没有立即喊醒旁边的人，只侧头看着她，五分钟后才去给她解安全带。

　　窗外暴雨如注，车灯远远打出去，两人一同下了车，三角梅在雨中剧烈摇晃，静安被紧紧揽住，到家门口，伞被交到手里，她转身去开门，动作一顿，又回过头去。

沈西淮刚打起手中的伞，静安只是看他一眼，手里的伞紧跟着一丢，冲进他伞下的同时紧紧抱住他。

她脸闷他怀里，沈西淮单手揽住她，低头只看到她头顶。

"怎么了？"

"我是不是跟你说我车坏了？"

"嗯。"

"你明天几点能来？"

沈西淮怔了下，听她继续说："记得带上户口本、身份证来接我。"

他心猛地狂跳起来，将她脸抬起面向自己，语气仍平静："九点。"她需要多睡会儿。

静安脸有些热，停顿几秒后笑着点了点头："那你快回去。"

沈西淮看着面前明晃晃一张脸，低头往她唇上亲了下："早点睡，明天晚点也没关系。"

静安仍旧点头，最终捡起伞进了屋。

她心怦怦乱跳，好一会儿才重新觉得不对劲儿，到镜子前一站，耳朵上果然多了一对耳饰——是两只柠檬。

她摘下来，在手心一翻转，后头刻了字母。

一枚"an'ging"，一枚"quieto"。

第 2 章

潮北 7 号院是淮清排得上号的别墅区，沿河而建，进门可以看见高杆的石榴树努力向上生长。沈家庭院里则种了两棵别的，一棵是黄杨，还有一棵也是黄杨。

沈西淮曾经有段时间一直觉得黄杨树长得不太好，属于树界里面的歪瓜裂枣，总想着给它换了，他妈柴碧雯有天丢给他一本树木百科全书，要他自己挑，等他选中上头的意大利柏树，他妈把书收回，说你自己看着办。这话的意思是要他凭借一己之力换掉，务必不能用家里的一分一厘。他去花鸟市场给人当小工，淮清人喜欢提笼架鸟，他偶尔也忽悠淮清大爷带薪给人遛鸟。等手里有了点基金，能买得起树，他却不急，摇身一变成了"倒爷"，小摊子上摆着淮清人离不开的茉莉花茶。

那段时间他每天固定时间去练琴，小路主动请缨来帮忙，并要求三七分成。等晚上他回来，小路刚被城管追着跑了几条巷子，摊儿没了，钱没剩下几块，小路说，二哥你还是去卖唱吧，大丈夫能屈能伸，不就是被桐桐的同学多看几眼嘛，实在不行你蒙着眼睛。他不乐意去，把剩下的钱数了数，还往里搭了百八十元，一起卷给小路，勉强算是跟他五五分了。

后来那两棵意大利柏树是从沈西桐那里拿钱买的，西桐自始至终都不知道，只知道她那位面若冰霜的哥把刚拿的信息学奥赛奖学金丢给她，她不稀罕，身边的同学却哇哇大叫，不知道在叫什么。

柏树最终没有种成，沈西淮某一天忽然觉得那两棵黄杨树看起来特别顺眼，时不时就给它俩剪枝捉虫施肥。不久后乐队取名，要他拿主意，他直接用了树名，西桐直呼土，柴碧雯却觉得还成，又说院子里两棵黄杨树的树苗就是兄妹俩当初自己挑的，哥哥选的大叶，妹妹要的小叶。

雨渐渐小了，黄杨树在风里微微晃动。

沈西淮从车里下来，没撑伞，冒雨穿过院子，快步进了屋。

柴碧雯正坐灯下看书，听见门响，摘了眼镜回头。

"这大半夜的够呛，下着雨呢，也不知道撑伞。"见人要往对面坐，柴碧雯又作势要拦，"欸，你倒是先擦擦，别把我沙发给弄湿了。"

沈西淮却直接坐了上去，手肘撑腿上，身体微微往前倾，沉吟着不说话。

柴碧雯看明白了，这是有事找她，但她不急着问，观察他两眼，又将视线挪回书上。

"你爸刚来电话，说你立项要做音乐产品，怎么都没听你说起？前两天你人在外头出差，又把一家游戏公司给起诉了？"

前者是私心，后者是工作，沈西淮只简单解释，起诉是为了维护触动原创设计师的合法权益。

柴碧雯不置可否，又状似不经意地问："明信片拿到了？"

明信片是她昨天无意发现的，出院子时顺手打开邮箱看了眼，没想到真有信件。她向来尊重家里孩子隐私，没打算细看，只是那明信片上的海景让她想起那天车上的女孩。那时她试探未果，只好闲聊几句，知道她要去海岛出差。她心下一动，将明信片翻过来一看，竟真是从海岛寄来的。

内容她看不太明白，只想着得赶紧让她那儿子知道。

上回在车上聊天她就清楚，这事儿急不来，还有得等，保不齐还等不来。可不管内容如何，单是寄明信片这事儿多少就有些暧昧，说不准还有希望。

她抬眼望过去，对面的人却仍是那副不上心的样子，低声应了句："嗯。"

她忽然气不打一处来，刚要开火，却又听他问："爸什么时候回来？"

她按住火气："刚电话里说要多耽搁两天，上回跟你说你爸常回来，现在可好，大半个月都在外头，话果然不能说太满……怎么？公司又有什么新动作？"

沈西淮否认："我待会儿给他电话，要他明天赶回来。"

柴碧雯这回直接将书合上，神色一敛，只听对面那颇为严肃的儿子继续说："我回来拿户口本，明早去领证。"

她脑袋猛地一嗡，嘴微张着，好一会儿才问："是……跟静安？"

"对。"

柴碧雯脑袋仍有些乱，片刻后镇定下来，她将书放到一边，又摘了眼镜。

半晌后她说："你先让我想想，户口本儿在楼上，自己去拿。"

见面前的人起身出了门，她忙把电话打出去，等对面一接通，她立即低吼道："你儿子要结婚了！"

沈西淮拿着户口本下楼时，柴碧雯刚打完电话，脸上看不出太多情绪。

沈西淮刚重新坐下，就听她说："你爸得明晚才能下飞机，我问你——算了，也不用问了，这事儿也就你能干得出来，不过静安能答应你，不是跟你一样昏了头，就是太喜欢你。"

沈西淮微微一怔，他妈又说："你跟静安尽快商量下，我们得赶紧见见面，现在这样搞得我们很被动，怎么做都没礼数。真不知道该怎么说你好……真给我整一出这么大的来，还是一出咱们家没半点经验的……"

柴碧雯说着一顿，又忙招呼对面的人："你赶紧把静安照片发给你爸看看，人没见着，照片总得有。"

对面的人不动，柴碧雯又自顾笑起来："干吗？想要我拦着你啊，拦得住吗？咱们家的人我还不知道吗，一个个一旦做了决定，十头牛也拉不回来。"

见对面的人终于笑起来，她故意怒道："还笑？赶紧把照片给你爸发过去……噢还有，问问静安家里人有没有什么忌口，我拟好菜单，先一块儿在家吃顿饭。"

"她不怎么挑，别买鹅肝就成。"

"我不止问你媳妇儿一个！"说着柴碧雯一顿，"哪儿来这么多照片？也给我发一份！"

沈西淮从家里出来时，雨已经彻底停了，头顶一轮月亮要比往常更圆、更亮。他开车回了凌霄路，起初睡不着，后头竟昏沉沉睡了过去。

隔天一早醒来，车子开去粮仓口，远远见巷子口立着一道熟悉的身影。

静安是特意来等沈西淮的。昨晚冲动归冲动，她到家后很快去找了爷爷，又给爸妈打电话，她妈妈立即从医院赶回来，一家人聊了半宿，早上她爸也回家来，又开家庭会议，最后拍板：领证前先一起吃顿早饭，至少得让爷爷见一见人。

静安最终说服了家里，可想到要见面，仍然有些紧张。

车子在身前停下，静安看着车上的人下来，不过几个小时没见，两人一时都没说话。沈西淮先去牵静安的手，低头望着她："没睡好？"

静安原本觉得不真实，再见沈西淮也莫名有些尴尬，但手一被牵住，她竟不再那么紧张。

"睡了几个小时……"

沈西淮看上去十分镇定："等回来再补会儿觉。"

两人一同往里走，静安半路拉住他，等他一回头，她伸手抱住他，脸贴他胸膛上，还没来得及说话，忽然就笑了。

沈西淮的心跳很快。

只是刚笑出声，静安脸就被抬起来。

"陶静安，你在笑话我？"

静安还没摇头，面前的人已经低下头来堵住她的笑。

经过一夜暴雨，旁边的三角梅姿态越发傲然，太阳刚冒出一点头，阳光照下来已经有些热度。

这一天比想象中要顺利得多。早餐吃得很丰盛，静安爸妈一块儿准备的，三文鱼杂粮饭，荞麦面，菌菇鱼虾丸汤，羊角蜜……出来时沈西淮身上还带着一封红包，领带换了一条，是静安爷爷早前收藏的史蒂芬劳·尼治。

早高峰还没到，两人到民政局时并不是第一对。进门时八点半，出来时刚过十点，结婚证很快被送到静安奶奶手里。

下午柴碧雯来医院，两家人第一次正式见面，刚得知消息不久的西桐暂时缺席，却恨不得立即从外地飞回来。

沈西淮傍晚去公司前，静安下楼送他，他临时有重要会议要开，没法推迟。静安原本只决定送他到门口，最后又送进车里。在车上待了五分钟，车子开走前，两人约好晚上再见面。

会议持续开到八点，沈西淮回医院前先去了趟凌霄路，出来时经过邮箱，他脚步一顿，径直过去打开，里头静静躺着一张明信片。

正面仍是海，反面则仍是熟悉的字迹。

每次都想告诉你，希望我们的关系不止于此。

他只来得及看上一遍，忽然惊觉身后有人，等迅速转回头去，手中的明信片已经被一把抽走。

宋小路只将东西抢进手里，并没有去看内容。

"欸……斯瑞哥，致逸，你们说这人看着怎么那么眼熟呢？"小路朝身后两人看了眼，又看回沈西淮，揶揄道，"这不是今天刚领证的新郎官儿吗？"

柴斯瑞配合小路，上下打量着面前的表弟："看着不太像，更像是生了锈的铁砧子——"

欠打。

而跟在两人身后的高个男孩冲沈西淮点头，笑着喊他："二哥，新婚快乐。"说着还拿出个盒子递过去，显然是给沈西淮的新婚礼物。

裴致逸比在场三人都要小上两岁，长一张乖巧无害的校草脸，小时候没少给这三位哥通风报信，还经常被拿来当挡箭牌。他跟西桐同岁，从小念的同一个学校，但成绩比西桐要好，在竞赛班里排名始终靠前，同桌是总拿第一的苏津粤。他脾气好得出奇，但最烦的事儿是沈西桐总拿他当借口来接近他的同桌。

沈西淮要伸手去接，盒子仍旧被小路抢走，他不甚在意，继续看着裴致逸："怎么回来没说一声？"

旁边小路气得够呛："那怎么有人领证都不带说一声儿的？我说二哥，你可真厚道……"

沈西淮自知理亏，但这事儿不好解释，也不急着解释，他看了眼时间，离跟陶静安约定好的时间还有一个小时。

他转身开了院门，显然是要请他们进去坐一坐，柴斯瑞自觉走在前头，裴致逸紧随其后，剩下小路站着不动，跟他那位二哥无声抗衡着。

小路是下午从西桐那儿接到的消息，那会儿他正开公司例会，看完立即炸了，愣是暂停了会议，走出去给西桐打了电话。紧接着就得到另一个让他震惊不已的消息，西桐说，跟她哥结婚的人叫陶静安。他一忍再忍，最终没把电话打给他那位二哥，只等着当面跟这人对峙。

"我先前说什么来着？你俩一个斯坦福，一个伯克利，说不定以前在加州大街上还碰见过，我可真是信了你们的邪，你们哪只在加州碰见过，还当了三年高中同学！"

沈西淮笑了，又纠正他："两年。"

小路一口气差点没上来："服了，敢情你俩逗我玩儿呢，我还真没想到陶静安也会骗人，说什么不是校友，还说没听过黄杨树乐队，到最后就我一人成了小丑，配合你俩玩小情侣游戏……我心心念念那么久的二嫂，原来早就被我见过了……噢，还有你给我电话，就是要我转发微本那条长文对吧？我怎么就不知道我这么好用呢？"

他分明是在算账，可说着说着不自觉笑起来，伸脚虚虚一晃："怎么样，我用着还称手嘛，二哥？"

沈西淮也早笑起来，很快又止住笑，给小路一个交代："我跟她高中不熟，研究生时候联系也不多。"

小路一惊，想了想问："陶静安不是今年才回国吗？"

"对。"

"哪会儿才熟起来的？"

"上回跟她同事一起吃饭，是她回国后我们第一次见面。"

小路消化几秒："这……你们这是闪婚啊……"

沈西淮不置可否。

小路无言看他二哥几秒，忽地百感交集，他还能看不懂他这位二哥吗，看着和平常一样没什么表情，但显然打心底里是高兴的。

他把手里明信片递回去："那说起来你俩很有缘分了，你那会儿也是跟人一起去吃饭对吧？赶巧儿咱俩在同一家饭店碰上，赶巧儿你有空，还乐意跟我一块儿应酬，又赶巧儿你俩在饭桌上见了面。"

沈西淮转身往里走，话里带着点不易察觉的笑："是挺巧。"

小路跟上去，只见他二哥脸上笑容越来越大。他没立即咂摸出里头的意味来，继续说道："那你得谢谢我啊，那天要是没有我——"

他说着脸色忽然一变，脑袋里紧跟着嗡嗡作响，两秒后，他吐出一句脏话来。

第3章

知道陶静安回国的那天，沈西淮正在英国出差。

他住在费兹罗维亚，夜里天下起小雨，他开车从酒店出发去酒馆，一路上看见好几块蓝色牌匾。伦敦各处的蓝色牌匾加起来得有九百多块，挂在名人故居前，上面标注生卒年份和生平简介，是最早的名人故居保护项目。以前读书时他每看见一块都忍不住要想，陶静安那么爱看书，不知道有没有读过其作品。

他把车开去酒馆，里面有乐队在表演老鹰乐队的作品，他顺势就要了一杯同名的龙舌兰日出，石榴和橙子的味道很淡，比之更淡的是微酸的柠檬。

他很忙，也尽努力越来越忙，好不让自己有时间去想别的，现在却迫使自己放松下来。他点开手机，回复完工作消息后看见被屏蔽的同学群里有提示，大概是龙舌兰的后劲儿太大，他鬼使神差点进去，发现是程烟圈了他。程烟去了聚点他是知道的，他早前邀请她回来跟自己一起工作，薪资福利由她自己提，程烟没有立刻答应，而他不习惯强人所难，没有再对她发出邀请。

最后去了聚点的程烟在同学群里喊他喝酒，又圈了她的新上司，其他人抱着看热闹的心理帮她一起圈。他没往下翻，对着程烟那张自拍看了很久。

嘴里的柠檬味似有若无，他又要了几杯别的，一口口喝下去，把柠檬味彻底冲淡。

他没喝醉，但车是怎么也开不了了，只好打电话给助理，回酒店后直接躺下，头疼，翻来覆去睡不着，把手臂放额头上压着，脑袋里却还是那张巴掌大的脸。重新点开那张照片，程烟后头坐着的人用手挂着脑袋，大概是不想入镜，另一只手挡住脸，扎得很高的马尾扫在肩上，仍然没挡住纤细修长的脖子，程烟曾经说那叫天鹅颈。

他把手机按灭丢开，睡梦中回到加州那间很小的公寓，床很窄，薄被落在地上，他被脱下的衬衫搭在旁边人身上，两人靠得很近，近到他一低头就能亲到她。醒来时怀里空落落，他起身洗漱，一丝不苟地收拾东西，然后让助理订回国的机票。

连续几天，他把车开去77大厦附近，陶静安的下班时间不固定，有时步行出来，有时开着车。电话里助理跟他汇报工作，英国的项目果不其然黄了，他听了几句就作罢，看着远处的人跟同事结伴进了大厦。

助理把广告公司的材料收集成册，也按他要求把微本放在第一页。他拿着去餐厅跟朋友一起吃饭，小路问是什么，他随手丢给他，说用不上的文件，他表哥柴斯瑞也看了眼，开小路玩笑，说两大伯克利高才生，不是那谁的校友嘛，小路不应，也再不看那文件一眼。

半个月后，小路跟微本公司的员工一起在餐厅吃饭，新拍的宣传片里带着微本的商标，他发群里请大家鉴赏，不忘给这家餐厅挑刺，说只来一回就够。群里其他人都给他的宣传片捧场，唯独那位二哥没有吱声。小路中途出门去卫生间，走廊上竟意外碰见他那位二哥的助理，他觉得巧得过分，殊不知这家餐厅就是眼前这位助理给他助理提的参考建议。

此刻小路站在他二哥的院子里，仍然十分不解："你费那么大劲儿见人，就不能直接去找她？"

沈西淮不答反问："你为什么要跟微本合作？"

小路当即被问住，很快又开起玩笑："我乐意！我知道有人要利用我，我甘愿被利用，行了吧？"

他跟上去："不过我心情怎么就这么奇怪呢？嫁女儿是不是就这种感受？"

他二哥压根没理他，他又说："桐桐在电话里都哭了，说打算跟你断绝关系。你领证不告诉我们，怎么能不告诉她呢？"

沈西淮不是不打算告诉，起先是忘了，等领了证，他妈又先他一步给西桐打了电话，他再打，西桐就不愿意接了。

小路竟有点幸灾乐祸，这对兄妹看着是欢喜冤家，其实西桐很依赖她哥。有一回她喝醉酒，问他知不知道她理想型是谁，他开玩笑说不是你小路哥我嘛，她摇头，说我理想型是我哥那样的！不过我找了个比他还要好的，可惜有时候也是个闷葫芦，你说这俩男的没了我可怎么办啊？！

小路想，苏津粤没了沈西桐确实过不了，他那位二哥嘛，以前没媳妇儿的时候就不依赖任何人，现在有媳妇儿了，也铁定跟黏人沾不上半点关系。

四个男人先后进了屋，原本是要来搞"审问"的，可真见了人，一时倒不知道该说些什么。最后是柴斯瑞先开口："婚礼打算怎么办？"

"还没想好。"

沈西淮确实还没想好，婚礼很重要，但比不上领证。这事儿需要沟通，一时半会儿也来不及办，他打算跟陶静安慢慢商量。

小路则问："不公开办吧？"

问完又觉得多余，不说陶静安愿不愿意，以他二哥的性子，家里人上新闻已经是不得已，他不会让身边人跟他一起曝光，曝光即意味着要接受大众的舆论，以触动儿媳妇的身份来看，舆论可不是什么好东西。

几人又聊几句，一道从屋里出来。

柴斯瑞这回落在最后，先给表弟递了支烟，沈西淮却没接，他只好收回来，笑着问："陶静安，对吧？"

沈西淮从他表哥的笑里看出揶揄，也跟着笑："对，你先前问过。"

问过，但被否认了。那时柴斯瑞恰好去英国出差，跟姑妈表妹一同去 LSE 看那位表弟。公寓被收拾得尤其干净，唯一有些乱的地方放了块画板，地上是没收起来的颜料，画里的女孩他不认得，但很容易跟其他名人画像区分出来。对画里的女孩产生好奇的也不止他一个，但表弟始终没有承认。

"姑妈跟桐桐没觉得眼熟？"

"这都多久了，肯定不记得了。"

柴斯瑞笑出声来："也对，这都多久了，你念念不忘的，总算有了好结果。"

沈西淮顿了顿，自嘲地笑："今天早上我起来，怀疑我是不是做了个梦，看了好几遍时间还担心是假的。"

柴斯瑞有些慨然："昨天就见你心不在焉，还以为出了什么事儿。你赶紧定个时间，我迫不及待想要见一见了。"

沈西淮并不急着把陶静安介绍给周边人，在回医院的路上，他给助理打电话，请他把能推的工作都往后延，必要的则尽量安排在线上。助理一一应下，又提起成森电商的老板，说他们能拿出的最大诚意是在Touching上支持微本，并对ZL的新广告表示反对。沈西淮有好一会儿没说话，最后开口："让他儿子手写道歉信，成森不发就让ZL发，只要跟微本没有关系，至于是以实习生还是其他名义，他们自己私底下商量。"

电话挂断，他将车子停好，拎了消夜上楼。

静安爸爸守在病房外，两人只见过两三面，又集中在这一两天，但似乎都很快进入了角色。静安爸爸已经听女儿说过沈西淮的工作，但没多问，只聊些生活中的习惯爱好。在他看来，无论是一个人还是两个人过日子，会生活比会工作更加重要。沈西淮也没提摩洛哥和给小路的合作方案，陶静安说过她爸爸身体不好，他的话题也多半停在这上面。

最后又说，晚上由他留在医院陪护奶奶，静安爸爸自然不答应，他分得清说话的人是客套或真心，而面前的人显然是后者。

他笑着说："我负责陪护奶奶，你负责把静安劝回去休息。"

静安正趴在床边补觉，沈西淮进门先跟奶奶打了招呼，等把消夜布好，床边的人也醒了。

静安低着头，默默按那只发麻的手。这只手很快被捏到另一人的手里，恰好在奶奶的盲区，她也顾不上不好意思，可沈西淮越是一下一下揉着她手指，她反而越加觉得麻。等终于不麻了，奶奶又说她该睡觉了。

两人去坐电梯，同行的有其他人，时不时看过来，静安察觉到不对劲，还没有动作，旁边人先一步揽住她，把她脸按怀里。今早两人去民政局领证，工作人员也频频看向他们，静安知道原因不在自己。

等到了车上，静安要去系安全带，手臂先被旁边人捉住。

"过来。"他朝她示意。

静安反应了下，沈西淮已经直接将她搂了过去。她下意识抱紧他脖子，近距离看着他英挺的鼻子，还有薄薄的唇，忽然就想起在加州的那次，自己壮着胆子邀请他上楼。而重逢后不过一两个月的他们，今天竟然已经领了证。

即便是自己做的决定，她仍然觉得不可思议。脖子被身前的人掐住，她没法往前，只好将额头抵在他肩上："我知道你要说什么。"

她头顶一重，是沈西淮将下巴抵了过来。

"什么？"

"你经常会被拍，要上新闻，我跟你在一起也有被拍的可能性。如果我真的害怕，我们现在就不会在一起。我肯定希望不被拍，不过真的被拍了我也不怕，前两天我确实因为网上那些话很难受，后来我不难过了，有一个原因你知道是什么吗？"

她脸被托起来："什么？"

沈西淮的表情十分严肃，静安被迫看着他的眼睛，却笑了起来："我就想，沈西淮被骂得那么惨应该也没哭吧，"她顿了顿问，"你哭了吗？"

沈西淮忍不住笑了，快速捏了下她的脸："可有人哭了。"

静安故意躲了下："我哭是因为他们骂了我的家人，单独骂我的话我才不在意呢，"她又不好意思地笑了，"也确实是有一点点在意，但我很快就不想了。"

她贴过去，鼻子尖挨着他的，想起这两天他替自己做的那些："我相信你会保护好我，也相信我可以承担一切后果，但我还是有一个要求，你必须答应我，不准拒绝。"

沈西淮知道她要说什么，将她箍得越发紧。

静安脸色一正："我不希望我的家人受到伤害，一定一定不能。"

他坚决应道："答应你。"

在去领证之前，或者说在更早之前，他就知道自己一旦跟陶静安接触，她就有可能会被拍，所以每次去见她之前，他都会留心附近有没有记者。他并不是什么名人，娱记也不是每时每刻都跟着，多半在他出差前或出差回来，被拍的可能性会更高。

小路确实摸透了他的想法，他不可能让陶静安和她的家人曝光在大众面前。以前他自己不太在意，也疲于跟娱记玩猫捉老鼠的游戏，所以并没有真正尝试去制止。现在情况不同，他已经做好打算，以后再不接受露脸采访，其他采访能推则推，一旦有娱记偷拍，他也并不介意给公司的律师团队找点事做。

静安把话说完，就又开起玩笑："那以后你去我家记得随时戴口罩。"

沈西淮默默望着她："谁家？"

静安怔了下，又笑了："你说呢？"

沈西淮跟着笑了，又听她说："噢，我还有一个要求。"

他应："嗯。"

静安用指腹去蹭他嘴角："你可不可以多笑一笑？"她声音低下去，"你笑起来比不笑的时候好看一点。"

沈西淮故意敛住笑："是吗？"

"你没发现今天给我们拍照的工作人员一直盯着你看吗？因为你一直在笑呀。"

他不接话，只看着她，她想起他先前总是冷着的脸："你有什么不开心的可以跟我说，不要一个人不高兴，我可能帮不上忙——"

静安的话没说完，就被打断。

良久后静安靠他肩膀上休息，她额头又被亲了下，听见他说："答应你。"

两人静静抱着，静安手臂环住他脖子，手指蹭到他发尾，起初只是轻笑，过会儿忽然就笑出声来。

沈西淮将她脸掰向自己："笑什么？"

静安轻轻抓了下他头发："我想起之前网上有人讨论你的头发，问你的假发在哪里买的，看着特别真。"

他并没有笑，静安愣了下，以为他生气了，忙说："他们说的都没有事实依据，我当然也没信。"

沈西淮仍旧严肃一张脸，静安忽然急了，她并不希望他们领证第一天就闹矛盾，正要道歉，她终于意识到了不对劲。

她有些尴尬地将脸埋到他脖子里，过会儿闷闷地问："怎么办？"

他低低喘着气，低头见陶静安耳朵红了，说："说一会儿话就好了。"

静安好一会儿没吱声，隔会儿去摸他头发，故意找话说："你头发有点长了。"

"嗯，帮我剪。"

"我剪不好。"

他仍是那三个字："帮我剪。"

静安忽然双手抱紧他，脸埋得越深，长吸一口气："我还可以帮你做点别的。"

沈西淮喉结用力一滚。

又听她说："我们先回去，好不好？"

他忽然就笑了，低头用力亲了下她："先坐回去。"

不然根本回不去。

第4章

在回公寓的路上，静安收到了周陶宜的消息。

周陶宜比静安大三岁，加大圣地亚哥分校毕业，研究生就读于麻省理工。IT 行业要靠跳槽加薪，毕业后她供职于国际知名互联网公司，最后拿着几十万美元的薪资包跳槽到影视公司。技术上她跟程烟一样是大牛，但自从有了转行的心思，她在精神上就懈怠不少。

照她的说法，她计划回国发展自己的电影事业，部分原因是为国内的影视行业做出贡献。另一部分客观原因则是她爸妈在国内发展，愿意给她提供资金和人脉上的帮助。

而阻拦周陶宜回国的原因有两个，一是心理上尚未做好充分准备，二是暂时不想跟男友异地。

而就在刚刚，周陶宜告诉静安，她今天刚提交了辞职报告。

"我年底回去，答应我宝贝，明年开春我们一起工作。"

静安没有立即应下，回复说："我也有件事想要告诉你。"

"比我辞职还要劲爆？"

"我今天去领证了。"

周陶宜当即打来了视频电话，静安正坐在沈西淮的车上，没有接。

"告诉我，是我理解的那个领证吗？"

"是。"

"陶静安你怎么回事……不会是沈危机吧？！"

"是他。"静安又主动解释，"Toy，你见过他。"

Toy是周陶宜的英文名，静安只有在十分心虚的时候才会这样喊她。

"等一下！"周陶宜忽然灵光乍现，"你上次说他是你高中同学，那么他也是郑暮潇的高中同学，他又姓沈，对吗？"

静安知道她猜出来了："对，就是他。"

"Jesus……"周陶宜显然心情复杂，"我在你面前看过那么多次这位的新闻，还当着你的面跟郑暮潇要他的联系方式，虽然我在开玩笑，但你一直都当没看见，现在这个人成了你的合法丈夫，好，好样的陶静安。"

静安正思考怎么回复，周陶宜又发来一句："我必须采访一下，被两大IT男神喜欢的感受是什么？"

静安忙回："不准乱说，跟你解释过很多次了。"

周陶宜也坚持："宝贝，在某些地方我知道的比你要多。不过现在这个问题不重要了，人家现在是聚点的接班人欸，而你跟触动的接班人结了婚，天，越说越觉得不真实……"

她又问："你是不是要抛弃我了？我还能请到陶大制片来助我一臂之力吗？"

静安原本有些头疼，看到这里又无奈地笑了。

过去的一整周实在过于混乱，以至于她还没来得及思考工作上的问题。她现在仍处于休假的状态，Demy 给她发过消息，要她处理完家事再回去复工。"我们好好谈一谈。"这是 Demy 的用句，他大概认定她要离职。静安确实有过强烈的念头，但周陶宜临时决定回国，一定程度打乱了她的计划。她得好好想想。

聊天末尾，周陶宜提出要求："我要看结婚证。"

结婚证一并被沈西淮收了起来，静安并不打算去要，但她打算跟他提一提她的这位朋友。

当初她没有继续去斯坦福蹭课，并不是因为不喜欢，而是当时的状况只允许她做出另一种决定。相反地，她十分赞同这门课主张的理论——要想促进两人的良性互动，公开表露自己的情感十分有必要。

说起来或许有些滑稽，她跟沈西淮虽然领了证，但对彼此并不那么了解。所以她希望尽可能地向沈西淮展露自己，展露她的生活圈子，而她也需要更加深入地认识沈西淮。

沈西淮的头发不软不硬，摸起来很舒服，静安没有理发的天赋，总觉得怎么修剪也不对劲儿，但沈西淮坚持要她帮忙，她也不想拒绝。

"她特别喜欢滑雪，有段时间她申请居家办公，搬去太浩湖附近住了一个多月，后来把脚给崴伤了，为了养伤，只好又居家办公三个月。"

她要替他修剪碎发，一张脸不得不凑得很近，沈西淮可以清楚感受到她的气息。

他笑着问："你呢？滑得怎么样？"

"不太好，我们一群人里陶宜滑得最好，"她想了想说，"相宜滑得也不错。"

静安不认为自己应该特意避开梁相宜，而面前的人看起来也没有太排斥。

她又问："你呢？去太浩湖滑过吗？"

沈西淮说："没有。"

静安怔了下，又说："以后有空的时候我们可以一起去。"

沈西淮原本敛了神色，面前的人一提议，他又笑了。

"以前经常出去玩？"

"也没有……"静安将最后那根较长的碎发剪掉，收了手，"没剪好……"

沈西淮见她似乎有点失望，将旁边的湿毛巾拿来递给她："帮我。"

他脸上落了碎发，静安仔细用毛巾去擦，有一根短的顽固得完全不听话，她用指腹去捻，可怎么也捻不走，只往下掉了几寸，她只好跟着往下，指腹触到沈西淮嘴角那刻，手忽地一停顿。

室内空气仿佛瞬时升了温，两人呼吸灼热交缠着，沈西淮的眼神幽深邃远，静安避开他视线……身边的人就着现在的姿势将她抱了起来去往二楼。

她很快被放到床的一侧，默默看着沈西淮下楼去了阳台，把她去海岛出差前洗好的床单被套取回来，他动作利落，有条不紊，只一分钟就把被套套好，最后才要她帮忙扯住被角。

"别松手。"

静安照做，在沈西淮用力抖落的时候，她冷不防跌落在柔软的被子上。还没来得及翻身起来，沈西淮直接连同被子将她拽了过去："除了太浩湖，还去过哪里玩？"

静安努力找回理智，想了想说："玻利维亚。"

"好玩吗？"

她咽了咽喉咙："嗯……我们去的拉巴斯，是玻利维亚的政治首都……"

"那里的通勤工具是空中缆车……"

静安去看她刚帮忙剪的头发，一只手被他带了过去。

"还有呢？"

沈西淮的声音少见地软，他的动作也并不强硬，静安的脸却彻底烧了起来。

她继续说："有一家木制品店，可以自己做东西，然后在上面……"

捉住她手的人抬头望她，气息比她的还要急促，语调却比她的要稳："在上面做什么？"

沈西淮凑过来一下一下啄她的唇，她下定决心后去回吻他，又越发努力去兑现她的承诺。

两人维持着姿势没变，隔会儿他问："在上面做什么？"

静安一下一下梳着他的头发："可以在上面写愿望，据说会实现。"

"你做了吗？"

她点头，笑着问："你猜我做了什么？"

她没给沈西淮猜测的机会，低头去亲他，两人像两片树叶一样越靠越紧。

第5章

第二天一早静安喝到了香喷喷的热豆浆，搭配芝士蛋卷和嫩煎鸡胸肉。豆浆里放了嫩豆腐跟鸡蛋花，拌进雪菜虾米，又在表面铺了一层香脆的海苔碎。蛋卷里有足量的蘑菇，是沈西淮一早去附近超市买来切碎的。

她不知道沈西淮的厨艺这么好，又想起研一时在斯坦福的餐厅，沈西淮问她要在煎蛋卷里加些什么，她喜欢吃各种各样的蘑菇，斯坦福那天摆出来的是褐色口菇，看上去很鲜，她要沈西淮帮她多放点儿。

蛋卷的分量很足，她吃不完，豆浆也剩下小半杯，最后统统落进沈西淮的肚子里。

静安没得到洗碗的机会，又不想做其他事情，只好站旁边偶尔搭把手。沈西淮换了一套常服，黑色皮衣夹克的袖子挽在臂弯，牛仔裤看着很像是去年C家出的。

两人随意地聊起C家的设计师H，静安觉得他很酷，面对批评时也坚持自我，沈西淮对他的印象则在其他方面，他说H让Y家的年收入翻了几倍。

"他好像还很喜欢大卫·鲍伊。"

沈西淮正擦干手，回头又听她说："我也很喜欢大卫·鲍伊，你是不是也喜欢？"

沈西淮有点意外，他确实喜欢，但并不知道陶静安喜欢，他唯一可以确认的是她喜欢披头士。

静安又跟他解释："我看到你家架子上有很多他的唱片。"

沈西淮默了默，正要说话，身前的人忽然靠过来，不看他，只低头去摸他裤子边缘，顾左右而言他："咦？这也是他家的裤子吧。"

沈西淮闻到她头发上的香味，正要将人揽住，身前的人先伸手箍紧他。

她声音闷在他衣服里："我需要时间适应一下。"

他笑了，故意问："适应什么？"

"你的东西太多了，我不好意思说成是我们一起的。"

她声音很低，带着点几不可察的恼意，沈西淮听出来了，他停顿几秒，要她看着自己："我自己的东西不多，大部分都是家里给的，因为是一家人，所以我很好意思，就像现在，我认为我住在自己租的公寓，睡自己的床，你不好意思，是还不认为我们是一家人。"

他语气平直正经，静安却莫名听出些无赖的逻辑，也觉得自己有点冤枉："我当然认为我们是一家人。"

可说完静安又觉得窘迫："我会很快适应的。"

沈西淮知道自己目的达成，忍着笑说："我们在燕南区有套房子，过几天我们搬过去。"见面前的人抬头，他脸上表情如常，显得有点严肃，"还缺不少东西，你有时间买吗？"

静安迟疑了几秒，沈西淮又故意问："不想买？"

静安发现他总要误解自己，忙解释："我想！"

她是在思考要不要搬，工作的问题还没解决，她没法彻底安心，但事实上这不影响她搬家，她也不认为结婚之后她需要跟自己的丈夫分居。

她被自己脑袋里"丈夫"这个词逗笑了，而面前的人也在笑："晚上先去那边看下，还有点乱，我们不一定就住那儿。"

她点点头，双手还圈着沈西淮，他腰劲瘦而有力量，腿也修长，除了模特之外，她鲜少见人能把 C 家的牛仔裤穿得这么好看，她又摸了摸，跟他确认："是 H 设计的裤子吧？"

她手其实很规矩，但对沈西淮来说并不是，他把她拉开一点，牵着她坐去沙发上。

"听没听过 EJ？"

静安点头："嗯，法国品牌。"

"小路一直在跟他家谈合作，1212 大厦项目他做了好几年，明年初能封顶，EJ 的中国总部明年也会落户在 1212。"

静安认真听着，沈西淮继续说："小路跟 EJ 老板的女儿最近上了几次新闻，新闻是假的，但他俩确实因为工作走得很近。"

静安虽听得懂内容，但不清楚他说这些话的目的，不过她发现沈西淮不再像先前那样话少，昨晚她困得不行，包括刚才两人一起吃饭，他时不时都有话跟她说，也不再那么简短冷漠。

等到下一句，静安明白了他的用意。

"他女儿认识 H，可以找小路帮个忙。"

静安笑了，解释说："我没说我要见 H。"

他平静地否认："不见他，是我想去看他家的秀。"

静安怔了下，又晃了下他手："那我也想去。"

静安真是服了自己，她总觉得自己跳进了某种圈套，可话都是她说的，怪不了别人。

这个别人正在冲她笑，她脸有点热，起身从抽屉里拿了样东西，走到墙边后回头朝他招手："你过来。"

沈西淮总跟她说"过来"，她也想用回去，可话出口就完全没了那个意思。

但效果并没有减少，沈西淮依言走了过来，她把手里的皮尺一拉，将他的腰不松不紧地箍住。

"H 见了你，说不定要把你请去当模特，我要提前给你量好，到时候直接报给他。"

她动作轻柔，一板一眼地开着玩笑。

沈西淮没有拆穿她，配合地任她量自己的尺码。

刚才提起小路跟 EJ，他确实带着一定目的性，但更多的是想跟她说身边朋友的事，就像她跟他提起他一早就好奇的周陶宜。真要去见 H，他没必要找别人帮忙。

他看着她耐心记下数字，又忽然停下动作，抬头问他："小路知道了吗？"

"知道。"

静安笑得有些愧疚："他有没有生气？"

沈西淮也笑，但没有一丁半点儿的愧疚："没生气。"

"那他脾气太好了，如果不是他——"

静安想，如果不是那次宋小路请吃饭，又打电话给沈西淮，她跟沈西淮还会不会见面？她原本打算二十天后就删掉他的联系方式，可并没有这么做。

迟疑间，面前的人将她手里的皮尺接走，正经说道："下回我们请他吃饭。"

沈西淮猜得到陶静安在想什么，如果没有小路那通电话，他照样会找她，但事情或许会发展得完全不一样。他想起陶静安给他写的明信片，他确信还有未寄到的，他打算等全部收到了再找陶静安请教这些话的意思，即便他看得很明白。

他将皮尺圈住面前的人："我也提前量好。"

静安腰上一紧，有些哭笑不得，又颇为正经地说："你偏瘦，得多吃点儿，你喜欢吃什么？"

沈西淮没动，忍住笑说："排骨。"

静安觉得自己没必要不好意思，讪讪收了手："什么样的？"

沈西淮确实有特定的想法，但陶静安做的他不会挑。

"都行。"

静安虽然希望他多笑点儿，可他真这么做，她又觉得他好像笑得有点多了。

她不打算再让他量，面前的人又靠过来，似乎执着于要看数字，脸上也完全没其他意思，可她仍伸手去挡他，手腕上却忽地一热，是有人亲了过来。

她打算给沈西淮做一件衬衫，料子她先前已经买好了，薄荷色跟淡粉色，她还没想好选用哪一块，或许可以做两件。以前她跟爷爷学过，但得先复习一段时间。如果 binbin 的爸妈不嫌弃，她还打算给 binbin 做一件，她有段时间没见 binbin 了，有点想它。缝纫机也要买新的，买来了可以放在新家。

她忍着没发出声音来，沈西淮凑她耳边，轻声问她："皮肤怎么这么薄？"

沈西淮原本没打算这么对陶静安，但她身上总带着香味，又笑着给他做一些承诺，他没理由坐怀不乱。他摸了摸她脖子上的痕迹，她轻轻拍了下他手，又将他人推开。

时间不早，他迅速装好几份早餐，等陶静安换了毛衣下来，两人一道出门。

去医院路上，静安收到了 Paige 转发给她的新闻。

ZL 再发公告出乎了所有人意料，内容更是令人大跌眼镜。那封新的手写道歉信附在公告最后，署名是 ZL 的某员工，这意味着 ZL 将口红广告的方案安在了自己头上，但并没有透露中间的原委。而同样挤占在 Touching 实时新闻前排的是一家转发了 ZL 公告的公司，静安当然知道成森电商的存在，在短暂的思考过后，她也猜到了成森电商这么做的原因。

网友们一开始不明就里，但不影响他们开骂，等所谓的网络名人得出并不准确的结论，骂声更是层出不穷。

微本工作群里的人依旧一头雾水，Paige 在里头发言："管他的，有人帮我们出气，我们高兴就完事儿呗！本来 ZL 就欠一顿毒打，等这事儿一过，照样有人买他家的东西，所以及时行乐吧，朋友们。"

Paige 紧接着给静安发来私信："Joanne，为了表达对你那位朋友的谢意，我打算送他一瓶 TF 的香水。不用问我为什么知道是他，我说过他喜欢你的，我的眼光从来不会错！"

静安无声笑了笑，回复后关掉手机，去看旁边正专注开车的人，他脸上没什么表情，却仿佛透着一股狠劲儿。

她看了几眼，手机又一振，是她特别关注的沈西桐刚发了新博文。

第 6 章

沈西桐第一次听说她哥传闻的时候还在念书，那时她正站校门口啃着水果干，家里的司机已经等在路旁，她哥大概又要排练，她等得不耐烦，正要上车走人，隔壁学校的小路哥又跑过来蹭车，说了她哥的事，她呵呵一笑，没放在心上。

她哥学习好，平常不是在琴房排练就是在运动场踢球，长得还算凑合，但脸太冷没有温度，她个人最满意的是他那双大长腿，但看得多了也就那样。但凡跟她哥有过接触的女同学都会被传出绯闻，这事儿她听了百八十遍，早不觉得新鲜了。可小路哥又给她看了张照片，照片里她哥把自己的校服给了旁边的女同学，那女同学十分眼熟，是她哥乐队里的鼓手。

单有一副好皮囊是远远吸引不了她的，只是这回不一样，她决定去看一看她那位宁愿把自己东西丢在地上也不愿意别人碰的亲哥是怎么排练的。等看完排练，她哥还是那张大冷脸，等她晚上一回家，她告诉她妈她要学打鼓，并下定决心要跟打鼓帅的美女做朋友。

她慢慢认识到苏津皖私下里特别随和，气质与打鼓时截然不同，尤其是脸上那颗泪痣，简直是神来之笔。她哥跟苏津皖始终否认传言，她原本信了，可后来又目睹两人动作亲密。她并没有惊掉下巴，她哥就算是冷到了北极圈，也必然抵抗不了优秀的大美女。

这两位金童玉女的照片还被发到了学校的论坛上，不久后被管理员给删除，但照片仍然在校园里广为传播。当事人越是急着撇清关系，她越认为这事儿板上钉钉。当然，她哥因此太生气，很久都没理她。有几回她跟着他回凌霄路，他踢球踢出一身汗，进门就开冰箱拿水喝，她说话他也不理，她气得把他水抢来猛灌一口，酸得她差点牙都倒了。她不知道柠檬有什么好吃的，可每回去她哥那儿都要顺走一颗。

在很长一段时间里，西桐都以为她会跟苏津皖在一起，她想这也怪不了她吧，谁让她哥从来不跟其他女同学玩呢，没有人比苏津皖跟他更近。他俩有共同语言，一起玩乐队，又都喜欢电影和书，称得上是有默契的灵魂伴侣。

她试过撮合，可这俩多半时候都置身事外。大家各自忙工作，恋爱基本都没法排在第一位，苏津皖是演员，身份有些特殊，她哥更是个工作狂，见面的机会也少之又少。她前段时间彻底放弃管她哥这破事儿，可心里还带着点儿期待，直到在凌霄路看见她哥带人回家。

几天前，她哥问她跟苏津粤打算什么时候结婚，她反问："你信不信他明天就答应跟我去领证？"

几天后，她没领证，她哥领了。

她吓蒙了，也惊呆了，还委屈死了。

在去医院的路上，她思考到了医院要不要先把她哥毒打一顿，或者干脆晾着他。等跟她爸一块儿进了病房，她发现她的注意力全都在她法律意义上的亲嫂身上。

在跟小路哥通过电话后，她得知这几天在网上被骂的微本女制片就是她亲嫂，气得她昨晚在网上回骂了好几条街。刚才看了 ZL 的公告，她觉得自己骂得还太轻，等晚上有空了她再接着骂。

她眼睛几乎长在了旁边人身上，虽然之前只见过一面，但她可以确认，现实中除了苏津皖，她还没见过气质这么出众的人。

西桐的眼神过于直接，这让本就有些紧张的静安越发尴尬。

柴碧雯看不下去了，调侃西桐："你干吗老盯着静安看呢？收敛一点行不行？"

西桐没应，指了指床头柜上的东西问静安："嫂儿，你看那是什么？"

静安回头，只觉面前的人忽然靠近，她本能地转回头，西桐已经捧住她脸，然后贴过来用力亲了下她。

西桐没亲别的地方，直接照着她觉得她最好看的脸颊亲的，并且亲出好大一声儿。

她妈一巴掌拍她胳膊上："欸！你这个疯子！"

她颇为无奈："忍不住嘛……"

静安有些蒙，脸也跟着发烫，正想说些什么，身后有人靠近捏住她手，胸膛贴着她后背，声音从头顶传来："跟我出来。"

话是对西桐说的，西桐直接扭头不理他，她哥生气了她乐见其成，恨不得他越气越好。

屋子里其他人都跟着笑了，柴碧雯极力打着圆场，气氛甚至比刚才还要好。沈西淮不好发作，低头去看被亲的人，见她脸有点红，又忍不住笑了。

静安其实不喜欢这种突袭，但西桐的行为并没有让她反感，她也说不上原因，可能是因为西桐本身具有化解这种尴尬的能力。

因为两位当事人领证太急，婚礼暂时没有提上日程，只将一起吃饭的日子定下。

走前，西桐仍旧不理她哥，但他坚持跟她一起下楼，她又不得不开口："你要想送，不如直接把我送到目的地。"

沈西淮并没有反对，西桐反而站住不走了："才不要你送，你知道我现在要去哪儿吗？"

"哪儿？"

"我去见津皖姐！"

她哥看上去似乎毫不意外，西桐的气势蓦地低下去："我生气是因为你没第一个告诉我，她呢？她不会生气，她会难受，虽然这跟你没有关系，但你们至少还是朋友吧，你总得亲口告诉她。"

她看着她哥若有所思地皱了下眉，然后说："嗯，待会儿我在群里说一声。"

她一口气忽然没上来，扑过去要揪住他夹克里的毛衣领，手却被他用力箍住。

"沈西桐，从我领证那一刻开始，你以后的家人都只会是陶静安，不会是其他任何人，其他任何人也跟我没有半点关系，我说得够清楚吗？"

西桐手疼得厉害，她讨厌她哥用他那一套社交辞令来跟她说话，却也只能愤愤回："我知道！"

"知道就行。"沈西淮松了手，"不要对她没大没小，她性格好，不代表你可以不分场合跟她开玩笑。"

西桐揉着手腕，她知道自己没有生气的理由，只好徒劳地瞪回去："就知道教训我，我还以为你下来是要哄我的，算我想错了！"

她视线往下一滑，果然看见点不该看的，于是伸手往他脖子上推了一把，痛呸一句"流氓"，转身风风火火地走了。

被骂流氓的人耐心将衣服理好，在原地站了会儿，转身上了楼。

晚上两人没能去燕南贰号，静安爸妈积攒了不少工作需要处理，静安坚持帮忙，沈西淮当然跟着一起，顺道提了几句给小路的那项合作方案，静安爸妈颇感兴趣。等忙完，沈西淮坚持将静安爸妈送回粮仓口休息，然后返回医院跟静安一起陪护。

在医院连续陪护三晚，奶奶在静安生日当天顺利出院，下午沈西淮有会，静安也被 Demy 临时喊回公司。

进门先看见生日蛋糕，静安意会过来，去吹了蜡烛，再收下同事送来的礼物。Paige 给她递来两瓶香水，Leah 则送来两本书，她的律师爸妈最终没有申请立案，但 ZL 的事情总归算是告一段落。静安把买来的甜点跟咖啡散出去，最后带着两份去了 Demy 办公室。

Demy 刚跟人吵了一架，接过静安的咖啡后猛灌一口，然后示意她坐下。

他几次欲言又止，最后仍是回归工作："公司没有为你发出律师函，但会对你进行赔偿跟奖励，Josef 说他会直接找你。"

静安沉默片刻后说："谢谢你 Demy，那天为我出头。"

Demy 表情严肃，随后自嘲地笑了下："如果不是我，你不需要承受这些。"

"这不是你一个人能决定的，凡事有好有坏，我从这件事当中也得到了收获。"

Demy 皱着眉头："收获？比如你忽然认识到这家公司的黑暗面，然后决定辞职？"

静安摇头："我不打算辞职。"

Demy 的脸上透露出一丝讶异，又听她说："但只是暂时不辞。"

周陶宜确定回国，静安也确定要跟她一起工作，在这之前她会继续留在微本。

Demy 又吞下一口咖啡，他知道陶静安并不需要补充后面那句。

"我不需要知道你打算什么时候辞职，这是 HR 的工作，只要按公司流程来就没问题。"

他看对面的人不动，视线落回文件，仍是那句："你可以出去了。"

静安略微迟疑，最终起身往外走，后头 Demy 又忽然喊住她，但并不看她："左手边架子上那个袋子，拿走。"

她意识到这是他给她的生日礼物，里面装着特吕弗的标准收藏版碟片。她有一套一模一样的安托万五部曲。

"谢谢你 Demy，"她真诚道谢，转身之际又回头，"Demy，有件事我想告诉你，我结婚了。"

办公桌后 Demy 动作倏然一顿，他脑袋里第一时间就蹦出一个人来，这让他立即阴沉着脸站起身："陶静安，别结。"

静安哭笑不得，顿了顿说："我已经结了。"

Demy 狠狠骂出一句脏话："我之前的话白说了是吗？你……"

他压根说不下去，他甚至想问问她脑袋是不是被驴踢了，但现在什么都晚了，他也完全没有立场再说这些话，只是木木站着，最后说："出去，带门。"

Demy 的反应在静安意料之外，她默了默说："我是以朋友的身份告诉你，也更希望得到你的祝福。"

Demy 完全不再看她，冷冷道："出去。"

静安的心情并没有受到太大影响，这几天她偶尔会思考如何把自己结婚的事情告诉给身边的朋友，后来她得出结论，这个问题其实没有太大意义，结婚的是她自己，跟其他人没有关系。

她打车回到粮仓口，四点半收到沈西淮的消息，他告诉她四十分钟后到家。

沈西淮发出消息时刚从公司出来，他计划今晚要跟陶静安一起去露营，出发前他先去凌霄路取了车，又照例查看邮箱。

他至今已经收到六张明信片，陶静安在上面写下的句子或长或短。

天气很好，像埃里克·侯麦镜头里的夏天。也很热，像《热天午后》里满头大汗抢银行的阿尔·帕西诺。（注：上次在你家看见了他们的全套 CC 碟片。）

都说西沙归来不看海，好像有一定道理。

在住处的窗户旁边，白天可以看见一行椰子树，晚上的星星比平常看见的要低要亮。

想说的事情都很无聊，唯一重要的只有一件。

沈西淮可以确信，明天他还会收到新的明信片。

第 7 章

沈西淮的露营经历要追溯到小时候，那时他爸妈工作繁忙，仍然会定期带他跟西桐到户外运动，其中一项就是露营。

有一年小路去英国找他玩，两人租了帐篷跑去德文郡的葡萄园，园主自酿的葡萄酒很烈，小路一边喝一边大聊他未来的红酒创业经。喝醉后他也没停下来，说二哥你终于要毕业了，明年咱们总算又能在淮清一块玩儿。

他当即告诉小路，前几天他刚参加了斯坦福的面试，要是能拿到录取通知，他还得去加州待两年，但小路已经醉得睡了过去，压根没听见。他点开手机，在群里找到陶静安的头像，又一次按下申请，界面也不出所料地发出提示，对方并没有开启通过群聊被添加的权限。

在那之后他有很长一段时间没去露营，其实时间挤挤总有，是他提不起精神，做什么都觉得没劲。

静安对露营真正产生兴趣则始于毕业后的第二年。有一回跟家里视频，奶奶给她看研究生同学寄来的礼物，话里话外并没有透露出其他心思，但静安不久后请假回国，带爷爷奶奶一起去日本探望了奶奶的那位老同学。奶奶早前在庆应读建筑，毕业后直接回国，跟几位同学常年保持联系。在老同学的家里，静安跟五岁的小女孩一起坐在毯子上玩花绳，电视机里的女主人公正骑着自行车出门露营。

"后来我喊陶宜一起去，本来想学动漫里骑自行车，不过东西根本放不下。"

沈西淮听着笑了："这种适合极简露营。"

静安问："那我们呢？"

他略一思索："极繁？"

静安笑了："我还没怎么实践过。"

话落，车子适时往旁边山路上一拐，开车的人笑着说："待会儿教你。"

等到了山顶露营地，静安很快深切认识到了沈西淮口中的"极繁"。越野车是沈西淮提前让人开来的，里面除了大大小小被码得整齐的十几个箱子和物品袋，还有一只眼睛亮亮晃着尾巴的白色金毛。

binbin 一个俯冲直接把静安扑倒，但很快就被它舅舅揪着脖子给拎开，它继续扑，它舅舅也继续揪，几番较量下它获得压倒性胜利，因为舅妈对舅舅发了话："你轻点儿，binbin 会痛。"

沈西淮多少有点冤，自上回陶静安喝醉说他凶，他已经有所收敛，但大概对她来说还不够。见 binbin 直往她怀里拱，一副极其无辜的模样，他有些哭笑不得。等弯下腰时，一只手径直将 binbin 拎开，另一只手箍住陶静安，再往上一托，转身将她放到旁边的车前盖上。

他动作太快，风卷残云般，把静安吓了一大跳。她只顾揽住他脖子，下一刻要捶他，他先靠过来往她唇上啄了一下，又退回去望着她，脸上带着得逞后的笑意。

binbin 在旁边吐着舌头哈气，四下里没有其他人，远处的柏树在微风里沙沙作响，空旷开阔的露营地上头，细碎的星子隐隐探出头来。

沈西淮的眼睛在夜色里显得越发亮，静安心跳莫名加快，她回望着他，身体重心几乎都落在他身上。指尖划过他脸颊，低头时往他鼻子上亲了下，再要去亲他薄薄的嘴唇，还没贴近，他已经靠过来。

静安从车上下来时，binbin 已经刨了好一会儿的土，沈西淮开了车门，回来时手里拿了条围巾，站身前给她系上。

"待会儿会热。"

"热了再摘。"

沈西淮迅速打好结，将她衣服理好，才转身去往越野车上卸装备。他没有急着动手扎帐篷，先把部件一一取出来，再向静安口述一遍具体流程，才开始着手实践。他教她怎么最快把帐杆抻开，打地钉时则给她讲解不同地钉在打法上的差异性。

静安见过他接工作电话时的样子，严肃正经，和现在的模样别无二致。他思路清晰，表达简练有力，她忽然冒出一种想法，倘若高中时她主动跟他请教问题，而不只是看准自己的第一名同桌，是不是会早一点跟他熟悉起来？她快速思考几秒，确定那时的她几乎不会做出这种举动。

沈西淮的动作利落，帐篷很快扎好，又继续去卸箱子，静安则着手准备晚餐。海鲜有满满两大盒，海胆甚至已经处理好。她就着食材做了鲜虾锅贴，再做一道麻酱腰片，紧跟着切水果，给 binbin 做加餐，沈西淮则点上煤油灯，生好柴火炉取暖，再支起折叠桌。

海鲜汤熬得香浓，静安打好两份，放一碗在沈西淮面前，正要坐上行军椅，binbin 忽然凑过来，闷头去拱它舅舅的裤腿儿。静安以为它又馋了，喂给它一根胡萝卜，可 binbin 没要，转头仍然去咬它舅舅的裤子。

"怎么了，binbin？"静安蹲过去揉它的脑袋，又看向旁边人，"是不是太冷了？"

"就是调皮了，过会儿就好了。"

沈西淮顺了顺 binbin 的毛，把陶静安拉回椅子，又在她的注视下喝下一口海鲜汤。

"好喝吗？"

他抬眸看过去，陶静安的眼睛里泛着水光，他冲她点头："好喝，很鲜。"

静安笑了。她向来喜欢吃海鲜，但吃得并不多。准备时已经尽量控制了分量，可海鲜锅里的东西总不见少。味道也偏辣，她正要起身拿水，眼尖看见挂在桌旁的透明袋子，里面装了不少黄色柠檬。

她看向沈西淮，眼里带着期待："我想喝。"

这话说得好像有人不给，沈西淮笑着起身去给她切，静安跟过去，送一个到鼻尖，用力闻了闻："好鲜啊，现在正好是采收柠檬的时节，说不定是今天刚从树上摘下来的。"

她自己闻了不够，又送到沈西淮面前："你闻闻。"

沈西淮短暂怔了下，依言照做，再去看她极其认真的样子，手腾出来捏了下她鼻尖，笑着问："有这么好闻吗？"

静安重重点头，她放下柠檬倒好凉白开，脑袋里忽然想起什么，回头见旁边人正收手，不知怎么就挪过去，一把将人箍住。

沈西淮动作一顿，低头看过去，她下巴点在他手臂上，眼睛里的光已经漫出来，声音比刚才的要轻："我还有样东西想喝。"

他几乎猜到她在指什么，扣住她手背问："什么？"

她用眼神示意不远处一个箱子，笑得有些不好意思："我刚不小心打开看了。"

沈西淮跟着笑出来，那是小路给他送来的自酿酒，还特意提醒他悠着点儿。

"能喝吗？"

"就喝一点点，肯定不会醉。"

第8章

沈西淮说这是黑皮诺酿制的酒款，黑皮诺是红葡萄里最难种出来的品种，小路费了很多心思照料。

静安第一口尝到了柑橘的味道，第二口有草莓，第三口芦苇，第四口似乎是百香果，再喝还有淡淡的坚果奶酪味儿。

她往杯子里放了两片柠檬，又认真地品尝起来。

"小路从小就喜欢葡萄酒吗？"

"嗯，他家里在法国有酒庄，他小时候基本在那边过的寒暑假。"

静安又喝一口，脸上越来越烫："好像霜冻一年比一年严重了，前段时间新闻里还说酿酒师晚上在园子里点油灯。"

霜冻对葡萄来说是天敌，一旦没熬过，有可能全年无收。

沈西淮没看过陶静安说的新闻，但透过小路多少知道一些。

"小路他们是在葡萄园顶上开直升机，让风力搅动周边的空气，这样霜冻就没法成形。"

说话间，他见陶静安低头去喝酒，等他说完，她再次低下头去，但这次没能成功，他起身直接把她手里的酒杯给拿了，又一把将她拉了过来。

行军椅够大，正好可以挤下两个人。

自上次喝醉之后，静安越发认为自己不能醉酒，即便是跟朋友一起，她也不想给其他人造成困扰，但她有点任性，她并不介意给沈西淮带去一点麻烦。

她侧头去看旁边的人："再喝最后一口。"

"不行。"

"你喝得比我还多。"

沈西淮还没来得及开口，旁边的人已经贴过来，将他脖子环住，她舌尖很凉，翻搅的动作有点笨拙，他正要回应，她又松开他往后退，郑重其事地说："就再喝一点点。"

沈西淮仔细看着她，颇为无奈地笑了，他似乎高估了陶静安的酒力，竟然这么快就醉了。

他手托住她后颈："头晕不晕？"

静安摇头："我还能喝两口。"

"不行。"

静安有点失望，她试图挣脱他的束缚，但仍然没有成功，她有些恼了："等以后我种了葡萄，也只给你喝一点点！"

她生起气来完全没有气势，沈西淮反而笑出声来，忍不住去捏她的脸，她气鼓鼓躲开，他将她箍回来，话不急着说，低头去吻她嫣红的唇。

静安咬紧牙关躲了两下，可意志力并不坚定，没能守住，直到她承受不住，面前的人才松开她。

她靠在他怀里喘气，愤愤地用指尖杵他："一点点也没有了，还要给我当小工！"

她感受到紧贴着的胸腔在微微颤动，抬头见沈西淮笑得很开心，不自觉跟着笑了起来，又威胁似的问他："你愿不愿意？"

沈西淮逗她："我得考虑考虑。"

静安捉住他衣服，看上去不太满意："怎么还需要考虑？怎么可以……"

如果醉酒不会难受，沈西淮很希望陶静安可以多醉几回。

他笑着将她脸抬高："为什么想种葡萄？"

"我就是随便想想……"她伸手捧住他脸，"我随便想的事情可多了。"

"还有什么？"

静安用鼻子尖去顶他："养蜜蜂，榨花生油，专门给人送信……我之前看过一本书，还想过穿越回宋朝，"她说着颤着肩笑起来，"那时候就有早市了，凌晨三点开摊，我要努力当街上东西卖得最多的摊主，"她一样样数，"烧饼，糍糕，煎白肠，蒸饼……二十文一份，还可以兼顾卖点洗脸水，据说洗脸水卖得很好，但也不能太多，不然卖不完，五点就得收摊，回家了还能睡上一会儿。"

沈西淮仔细望着她，低头狠狠往她唇上亲了下："还有呢？"

静安蒙了会儿："或者去压黑胶唱片，像安托万那样，你说人类怎么就那么聪明呢？可以把声音做到一张唱片上。"她顿了顿说，"今天Demy送了我一套特吕弗的碟片，主人公就是安托万，等哪天有时间你要跟我一起看！"

沈西淮看过那套碟，仍应："好。"

"其实我自己有一套了，本来我没打算买，是以前有人送了我其中一张，后来我就把剩下四部补齐了，你猜是谁送的？"

沈西淮沉默几秒，说："周陶宜？"

静安笑着摇头："我也不知道是谁送的，送的是《偷吻》！"她说着侧头往他脸上印，"偷吻，"又照着他另一边脸印第二下，"还是偷吻……"

沈西淮脸上有点痒，笑得不能自已，他将毯子往她身上按了按，又将她下巴抬高："陶静安，想做什么直接去做，我给你当小工。"

静安乐了："你真的愿意吗，沈小工？"

沈西淮努力不笑出来，正经回答："愿意。"

"如果以后你去当建筑工，我也愿意陪着你。"

沈西淮略微错愕，又平静问："我怎么不知道我要去当建筑工？"

"你在杂志上说了呀。"

"哪本杂志？"

静安说了杂志的名字："你接受了采访，怎么能把人家杂志名都忘了呢？"

沈西淮笑："嗯，我都忘了，你怎么还记得？"

静安伸手蒙住他带着笑意的眼睛："明知故问！"

"我确实不知道。"

"那你自己慢慢想！"她将手从他眼睛上拿下来，转而冲他伸着，"Demy都送我礼物了，你就没有礼物给我？我都等一天了……"

沈西淮忍住："不是已经给了吗？"

静安从来没有跟人要礼物的习惯，但她现在醉了，恰巧面前又是沈西淮。

她很是困惑，左右上下各看一遍："哪儿呢？我怎么没看见？"

沈西淮忍住亲她的冲动，耐着性子说："刚刚都吃什么了？"

"海鲜……海鲜不是都被你吃了吗？我吃几口就饱了。"

"再想想。"

静安试图想了下，不确定地问："柠檬吗？"

他笑："不喜欢？"

"喜欢啊，特别新鲜！"她说着捏了捏自己耳朵上的耳饰，"这里也还有两颗柠檬呢。"她重新捧住他脸，"你骗我了。"

"骗什么了？"

"我上次跟你要我的东西，你看上去都不记得了。"

"你给了我，不就是我的了？"

静安愣了下："也对噢。"

沈西淮一时没说话，那对袖扣是他走出陶静安公寓后才发现的，上面刻了跟她有关的字母，他本不应该拿走不属于他的东西，但他清楚自己并不想还回去。

两人坐的行军椅旁放了一个黑色大包，他从里面拿出另一个黑色包递给身前的人。

静安接到手里，有点沉，佯装恼怒地说："你看，你又骗我了，这个才是礼物对不对？"

沈西淮笑着捏她脸："拆开看看。"

黑色包上印着"Hasselblad"，静安一眼便认出来，忙说："会不会太贵了？"

沈西淮跟她一起拆："不贵。"

907X，哈苏的八十周年限量版套装，价格都压在数码后背上。

静安将指腹贴上做工精细的机身，她多少识货，但不至于因为价格就忸怩地拒绝沈西淮的心意。

"披头士在斑马线上的那张专辑封面图，是不是就是哈苏相机拍的？"

"对。"

静安笑着把相机递给他："教教我。"

沈西淮将她肩膀拢过来，捉着她手教她，静安并不是不会用，很快将相机接回来，征询他意见："我想拍你。"

沈西淮不爱拍照，但这回没有动。

静安对准他的脸拍下一张，又给刨了好几回土的 binbin 拍下几张。binbin 很快凑过来，大鼻头贴着相机屏幕，跟里头笑成眯眯眼的自己相视而笑。

静安把照片一张张翻给 binbin 看，又小心翼翼把相机收起来，回头看向沈西淮，欺身过去，"谢谢你，我很喜欢这个礼物。"顿了下又说，"你送的礼物我都特别喜欢。"

她格外真挚，沈西淮低头亲她额头。他原本想把戒指送出去，但定制戒指没法马上拿到。相机也不差，有些话他很难直接告诉她，照片或许可以帮他这个忙。

身前的人再度靠过来，有光在她眼睛里流转，她沉默片刻后说："我本来也有个礼物想给你，你记不记得我跟你提过玻利维亚？"

他点头。

"我在那家店里做了一样东西，但我不打算给你了。"

他笑："为什么？"

"因为我在上面写的愿望很快就实现了。"她忽然笑起来，凑到他耳边极小声地说，"是个拨片，你要装作不知道。"

沈西淮思索几秒："为什么是拨片？"

静安想了想，狡黠地笑："因为那家店里可以做呀。"

沈西淮跟着她一起笑，他轻轻搓她的手："冷不冷？"

静安摇头，反手将他手握住，又把他每个手指摸了一遍，她研究生时期偷偷看过很多次他的手，那时他右手食指指尖有一层很薄的茧，但现在她没有找到。

"你是不是很久没练贝斯了？手指上很光滑。"

她一下下摸得他心猿意马，他将她手摁住："有段时间没碰了。"

她也固执地要将他手包住："以后能不能弹给我听？我想听你弹《西游记》。"

不等他回答，她觉得自己要求实在太多，急忙又补充："我也可以弹给你听，但我不会贝斯，我只会吉他。"

这对沈西淮来说是件新鲜事，他捏了下她脸，掀开毯子起身，静安看着他起身到了越野车旁，再出来时手上竟多了把吉他。

她讶异："怎么会有？"

沈西淮走近："车是助理的，吉他也是他的。"

静安将毯子拉过脑袋："不要了吧。"

"不要什么？"

"太尴尬了。"

沈西淮将另一把行军椅拎到她旁边，自己坐上去，低声笑道："陶静安，公平点，以后我给你弹贝斯就不尴尬了？"

只一句话就立即让静安动摇："我太久没弹了……"

她仍然蒙着毯子，看不见人，在沈西淮迟迟不说话之后，她立即将毯子掀开，只见旁边的人正笑着看向自己，她挣扎几秒，朝他伸出手："弹错了不准笑话我。"

沈西淮配合她点了下头。

静安先调好音，试着拨了几下，冲对面的人竖起一根食指，临时制定起规则："提示，这首歌曾经出现在一部电影里，那部电影是三部曲里的第一部。"

沈西淮第一时间想到了《教父》，然后是《黑客帝国》和《指环王》，但猜的却是："《红白蓝》？"

静安摇着手指："不是，第二个提示，这首歌出现的时候，男女主人公正站在唱片店的试听间里。"

沈西淮笑了，他当即有了答案，是《爱在》三部曲里的 *Come here*,

但他假装猜不出："你先弹一小段。"

静安笑："满足要求。"

淡淡的白色烟雾在空中缓缓升腾，时不时有火柴燃烧的毕剥声响起，binbin趴在旺盛的篝火台旁吐着舌头，漆黑的眼睛和远处低垂的星粒一样发着亮光。

沈西淮从没有听过陶静安唱歌，吉他的声音清扬，像站在卧室窗棂上一只叫声清脆的鸟，而陶静安的声音像刚在太阳下晒过的一床被子，蓬松柔软，让人觉得舒服安心。即便是在加州，一群同学聚在一起，他也几乎没有听她讲过英文，只偶尔听见她跟其他人道谢。她有专属于自己的咬字发音，尾音也很独特，像小动物的尾巴扫过手臂。

有山风徐徐吹来，静安的头发被吹乱，最后一个音结束，她将头发拂去耳后，冲对面人的笑："我一不小心都弹完了，你还没有猜出来。"

他信誓旦旦："下一首我努力。"

静安凝神想了想："一支英国乐队，专辑封面上有两个人，右边那个人身上起了火，提示是不是很明显了？"

确实明显，平克·弗洛伊德的 *Wish you were here*，沈西淮他们乐队曾经在学校表演过。

他这一回没有假装猜不出，在陶静安专注弹吉他时，他忍不住思考，陶静安身上还有多少事情是他完全不知道的。binbin则不再趴着，起身蹲到静安旁边犯淘气，又不住地转着圈。

静安在沈西淮沉默的眼光中仍旧伸出一根指头："最后一首，我刚刚弹错那么多音，你都没有纠正我。"

沈西淮目不转睛看着她："很好听。"

静安笑："下面这首歌，和一个暗恋多年的故事有关。"

沈西淮坐着没动。

"这个歌手，喜欢上了他的好朋友——乔治·哈里森的妻子贝蒂，暗恋了她很多年，后来她跟乔治离婚，几年后他们终于结婚了，乔治还参加了他们的婚礼。这个歌手给贝蒂写过很多歌，有一首叫 *Layla*。"她说着笑了笑，"是不是立刻猜到是哪位歌手了？"

静安仍有醉意，所以没有立刻意识到沈西淮并没有参与进来，她继续说道："两个人结婚之后，有一天他们一起准备出门去参加宴会，Pattie 打扮了很久，这个歌手等啊等，就写出了这首歌。"

沈西淮仍旧没说话。

"这首歌在《老友记》里被使用过，放在莫妮卡向钱德勒求婚那集的片尾，猜出来了吗？"

沈西淮只是看着她，始终没作声。

静安笑了："我直接唱给你听，好不好？"

沈西淮听过无数次埃里克·克莱普顿，但 *Wonderful tonight* 于他来说过于完满，他听得很少。现在陶静安就坐在他面前，带着醉意弹唱，弹得并不熟练，他却第一次毫无阻碍地听懂了。

他并不舍得听完，但他知道以后他要是想，还可以再听。

陶静安的指尖有点凉，他用手捂住，她的脸则是烫的，被醉意熏染得有点红，他去亲她，她躲开，笑着问："Do I look all right？"（我看起来还好吗？）

她用了刚才歌里的歌词，他笑着配合她："You look wonderful tonight."（今晚的你美极了。）

静安将脸埋进他怀里："你声音真好听，如果以后有机会去压碟，我要把你的声音灌进唱片，然后每天听。"

她突如其来地告白，沈西淮一时没招架住，隔会儿才问："想听什么？直接说给你听。"

静安当真从手机里找出一张专辑："你看，第一次看封面的时候我以为是柠檬，但仔细一看更像橘子。"

沈西淮看了一眼，很像柑橘，但乍看确实也像柠檬。他接过手机，照着词念："I left my city for San Francisco, took a free ride off a billionaire's jet……"（我离开我的城市去往旧金山，免费搭乘亿万富翁的飞机……）

静安仿佛听见了夏日的蝉鸣，空气里弥漫着果树的味道，刚下树的水果汁水清甜，她搂住沈西淮，打算明年夏天的时候再让他念一次给自己听。

夜越来越深，沈西淮往柴火炉里加了几块干燥的柴火。

静安的酒还没醒，她也毫无睡意，在毯子下捏沈西淮的手指："你收到我寄给你的明信片了，对不对？"

沈西淮垂眸看她："嗯。"

"收到几张了？"

"六张。"

"你都没有告诉我。"

他笑："我还在等。"

"没有了呀。"

他当然不信："还缺一张。"

静安笑了："你怎么知道还缺？"

"话没说完。"

"怎么没说完？"

"横竖都没说完。"

静安怔了下，笑出声来："被你看出来了……可是最后那张我没给邮局。"

沈西淮没有太讶异："不打算给我？"

静安沉默片刻后才说："我写那张的时候特别……"

特别消沉，也特别难受。口红广告拍得越顺利，她心情就越不好，可一想到回去可以见到沈西淮，她的心情就好了那么一点，再一想到她的告白可能会失败，她就又忧愁起来。等对着空白的明信片发了很久的呆，终于写下那两行字，她起身要走，最终却又转身回去，将明信片一块儿带走。

她打算亲手给他，可谁知道不过一星期，她就已经跟他结婚，那两句话就显得有些多余。

她没将话继续说下去，转而问他："你身上怎么这么香？"

沈西淮只以为她喝醉了思维跳脱，没有将话题绕回去，他去嗅她脖子："谁香？"

静安觉得痒，笑着往后躲："Paige给你送了一瓶香水，你是不是不怎么用？"

"嗯。"

"她还给我送了别的，你应该用得上。"

"什么？"

静安没有直接回答，她伸手环住他肩背，去亲他耳朵，小声说："我现在方便了。"

沈西淮立刻将她横抱起来，大步往帐篷里走。

双人行军床是静安准备晚餐时抽空搭起来的，她被丢上去，紧跟着沈西淮带着酒气覆过来，他亲吻的动作几乎有些蛮横，也十分潦草，静安还没来得及反应过来，她就被防潮被裹了个严严实实，然后眼睁睁看着沈西淮头也不回地走出帐篷。

两人最近有很多机会亲近，但都没法到最后一步。沈西淮当然不是没有想法，但陶静安还没醒酒，他不想在这个时候做那些。

风渐渐大了，他在风里站了会儿，开始着手收拾东西。binbin不知从哪儿刨出来一只塑料盒，他一并收进垃圾袋，再分类丢进附近的垃圾桶。

雨是在凌晨三点后下起来的，帐篷外风声猎猎，取暖器的声音低不可闻。

静安被渴醒，身后的怀抱滚烫，她觉得热，正要起身去拿水，旁边人先将她按回去，只是转个身就将一杯水送到她面前，水里放了新鲜的柠檬片，静安喝掉半杯，剩下半杯仍旧落进旁边人的肚子里。

两人面对面躺回去，起初只是互相看着，也不知是谁先挨近，两人开始无声地接吻。取暖器的作用显然不比人的身体强，原本静安只觉得热，后来身上每一寸都被传递得发起烫来。

静安眼角有泪出来，视野里帐篷在雨里摇晃，头顶的灯急速变着形。

忽然，身体重重往下颠了下，一时间像是按了暂停键，两人有好一会儿只是对望着，没人说话。

静安整张脸红得要滴出血来，恼怒地推了下沈西淮，沈西淮额头上一层汗，只是笑："谁搭的床？"

他低头安抚性地亲她，听见她小声说了句什么，但他并不打算听。

静安被抱进车里是在十分钟后。

静安起初只能看着车的后挡风窗户，他那件提花毛衣的标签就在眼前。她告诉身前的人她第一次真正关注赛琳，是他们把80岁的琼·狄迪恩请来拍广告大片，片子里的她满头白发，戴黑色的墨镜，大概就是赛琳应该有的样子。沈西淮压根不回她，她很怕把他的毛衣扯坏，微张着嘴想说点什么，可一个字也说不出来。

后来静安面向前挡风玻璃，雨在玻璃外连成不规则的线，窗外的风紧紧绞住半空中的叶子，有强烈的感受从身体里掠过。

那天的太阳出得并不早，静安却被迫透过窗户看了一场日出，她在晨光熹微中昏睡过去，将脸深深埋进沈西淮的毛衣里。

这一回 Paige 的礼物仍然没有派上用场，并不是不合适，而是那天不止静安一个人做了准备。

Paige 的礼物真正派上用场是在搬进燕南贰号的第一晚，静安隔天正式复工，她往常都会早到公司，但那天睁眼醒来已经过了上班时间。

沈西淮安抚她："已经迟了，晚一点也没关系。"

静安没法怪他，如果不是她纵容他，她完全不至于迟到。

贰号到 77 大厦需要十五分钟，沈西淮花了比平常更久的时间。binbin 还在家里，他折返回去安顿它。

他一早做的早餐还没来得及吃，陶静安只在车上吃了一块三明治。经过客厅时他脚步一顿，然后朝着那张高脚桌子走过去。

桌面上一张明信片，蓝色的海，白色的浪，远处灯塔露出尖尖的顶。

翻转过来是陶静安的字迹：

你可以陪我久一点吗？

哪怕多一分钟。